16	3	2	13
5	10	11	8
9	6	7	12
4	15	14	1

Coleção LESTE

A. P. Tchekhov

O BEIJO
e outras histórias

Organização, tradução, prefácio e notas
Boris Schnaiderman

editora■34

EDITORA 34

Editora 34 Ltda.
Rua Hungria, 592 Jardim Europa CEP 01455-000
São Paulo - SP Brasil Tel/Fax (11) 3811-6777 www.editora34.com.br

Copyright © Editora 34 Ltda., 2006
Tradução © Boris Schnaiderman, 2006

A FOTOCÓPIA DE QUALQUER FOLHA DESTE LIVRO É ILEGAL E CONFIGURA UMA
APROPRIAÇÃO INDEVIDA DOS DIREITOS INTELECTUAIS E PATRIMONIAIS DO AUTOR.

Edição conforme o Acordo Ortográfico da Língua Portuguesa.

Imagem da capa:
Paul Cézanne, Garçon assis, 1890-95, óleo s/ tela, 39 x 49 cm

Capa, projeto gráfico e editoração eletrônica:
Bracher & Malta Produção Gráfica

Revisão:
Alberto Martins
Marcela Vieira

1ª Edição - 2006, 2ª Edição - 2007, 3ª Edição - 2010,
4ª Edição - 2014 (2ª Reimpressão - 2023)

CIP - Brasil. Catalogação-na-Fonte
(Sindicato Nacional dos Editores de Livros, RJ, Brasil)

Tchekhov, A. P., 1860-1904

T251b O beijo e outras histórias / A. P. Tchekhov;
organização, tradução, prefácio e notas de Boris
Schnaiderman — São Paulo: Editora 34, 2014
(4ª Edição).
272 p. (Coleção Leste)

ISBN 978-85-7326-340-4

1. Literatura russa. I. Schnaiderman, Boris.
II. Título. III. Série.

CDD - 891.7

O BEIJO
e outras histórias

Prefácio	7
O beijo	13
Kaschtanka	37
Viérotchka	63
Uma crise	81
Uma história enfadonha	111
Enfermaria nº 6	183
Apêndice	251
Nota biográfica	265

PREFÁCIO

Boris Schnaiderman

Celebrado tradicionalmente, e com razão, como o grande mestre da história curta, Tchekhov obteve nesta uma realização cabal e conseguiu, graças à sua mestria, revolucionar completamente o gênero. Com efeito, depois de Tchekhov, o conto curto passou a ter uma nova dimensão interior; a sua capacidade de apontar o sentido profundo mesmo de acontecimentos na aparência banais criou uma nova exigência para este gênero literário.

No entanto, o próprio artista não se satisfazia com o seu instrumento. O conto permitiu-lhe traçar uma vastíssima galeria de tipos, levar para a literatura a grande riqueza do seu mundo interior, a sua aguçadíssima penetração psicológica, mas tudo numa forma cuja própria perfeição dava um toque de acabamento, apesar da sugestão de continuidade.

Ora, os problemas que atormentavam o escritor, a sua preocupação extrema com o mundo de contradições e conflitos em que vivia, exigiam um campo mais vasto. Mestre consumado na miniatura, Tchekhov quis uma obra que lhe permitisse mostrar melhor o entrechoque de tendências, as lutas interiores das personagens. Em janeiro de 1888, confessava numa carta: "Escrever longamente é bem cacete e muito mais difícil que escrever curto". Afirmou mesmo ter sido "mimado" pelo trabalho miúdo. E apesar disso, insistiu durante anos na criação de obras mais longas.

Tinha em relação a estas exigências específicas. Não lhe bastava apresentar pedaços de vida. Isto ele já fizera admiravelmente no conto curto. Agora, precisava tratar do humano de modo mais desenvolvido. Aquele ficcionista que teimava em se manter à parte dos entrechoques de agrupamentos formados por posições políticas divergentes, e que afirmava categoricamente não caber ao escritor o papel de mestre ou sacerdote, na realidade estava muito cônscio da importância de pensar criticamente sobre os homens de seu tempo.

Um apontamento de seu caderninho expressa bem a sua postura ética: "O desejo de servir ao bem comum deve ser, de modo incoercível, uma necessidade da alma, a condição para a felicidade pessoal; mas se não é disso que ele decorre, e sim, de considerações teóricas e outras que tais, esse desejo é então outra coisa".

Com base nesta anotação, torna-se mais compreensível aquela sua viagem, à primeira vista maluca, e certamente em condições muito árduas, à ilha de Sacalina, no extremo oriental do Império (ainda não existia a estrada de ferro transiberiana), onde realizaria verdadeira enquete sociológica, entrevistando cada um dos cerca de dez mil habitantes, na maioria degredados. E todo este esforço foi realizado por um homem tuberculoso, um médico plenamente cônscio da gravidade de sua doença e dos riscos que assumia. (Diante da importância e extensão de sua obra, custa acreditar que tenha vivido apenas quarenta e quatro anos!)

Ao mesmo tempo, havia uma espécie de contraponto em tudo o que tocava. Assim, antes de partir para aquela viagem, anotava: "Realmente, vou à ilha de Sacalina, e não apenas por causa dos reclusos, mas à toa. Quero riscar da minha vida um ano e meio". Como esta oscilação nos aproxima do espírito de seus textos! Neste caso, Tchekhov aparece plenamente como personagem tchekhoviano.

Embora continuasse cada vez mais cético em relação aos sistemas de pensamento e ação política, a efervescência da sociedade russa do seu tempo e os prenúncios de revolução despontavam de modo cada vez mais flagrante em sua obra.

É verdade que as suas concepções sobre o assunto parecem bastante vagas e mais vaga ainda a esperança que, por vezes, surge nos contos e peças teatrais. Isso não o impediu, porém, de expressar claramente as condições sociais do seu tempo, as ideias dos seus contemporâneos, os anseios que os animavam, em meio a uma vida parada, insignificante, que ele soube descrever como ninguém. Os destinos frustrados, os fracassos, a irresolução, o suicídio moral, a estagnação provinciana, que aparecem na obra de Tchekhov, não o impediram de assumir atitudes claras em relação a uma série de fatos políticos e sociais. Eram atitudes de um democrata e humanista capaz, ao mesmo tempo, de se referir, numa carta, à "multidão tola", que acreditava saber e compreender tudo e à qual o artista devia dizer que ele não compreendia nada do que aparecia ante os seus olhos. Não nos iludamos, porém: a "multidão tola" era constituída de seres humanos que ele analisou com argúcia e carinho, e cujo destino constituía a sua preocupação constante. Cético e apaixonado, materialista e sonhador, objetivo e, ao mesmo tempo, atormentado por grandes problemas morais de fundo quase religioso, conforme já se apontou tantas vezes, desconfiado e sagaz, Tchekhov teve uma personalidade mais complexa e rica que a de qualquer das suas personagens, apesar da mestria com que as apresentou.

Como contista, levou ao máximo o seu dom de captar o essencial e característico, mesmo nos fatos miúdos, aparentemente sem importância. Em lugar da amplidão de um Tolstói e um Dostoiévski, os grandes temas humanos aparecem nos seus contos, traduzidos em termos do cotidiano, mas em plena poesia e expressão artística.

Antes dos textos aqui reunidos, ele já escrevera, aos vinte e quatro anos, *Drama numa caçada*, designado por ele como romance, e que saiu num jornal, em folhetim. Mas, em lugar de reelaborá-lo, em sua fase mais madura, produziu uma série de outros escritos da extensão de uma novela ou roman-

Prefácio

ce curto. Isto além de suas peças de teatro, tão importantes para a evolução do gênero.

Os relatos deste livro já apareceram em outro publicado com o mesmo título pela Editora Boa Leitura, de São Paulo, em 1961, e que pouco depois deixava de existir.

De acordo com uma prática então corrente, o livro teve a seguir diversas edições sucessivas por duas editoras diferentes, sem qualquer participação minha, apesar das tentativas que fiz para conseguir que me permitissem uma reelaboração do texto.

Ademais, numa daquelas editoras, o meu prefácio foi submetido a uma copidescagem violenta, o que me obrigou a denunciar este fato na imprensa, pois o livro continuava saindo com minha assinatura.

Depois, ele circulou, em várias edições, sem o meu prefácio e com o título *Contos*, precedido da peça de Tchekhov *Três irmãs*, um trabalho de outro tradutor, a partir do francês. E tudo isto apesar de minha intenção declarada de divulgar, com este livro, um Tchekhov que vai além dos seus insuperáveis contos curtos.

Agora, porém, tive toda a liberdade para reelaborar os meus textos. Mas, não obstante o tempo decorrido, não me pareceu necessário alterar a seleção. Estes contos e novelas continuam sendo os meus preferidos.

Tal como na primeira edição, há no final um apêndice com informações complementares sobre cada um deles, agora ampliado. Mas assim como fiz em relação à minha coletânea de contos curtos de Tchekhov,[1] devo prevenir o leitor de que não pretendo dar ali uma abordagem crítica, mas apenas algumas indicações úteis à leitura.

---

[1] Ver A. P. Tchekhov, *A dama do cachorrinho e outros contos*, publicado por esta editora, e que se encontra atualmente na 6ª edição.

O BEIJO

e outras histórias

O BEIJO

Às oito da noite de 20 de maio, todas as seis baterias da brigada de artilharia da reserva sediada em N., que se dirigia para um acampamento, detiveram-se a fim de pernoitar na aldeia de Miestietchko. No mais aceso da lufa-lufa, quando uns oficiais tomavam providências junto aos canhões, e outros, que se dirigiram montados à praça contígua ao gradil da igreja, ouviam os plantões de alojamento, surgiu de trás da igreja um homem à paisana, montado num cavalo estranho. Este, que era pequeno, de pelagem isabel, com um pescoço bonito e cauda curta, avançava como que de lado e executava com as pernas movimentos miúdos, de dança, como se alguém lhe fustigasse as patas com uma chibata. Acercando-se dos oficiais, o cavaleiro levantou um pouco o chapéu e disse:

— Sua Excelência, o Tenente-General Von Rabbek, que possui terras aqui, convida os senhores oficiais a irem agora mesmo tomar chá em sua casa...

O cavalo inclinou-se, tornou a dançar e recuou também de lado; o cavaleiro tirou mais uma vez o chapéu e, um instante depois, desaparecia com o seu estranho cavalo atrás da igreja.

— Pouca-vergonha dos diabos! — resmungaram alguns oficiais, indo para o acantonamento. — Tem-se sono, e aí vem este Von Rabbek com o seu chá! Conhecemos esses chás!

Os oficiais de todas as seis baterias lembraram-se vivamente de um caso no ano anterior, quando, por ocasião das manobras, eles e os oficiais de um regimento de cossacos foram convidados de modo idêntico para um chá por um conde, proprietário rural e militar reformado; o anfitrião hospitaleiro, prazenteiro, tratara-os com carinho, servira-lhes comidas e bebidas e não os deixara voltar ao acantonamento na aldeia, obrigando-os a pernoitar em sua casa. Tudo isto é bom, está claro, não se precisa de nada melhor, mas a desgraça estava em que o militar reformado alegrara-se desmedidamente com a presença dos moços. Ficou contando aos oficiais até o amanhecer episódios do seu glorioso passado, conduziu-os através da casa, mostrou-lhes quadros caros, gravuras antigas, armas raras, leu cartas autênticas de autoridades, enquanto os oficiais extenuados, ouvindo-o, ficavam olhando e, saudosos do leito, bocejavam às escondidas dentro das mangas; quando, finalmente, o dono da casa os dispensou, já era tarde demais para dormir.

Não seria da mesma espécie aquele Von Rabbek? Em todo caso, não havia remédio. Os oficiais trocaram de roupa, limparam-se um pouco e saíram em bando, à procura da casa do proprietário rural. Na praça junto à igreja, disseram-lhes que se podia ir até lá quer por baixo, isto é, descendo para o rio, por trás da igreja, e caminhando pela margem até o jardim da propriedade, e ali as alamedas levavam à casa, quer por cima, diretamente pela estrada que sai da igreja e que, a meia versta da aldeia, vai ter aos armazéns do proprietário. Os oficiais resolveram ir por cima.

— Quem será esse Von Rabbek? — conjeturavam pelo caminho. — Não será aquele que comandou em Plevna[1] a divisão de cavalaria de N.?

— Não, aquele não era Von Rabbek, mas simplesmente Rabe, sem o Von.

— Que tempo lindo!

---

[1] Cidade búlgara, tomada pelos russos em dezembro de 1877, após cinco meses de obstinada defesa pelos turcos.

Junto ao primeiro armazém do proprietário, a estrada se bifurcava: um ramo continuava em frente e desaparecia na bruma do anoitecer, o outro levava à casa senhorial, à direita. Os oficiais dobraram à direita e baixaram a voz... De ambos os lados da estrada, estendiam-se armazéns de pedra com telhados vermelhos, pesados e severos, muito semelhantes às casernas da sede do distrito. Na frente, as janelas da casa senhorial estavam iluminadas.

— Senhores, um bom indício! — disse um dos oficiais. — O nosso perdigueiro vai na frente de todos; quer dizer, está prevendo uma presa!...

O Tenente Lobitko, que ia na frente, homem alto e corpulento, mas completamente desprovido de bigodes (tinha mais de vinte e cinco anos, mas por algum motivo ainda não haviam aparecido pelos em seu rosto redondo e nutrido), famoso no grupo pela sua argúcia e pela capacidade de adivinhar, a distância, a presença de mulheres, virou-se e disse:

— Sim, deve haver mulheres aqui. Sinto isso por instinto.

À entrada da casa, os oficiais foram recebidos por Von Rabbek em pessoa, velho de uns sessenta anos, de ar respeitável, à paisana. Apertando as mãos das visitas, ele disse estar muito contente e feliz, mas pedia desculpas insistentes, pelo amor de Deus, aos senhores oficiais, por não convidá-los a pernoitar em sua casa; tinham chegado irmãos, duas irmãs com os filhos, vizinhos, de modo que não lhe sobrava nenhum quarto vago.

O general apertou a mão de todos, pedindo desculpas e sorrindo, mas via-se pelo seu rosto que ele estava muito menos contente em receber as visitas do que aquele conde do ano passado, e que fizera um convite aos oficiais unicamente porque, a seu ver, as boas maneiras o exigiam. E os próprios oficiais, subindo a escada macia e ouvindo-o, sentiam terem sido convidados para aquela casa unicamente porque daria vergonha não os convidar, e, ao ver os criados, que se apressavam a acender as luzes embaixo, na entrada, e em cima, na

O beijo

15

antessala, tiveram a impressão de haver trazido inquietação e sobressalto àquela casa. Pode ser agradável porventura a presença de doze oficiais desconhecidos numa casa onde se reuniram, para alguma solenidade ou acontecimento familiar, irmãos, duas irmãs com os filhos, vizinhos?

Em cima, à entrada da sala, os hóspedes foram recebidos por uma velha alta e esbelta, de rosto comprido com sobrancelhas negras, muito parecida com a Imperatriz Eugênia.[2] Ela disse, com um sorriso acolhedor e majestoso, estar contente e feliz de ver em sua casa aquelas visitas, e desculpou-se porque ela e o marido estavam nessa ocasião impossibilitados de convidar os senhores oficiais a passar ali a noite. Pelo bonito e majestoso sorriso, que desaparecia imediatamente do seu rosto, sempre que ela desviava-o por algum motivo das suas visitas, percebia-se que ela vira em sua vida muitos senhores oficiais, que tinha mais em que pensar, e que se os convidara para sua casa e estava pedindo desculpas era unicamente porque a sua educação e posição na sociedade o exigiam.

Na grande sala de jantar, onde entraram os oficiais, uma dezena de homens e senhoras, idosos uns, jovens outros, tomavam chá, sentados de um lado da mesa comprida. Atrás das suas cadeiras, destacava-se um grupo de homens, envolvido por uma tênue fumaça de charutos; no meio do grupo, estava um jovem magricela de pequenas suíças ruivas, que falava alto em inglês, pronunciando mal os erres. Por entre aquela gente, via-se através de uma porta um quarto claro com mobília azul-celeste.

— Os senhores são tantos que é impossível apresentá-los! — disse alto o general, esforçando-se em parecer muito alegre. — Apresentem-se sozinhos, senhores, à maneira singela!

Os oficiais, uns com rosto muito sério e até severo, outros com um sorriso forçado, sentiram-se todos muito pouco

---

[2] A esposa de Napoleão III da França.

à vontade, cumprimentaram como puderam os presentes e sentaram-se para tomar chá.

Quem se sentia mais constrangido era o Capitão Riabóvitch, oficial pequeno, um tanto curvado, de óculos e de suíças que lembravam um lince. Enquanto uns dos seus colegas aparentavam seriedade e outros tinham um sorriso forçado, o seu rosto, as suíças de lince e os óculos pareciam dizer: "Sou o mais tímido, o mais modesto, o mais incolor dos oficiais de toda a brigada!". A princípio, entrando na sala de jantar, e, depois, sentado com o seu chá, não conseguia de modo algum deter a atenção em algum rosto ou objeto. Os semblantes, os vestidos, as jarrinhas de cristal com o conhaque, a fumaça que saía dos copos, as cornijas entalhadas, tudo isso fundia-se numa impressão geral, imensa, que infundia a Riabóvitch alarma e vontade de esconder a cabeça. A exemplo de um declamador que aparece pela primeira vez em público, ele via tudo o que tinha ante os olhos, mas não compreendia bem o que via (os fisiólogos chamam de "cegueira psicológica" a condição em que o indivíduo não compreende o que vê). Um pouco depois, familiarizado com o ambiente, Riabóvitch já era capaz de observar. Homem tímido e pouco sociável, o que primeiro lhe saltou à vista foi aquilo que nunca tivera, isto é, a extraordinária coragem dos seus novos conhecidos. Von Rabbek, sua mulher, duas senhoras de meia-idade, uma senhorita de vestido lilá e o jovem de suíças pequenas e ruivas, que se constatou ser o filho mais novo de Rabbek, sentaram-se com muita agilidade entre os oficiais, como se tivesse havido um ensaio prévio, e imediatamente iniciaram uma discussão ardorosa, da qual as visitas não podiam deixar de participar. A senhorita lilá pôs-se a demonstrar com veemência que os artilheiros tinham vida muito menos penosa que a da cavalaria e da infantaria, enquanto Rabbek e as senhoras de meia-idade afirmavam o contrário. Começou uma conversa cruzada. Riabóvitch ficou olhando a senhorita lilá, que discutia com tamanho ardor um assunto que lhe era alheio e de todo desinteressante, e vendo sorrisos insinceros aparecerem e desaparecerem-lhe no rosto.

Von Rabbek e sua família atraíam com habilidade os oficiais para uma discussão, e ao mesmo tempo vigiavam atiladamente os seus copos e bocas, a fim de verificar se estavam bebendo tudo, se todos tinham açúcar e por que este ou aquele não comia biscoito ou não tomava conhaque. E quanto mais Riabóvitch olhava e escutava, mais lhe agradava aquela família insincera, mas admiravelmente disciplinada.

Depois do chá, os oficiais foram para o salão. O faro do Tenente Lobitko não o enganara; havia ali muitas moças e jovens senhoras. O tenente perdigueiro já estava parado junto de uma loura muito jovem, de vestido preto, e, garbosamente curvado, como que se apoiando num sabre invisível, sorria e movia os ombros com faceirice. Dizia, provavelmente, alguma tolice muito interessante, pois a loura olhava condescendente o seu rosto nutrido e perguntava com indiferença: "É mesmo?". E, por este desapaixonado "É mesmo", o perdigueiro, se fosse inteligente, poderia concluir que dificilmente lhe gritariam: "Isca!".

Ressoou o piano de cauda; uma valsa dolente voou da sala através das janelas completamente abertas, e todos por alguma razão lembraram-se de que, além das janelas, eram primavera e noite de maio. Todos sentiram que o ar recendia a folhagem nova de choupo, a rosas e lilases. Riabóvitch, em quem, sob o influxo da música, começou a manifestar-se o conhaque ingerido, olhou de viés para a janela, sorriu, começou a acompanhar os movimentos das mulheres, e teve a impressão de que o aroma das rosas, dos choupos e lilases não vinha do jardim, mas dos semblantes femininos e dos vestidos.

O filho de Rabbek convidou uma jovem esquálida para dançar e deu com ela duas voltas. Deslizando sobre o parquete, Lobitko chegou correndo até a senhorita lilá e voou com ela pelo salão. Começaram as danças... Parado junto à porta, entre os que não dançavam, Riabóvitch ficou observando. Em toda a vida, nunca dançara e nenhuma vez abraçara a cintura de uma mulher direita. Agradava-lhe ao extremo que um homem pegasse pela cintura, à vista de todos, uma jovem desconhecida e oferecesse o ombro para ela apoiar a mão, mas não podia de modo algum imaginar-se na condição desse homem. Houve um tempo em que ele invejava a vivacidade e coragem dos seus colegas e sofria no íntimo; a consciência de que era tímido, curvado e incolor, que tinha um corpo comprido e suíças de lince, ofendia-o profundamente, mas, com o passar dos anos, essa noção tornou-se um hábito, e agora, olhando os que dançavam ou falavam alto, ele não tinha mais inveja, mas apenas comovia-se entristecido.

Quando começou a quadrilha, o jovem Von Rabbek aproximou-se dos que não dançavam e convidou dois oficiais para uma partida de bilhar. Os oficiais aceitaram e acompanharam-no para fora do salão. Por desenfado, querendo tomar pelo menos alguma parte no movimento geral, Riabóvitch arrastou-se atrás deles. Do salão passaram para a sala de visitas, depois para um corredor estreito de vidro, dali para uma sala onde, apenas eles entraram, três vultos sonolentos de criados pularam depressa dos divãs. Finalmente, tendo atravessado uma sucessão de salas, o jovem Rabbek e os oficiais entraram numa sala pequena, onde estava a mesa de bilhar. Começou a partida.

Riabóvitch, que nunca jogara nada a não ser baralho, ficou parado junto à mesa, olhando com indiferença os jogadores, que, tendo desabotoado a casaca, caminhavam de taco nas mãos, soltavam trocadilhos e gritavam palavras incompreensíveis. Não o notavam e somente de raro em raro algum deles, depois de empurrá-lo com o cotovelo ou de tocá-lo sem querer com o taco, virava-se e dizia: "*Pardon!*". A primeira partida ainda não terminara, e ele já estava aborrecido e tinha a impressão de que era demais ali, que atrapalhava... Quis voltar ao salão e saiu.

O beijo

Na volta, viveu uma pequena aventura. A meio caminho, percebeu que estava indo na direção errada. Lembrava-se muito bem de que devia encontrar três vultos sonolentos de criados, mas atravessou cinco ou seis salas, e esses vultos como que sumiram debaixo da terra. Depois de perceber o seu engano, caminhou um pouco para trás, dobrou à direita e entrou num escritório meio escuro, que não vira quando fora à sala de bilhar; tendo parado ali cerca de meio minuto, abriu decidido a primeira porta que viu e entrou num quarto completamente às escuras. Em frente, via-se a fenda da porta, pela qual se filtrava com intensidade uma luz viva; chegavam de trás dessa porta sons abafados de uma dolente mazurca. Tal como no salão, as janelas estavam ali completamente abertas e cheirava a choupos, a lilases e rosas...

Riabóvitch deteve-se pensativo... Nesse ínterim, inesperadamente para ele, ouviram-se passos apressados e um fru-fru de vestido, uma ofegante voz feminina murmurou: "Até que enfim!" e dois braços macios, cheirosos, indiscutivelmente femininos, envolveram-lhe o pescoço; uma face tépida apertou-se contra a sua e, ao mesmo tempo, ressoou um beijo. Mas, imediatamente, aquela que o beijara soltou um pequeno grito e, foi a impressão de Riabóvitch, afastou-se dele com repugnância, num movimento brusco. Ele também por pouco não gritou, e correu para a fenda fortemente iluminada da porta...

Quando voltou para o salão, o coração batia-lhe e as mãos tremiam-lhe de modo tão perceptível que ele apressou-se em escondê-las atrás. No primeiro instante, atormentaram-no a vergonha e o medo de que todo o salão soubesse que, ainda há pouco, uma mulher o abraçara e beijara; ele encolhia-se e olhava inquieto para os lados, mas, convencendo-se de que no salão continuavam a dançar e tagarelar da maneira mais repousada, entregou-se todo a uma sensação nova, que jamais experimentara. Acontecia-lhe algo estranho... O seu pescoço, que um instante atrás fora envolvido por braços macios, cheirosos, parecia-lhe untado com manteiga; sobre a face junto ao bigode esquerdo, onde fora beijado pela desconhecida, tremia um friozinho ligeiro, agradável, como de gotas de menta, e quanto mais ele esfregava esse lugar, mais fortemente sentia o friozinho, e todo ele, da cabeça aos pés, estava repleto de um sentimento novo, estranho, que não cessava de crescer... Teve vontade de dançar, falar, correr para o jardim, rir alto... Esqueceu-se completamente de que era curvado e incolor, que tinha suíças de lince e um "físico indefinido" (assim se descrevera o seu aspecto exterior numa conversa de senhoras, que ele ouvira sem querer). Quando a mulher de Rabbek passou ao lado, ele sorriu-lhe tão larga e carinhosamente que ela se deteve e olhou-o com ar interrogador.

— A sua casa agrada-me tremendamente!... — disse ele, corrigindo os óculos.

A mulher do general sorriu e disse que essa casa pertencera a seu pai, depois perguntou-lhe se os pais dele ainda viviam, se fazia tempo que servia nas fileiras, por que era tão magro etc... Tendo recebido resposta às suas perguntas, ela caminhou adiante, e, depois dessa conversa, ele se pôs a sorrir ainda mais carinhosamente e a pensar que estava rodeado de gente magnífica...

Durante a ceia, Riabóvitch comeu maquinalmente tudo o que lhe ofereceram, bebeu e, não ouvindo nada, procurou explicar para si mesmo a recente aventura... Esta tinha um caráter misterioso e romântico, mas não era difícil explicá-la. Certamente, uma moça ou senhora marcara com alguém um encontro no quarto escuro, esperara muito tempo e, estando com os nérvos excitados, confundira Riabóvitch com o seu herói: o fato era ainda mais plausível porque, ao atravessar o quarto escuro, Riabóvitch parara pensativo, isto é, tinha o aspecto de uma pessoa que também espera algo... Foi justamente assim que explicou a si mesmo o beijo recebido.

"Mas quem é ela?", pensava, examinando os rostos femininos. "Deve ser jovem, pois as velhas não vão a encontros. Ademais, era culta, pois isto se percebia pelo fru-fru do vestido, pelo aroma, pela voz..."

Deteve o olhar na senhorita lilá, que então lhe agradou muito; tinha ombros e braços bonitos, rosto inteligente e uma bela voz. Olhando-a, Riabóvitch quis que ela, e não uma outra, tivesse sido aquela desconhecida... Mas ela riu com expressão insincera e franziu o nariz comprido, que lhe pareceu envelhecido; transferiu então o olhar para a loura de preto. Esta era mais jovem, mais simples e sincera, tinha umas têmporas encantadoras e bebia muito bonito do seu cálice. Agora, Riabóvitch quis que ela fosse aquela. Pouco depois, no entanto, achou que o seu rosto era pouco delicado e dirigiu os olhos para a sua vizinha...

"É difícil adivinhar", pensou, devaneando. "Se se tomarem da moça lilá apenas os ombros e os braços, acrescentando-se as têmporas da loura e tomando-se os olhos dessa que está sentada à esquerda de Lobitko, então..."

Efetuou mentalmente a soma e disso resultou a imagem da jovem que o beijara, aquela imagem que ele queria, mas de jeito nenhum conseguia achar à mesa...

Após a ceia, as visitas, alimentadas e inebriadas, começaram a despedir-se e a agradecer. Os donos da casa desculparam-se novamente por não poderem convidá-los a pernoitar ali.

— Estou muito, muito contente, senhores! — dizia o general, e desta vez com sinceridade (provavelmente porque, despedindo-se das visitas, as pessoas são geralmente muito mais sinceras e bondosas que ao recebê-las). — Muito contente! Venham ver-nos quando passarem por aqui na volta! Sem cerimônia! Mas por onde estão indo? Querem ir por cima? Não, passem pelo jardim, por baixo, assim é mais perto.

Os oficiais saíram para o jardim. Depois da luz forte e do barulho, o jardim lhes pareceu muito escuro e silencioso. Caminharam calados até o portão. Estavam meio embriagados, alegres, satisfeitos, mas as trevas e o silêncio obrigaram-nos a ficar uns instantes pensativos. Cada um teve provavelmente o mesmo pensamento que Riabóvitch: chegará também para eles o dia em que, a exemplo de Rabbek, terão uma casa espaçosa, família, um jardim, quando também eles terão a possibilidade de tratar as pessoas com carinho, ainda que insincero, deixá-las fartas, embriagadas, contentes?

Depois de atravessar o portão, começaram a falar todos ao mesmo tempo e puseram-se a rir alto, sem qualquer motivo. Agora, já estavam caminhando pela senda que descia até o rio e, depois, avançava bem junto à água, contornando os arbustos da margem, os barrancos e os salgueiros que pendiam sobre a correnteza. Mal se viam a margem e a vereda, e a riba oposta estava completamente imersa em treva. Estrelas refletiam-se aqui e ali na água escura; elas tremiam e diluíam-se, somente por isso podia-se perceber que o rio corria depressa. Reinava o silêncio. Narcejas sonolentas gemiam na margem oposta, e, nesta, um rouxinol soltava num dos arbustos trinados sonoros, sem dar qualquer atenção ao grupo de oficiais. Estes pararam um pouco junto ao arbusto, tocaram nele, mas o rouxinol continuou cantando.

— Que tal? — ouviram-se exclamações aprobatórias. — Nós estamos ao lado, e ele nem liga! Que malandro!

No fim do caminho, a vereda ia para cima e, junto ao gradil da igreja, dava na estrada. Aqui, os oficiais, cansados da caminhada morro acima, sentaram-se um pouco e fumaram. Na margem oposta apareceu uma chamazinha vermelha, baça, e, por desfastio, eles ficaram muito tempo conjeturando se era uma fogueira, uma janela iluminada ou algo diferente... Riabóvitch olhava também a chama e tinha a impressão de que esse fogo sorria-lhe e piscava, como se conhecesse o episódio do beijo.

Chegando ao acantonamento, despediu-se bem depressa e deitou-se. Na mesma isbá, estavam instalados Lobitko e o Tenente Mierzliakóv, um rapaz quieto, sossegado, considerado em seu círculo um oficial culto e que, em todas as

O beijo
23

oportunidades, lia O *Mensageiro da Europa*,[3] carregando-o sempre consigo. Lobitko se despiu; passou muito tempo andando de um canto a outro, o ar insatisfeito, e mandou o ordenança buscar cerveja. Mierzliakóv deitou-se, colocou uma vela à cabeceira e mergulhou na leitura do *Mensageiro*.

"Quem será ela?", cismava Riabóvitch, olhando o teto enfumaçado.

O seu pescoço, tinha a impressão, ainda estava untado de manteiga, e junto à boca sentia um friozinho como que de gotas de menta. Perpassavam-lhe na imaginação os ombros e braços da senhorita lilá, as têmporas e os olhos sinceros da loura de preto, cinturas, vestidos, broches. Procurava deter a imaginação sobre essas imagens, mas elas pulavam, diluíam-se, tremiam. Quando desapareciam completamente sobre o largo fundo negro que todo ser humano vê ao fechar os olhos, ele começava a ouvir passos apressados, um fru-fru de vestido, o som de um beijo, e uma alegria intensa, sem causa, apossava-se dele... Entregue a essa alegria, ouviu voltar o ordenança e informar que não havia cerveja. Lobitko ficou profundamente indignado e novamente se pôs a caminhar.

— E então, não é mesmo um idiota? — dizia, parando ora em frente de Riabóvitch, ora em frente de Mierzliakóv. — É preciso ser um grande tolo e imbecil para não encontrar cerveja! Hem? Não é de fato um canalha?

— Naturalmente, não se encontra cerveja por aqui — disse Mierzliakóv, sem tirar os olhos de O *Mensageiro da Europa*.

— Sim? É a sua opinião? — insistiu Lobitko. — Meu Deus, pode mandar-me à lua, e no mesmo instante vou encontrar cerveja e mulheres! Vou sair agora e encontrar a bebida... Pode chamar-me de calhorda, se não a encontrar!

Levou muito tempo vestindo-se e repuxando os canos

---

[3] *Viéstnik Ievrópi*, revista da época.

das botas grandes, depois fumou em silêncio um cigarrinho e saiu.

— Rabbek, Grabbek, Labbek — balbuciou, parando no corredor. — Não dá vontade de ir sozinho, que diabo! Não quer dar uma voltinha, Riabóvitch? Hem?

Não recebendo resposta, voltou, despiu-se em silêncio e deitou-se. Mierzliakóv suspirou, empurrou para um lado *O Mensageiro da Europa* e apagou a vela.

— Sim-im — balbuciou Lobitko, acendendo no escuro um cigarro.

Riabóvitch passou o cobertor sobre a cabeça e, enrolando-se como uma rosca, pôs-se a reunir na fantasia as imagens que passavam de relance e a fundi-las num todo. Mas não conseguiu obter nada com isso. Logo adormeceu, e o seu último pensamento foi que alguém o acarinhara e alegrara, que em sua vida ocorrera algo extraordinário, tolo, porém muito bom e alegre. Esse pensamento não o abandonava mesmo durante o sono.

Quando acordou, não sentia mais a manteiga sobre o pescoço, nem o friozinho mentolado junto aos lábios, mas, tal como na véspera, a alegria percorria-lhe o peito como uma onda. Olhou entusiasmado as ombreiras das janelas, douradas pelo sol que se erguia, e prestou ouvido ao movimento da rua. Alguém conversava bem junto às janelas. O comandante da bateria de Riabóvitch, Liebiediétzki, que acabava de alcançar a brigada, falava com um dos seus sargentos, muito alto, por não estar acostumado a conversar baixo.

— E o que mais? — gritou o comandante.

— Na referragem de ontem, Vossa Alta Nobreza,[4] ferrou-se o Pombinho. O enfermeiro aplicou-lhe barro com vinagre. Agora, conduzem-no pela rédea, separado dos de-

---

[4] Tratamento dispensado, na Rússia tsarista, aos oficiais superiores e aos funcionários de hierarquia elevada.

O beijo

mais. E também, Vossa Alta Nobreza, o operário Artiêmiev embriagou-se ontem, e o tenente mandou prendê-lo sobre o jogo dianteiro de uma carreta de reserva.

O sargento relatou ainda que Kárpov esquecera as correias novas dos instrumentos de sopro e os piquetes das barracas, e que os senhores oficiais visitaram na véspera o General Von Rabbek. Em meio à conversa, apareceu à janela a cabeça ruiva de Liebiediétzki. Ele entrecerrou os olhos míopes, dirigindo-os para os rostos sonolentos dos oficiais e cumprimentou-os.

— Tudo em ordem? — perguntou.

— Um cavalo de tração e de sela machucou o garrote — respondeu Lobitko bocejando — com a nova coelheira.

O comandante suspirou, pensou um pouco e disse alto:

— Eu pretendo ir ainda à casa de Aleksandra Ievgráfovna. Preciso ver como está passando. Bem, até a vista. Vou alcançá-los à noitinha.

Um quarto de hora depois, a brigada pôs-se em movimento. Quando passaram pela estrada, junto aos armazéns da propriedade rural, Riabóvitch olhou para a casa, à direita. As persianas estavam cerradas. Provavelmente, ainda dormiam ali. Dormia também aquela que o beijara na véspera. Quis imaginá-la dormindo. A janela do quarto completamente aberta, os ramos verdes espiando por essa janela, o frescor matinal, o aroma do choupo, dos lilases e das rosas, o leito, a cadeira e, sobre esta, o vestido que ainda ontem fazia fru-fru, os sapatinhos, o reloginho sobre a mesa — traçou tudo isto para si mesmo de modo nítido, destacado, mas os traços do semblante, o querido sorriso sonolento, justamente aquilo que é importante e característico, fugira-lhe da imaginação que nem mercúrio de baixo de um dedo. Tendo percorrido meia versta, voltou a cabeça: a igreja amarela, a casa, o rio e o jardim estavam inundados de luz; o rio, com as suas margens de um verde vivo, que refletia o céu azul e tinha aqui e ali um brilho argênteo, era muito bonito. Riabóvitch olhou pela derradeira vez para Miestietchko e ficou muito entristecido, como se se despedisse de algo bem próximo e querido.

Pelo caminho, apareciam aos olhos somente quadros conhecidos havia muito e desinteressantes... À direita e à esquerda, campos de centeio e trigo-sarraceno, gralhas saltitantes; olhando-se para a frente, viam-se poeira e nucas, voltando-se a cabeça, viam-se a mesma poeira e rostos... Na frente de todos, caminham quatro homens armados de espada: é a vanguarda. Segue-os uma multidão de cantores, atrás destes vêm a cavalo os corneteiros. A vanguarda e o coro, a exemplo dos empregados de pompas fúnebres num enterro, esquecem a todo momento a distância regulamentar e avançam muito... Riabóvitch está junto à primeira peça da quinta bateria. Vê as quatro baterias que seguem na frente. Para um paisano, essa longa e pesada fileira, como se apresenta a brigada em movimento, parece uma mixórdia quase incompreensível; não se compreende por que há tanta gente junto a uma das peças e por que esta é puxada por tantos cavalos, arreados de maneira estranha, como se ela fosse de fato tão terrível e pesada. Mas, para Riabóvitch, tudo isso é completamente compreensível, e por isso desinteressante ao extremo. Sabe desde há muito para que, diante de cada bateria, caminha ao lado do oficial um grave subtenente e por que ele se chama subtenente carregador; depois dos ombros deste, veem-se os cavaleiros da primeira peça e, em seguida, os da central; Riabóvitch conhece o nome que recebem os cavalos da esquerda e da direita, e isso é muito desinteressante. Seguem-se dois cavalos de tração. Sobre um desses, vem um soldado que traz nas costas a poeira da véspera e que tem um pedaço de madeira muito disforme e engraçado sobre a perna direita; Riabóvitch conhece a destinação desse pedaço de madeira, que não lhe parece engraçado. Todos os cavaleiros erguem maquinalmente as chibatas e de raro em raro soltam gritos. A própria peça é feia. Sobre o reparo, há sacos de aveia cobertos com uma lona, e o próprio canhão traz como pingentes chaleiras, bornais, pequenos sacos, e parece um animalzinho inócuo, que tenha sido cercado, não se sabe por quê, de homens e cavalos. Nos seus flancos, caminham, agitando os braços, os seis serventes da peça. Atrás desta, vêm mais subtenentes, cavaleiros, e depois arrasta-se nova peça, feia e pouco imponente como a primeira. Seguem-se a terceira, a quarta; junto a esta última, um oficial etc. A brigada tem seis baterias, e cada uma dessas, quatro peças. A fileira arrasta-se por meia versta. Termina por uma carreta, junto à qual caminha pensativa, tendo pendida a cabeça de orelhas compridas, uma carantonha altamente simpática: o jumento Magar, trazido da Turquia por um comandante de bateria.

Riabóvitch olhava com indiferença para a frente e para trás, para as nucas e os rostos; noutra ocasião, teria cochilado, mas agora está completamente imerso nos seus pensamentos novos e agradáveis. A princípio, quando o grupo apenas acabava de iniciar a jornada, ele procurava convencer-se de que o episódio do beijo podia ser interessante apenas como uma aventurazinha misteriosa, que em essência tal episódio era insignificante, e que pensar nele seriamente era pelo menos uma tolice; mas logo se descartou da lógica e entregou-se aos devaneios... Ora ele se imaginava na sala de visitas em casa de Rabbek, ao lado de uma jovem que se parecia com a senhorita lilá e com a loura de preto; ora cerrava os olhos e via-se com uma outra moça, completamente desconhecida, com um rosto de traços muito indeterminados; mentalmente, falava, acariciava, inclinava-se sobre um ombro, imaginava a guerra e a separação, depois o regresso, a ceia com a mulher, visualizava os filhos...

— À boleia! — ressoava um comando, toda vez que se descia uma ladeira.

Ele gritava também "à boleia!" e temia que esse grito interrompesse os seus devaneios e o chamasse à realidade...

Passando junto a uma propriedade rural, Riabóvitch espiou por cima da cerca para o jardim. Apareceu uma alameda comprida, reta como uma régua, polvilhada de areia amarela e plantada de bétulas novas... Com a avidez de uma pessoa imersa em devaneios, imaginou pequenos pés de mulher caminhando sobre a areia amarela e, de modo completamente inesperado, desenhou-se nitidamente na sua imaginação aquela que o beijara e que ele soubera representar para si na véspera, durante a ceia. Essa imagem deteve-se em seu cérebro e não o abandonava mais.

Ao meio-dia, uma voz ressoou atrás, junto à carreta:

— Sentido! Olhar à esquerda! Senhores oficiais!

O general de brigada passou numa caleça, puxada por um par de cavalos brancos. Deteve-se junto à segunda bateria e pôs-se a gritar algo que ninguém compreendeu. Alguns oficiais acorreram à sua presença, e entre eles Riabóvitch.

— Bem, e então? O quê? — perguntou o general, piscando os olhos vermelhos. — Há doentes?

Recebidas as respostas, o general, pequeno e magricela, mastigou um pouco, pensou e disse, dirigindo-se a um dos oficiais:

— Na sua bateria, o cavaleiro da direita, da terceira peça, tirou a perneira e pendurou-a, o canalha, sobre o reparo. Reclame com ele.

Levantou os olhos para Riabóvitch e prosseguiu:

— E o senhor parece que tem os galões muito compridos...

Depois de fazer mais algumas observações cacetes, o general olhou para Lobitko e sorriu:

— E o senhor, Tenente Lobitko, tem hoje um aspecto muito triste. Está com saudade da Lopúkhova? Hem? Senhores, ele ficou com saudade da Lopúkhova!

Lopúkhova era uma senhora muito alta e corpulenta, que havia muito já passara dos quarenta. O general, que tinha um fraco pelas damas encorpadas de qualquer idade, suspeitava nos seus oficiais a mesma debilidade. Os oficiais sorriram respeitosos. Contente por ter dito algo muito engraçado e sarcástico, o general de brigada deu uma sonora gargalhada, tocou o ombro do cocheiro e fez continência. A caleça prosseguiu caminho...

"Tudo o que eu agora sonho e que me parece impossível e não terrestre é, na realidade, muito comum", pensava Riabóvitch, olhando as nuvens de poeira, que corriam atrás da caleça do general. "Tudo isto é muito comum e experimentado por todos... Por exemplo, este general amou um dia, agora está casado, com filhos. O Capitão Vákhter também se casou e é amado, não obstante a sua feia nuca vermelha e a ausência de cintura... Salmanov é rude e demasiado tártaro, mas teve um romance que acabou em casamento... Eu sou igual aos demais e, cedo ou tarde, hei de passar pelo mesmo que eles..."

E o pensamento de que era um homem comum e que a sua vida era uma vida comum alegrou-o, deixando-o mais animado. Ele já a desenhava ousadamente, como queria, bem como a sua felicidade, e não refreava mais a sua imaginação...

Quando, à noitinha, tendo a brigada chegado ao destino, os oficiais descansavam nas barracas, Riabóvitch, Mierzliakóv e Lobitko ficaram sentados ao redor de um baú, ceando. Mierzliakóv comia sem se apressar e, mastigando devagar, lia *O Mensageiro da Europa* que tinha sobre os joelhos. Lobitko falava sem cessar e ia enchendo um copo de cerveja, e Riabóvitch, a quem os devaneios durante um dia inteiro fizeram aparecer um nevoeiro na cabeça, calava-se e bebia. Depois de três copos, ficou tonto, fraco, e veio-lhe uma vontade incoercível de partilhar com os companheiros a nova sensação.

— Aconteceu-me um caso estranho em casa desses Rabbek... — começou, procurando dar à voz um tom indiferente, zombeteiro. — Fui, imaginem vocês, à sala de bilhar...

Começou a contar muito minuciosamente a história do beijo, e um minuto depois calou-se... Nesse minuto, ele contou tudo, e ficou extremamente admirado por ter sido necessário tão pouco tempo para contá-lo. Tivera a impressão de que poderia falar do beijo até o amanhecer. Depois de ouvi-lo, Lobitko, que mentia muito e por isso não acreditava em ninguém, olhou-o desconfiado e sorriu. Mierzliakóv moveu as sobrancelhas e disse tranquilo, sem tirar os olhos de O *Mensageiro da Europa*:

— Isto aqui é Deus sabe o quê!... Atira-se ao pescoço, sem antes chamar pelo nome... Deve ser uma psicopata...

— Sim, provavelmente uma psicopata... — concordou Riabóvitch.

— Já me aconteceu também um caso semelhante... — disse Lobitko, os olhos assustados. — Eu estava viajando, no ano passado, para Kovno... Compro uma passagem de segunda classe... O vagão está repleto e é impossível dormir. Dou meio rublo ao cabineiro... Este apanha a minha bagagem e conduz-me a uma cabine... Deito-me e cubro-me com a manta... Está escuro, compreendem? De repente, percebo que alguém me toca no ombro e respira bem junto ao meu rosto. Faço um movimento com a mão e sinto o cotovelo de alguém... Abro os olhos e, imaginem vocês... uma mulher! Os olhos negros, lábios vermelhos como um salmão dos bons, as narinas respirando paixão, o peito saltando que nem biela de locomotiva.

— Perdão — interrompeu-o tranquilo Mierzliakóv. — Quanto ao peito, eu compreendo, mas como podia ver os seus lábios, se estava escuro?

Lobitko pôs-se a fazer rodeios e a rir da falta de imaginação de Mierzliakóv. Isso deixou Riabóvitch confuso. Afastou-se do baú, deitou-se e prometeu a si mesmo nunca mais fazer confissões.

Seguiu-se vida de acampamento... Sucederam-se os dias, muito semelhantes entre si. Todos esses dias, Riabóvitch sentia, pensava e comportava-se como um homem apaixonado. Todas as manhãs, quando o ordenança lhe trazia o necessá-

O beijo

rio para lavar-se, ele despejava água fria sobre a cabeça e lembrava que em sua vida havia algo bom e tépido.

À noitinha, quando os companheiros encetavam alguma conversa sobre amor e mulheres, ele prestava atenção, acercava-se mais e assumia a expressão que tem o rosto dos soldados que ouvem o relato de uma batalha de que participaram. E nas noites em que a oficialidade inferior em farra, encabeçada pelo perdigueiro Lobitko, efetuava ataques domjuanescos ao "arrabalde", Riabóvitch, que participava desses ataques, ficava sempre tristonho, sentia-se profundamente culpado e pedia-*lhe* mentalmente perdão... Nas horas de ócio ou nas noites de insônia, quando lhe dava na veneta lembrar a infância, o pai, a mãe, em geral o que era próximo e querido, lembrava invariavelmente também Miestietchko, o cavalo estranho, Rabbek, a esposa deste, que lembrava a Imperatriz Eugênia, o quarto escuro, a fenda iluminada da porta...

No dia 31 de agosto, ele voltava do acampamento, mas não mais com toda a brigada e sim com duas baterias. Durante todo o caminho, ele devaneou e inquietou-se, como se estivesse regressando à pátria. Queria apaixonadamente tornar a ver o cavalo estranho, a igreja, a insincera família dos Rabbek, o quarto escuro; a "voz interior", que tantas vezes engana os apaixonados, murmurava-lhe por algum motivo que ele indefectivelmente haveria de vê-la... Perguntas atormentavam-no: como haveria de se encontrar com ela? Do que falariam? Ela não esquecera o beijo? Na pior das hipóteses, pensava, mesmo que não a encontrasse, seria agradável o simples fato de passar pelo quarto escuro e recordar...

À noitinha, apareceram no horizonte a igreja conhecida e os armazéns brancos. Riabóvitch sentiu bater o coração... Não ouvia o oficial que cavalgava ao lado e que lhe dizia algo, esquecera tudo e fixava com avidez os olhos no rio que brilhava ao longe, no telhado da casa, no pombal, sobre o qual pombos rodavam, iluminados pelo poente.

Aproximando-se da igreja e, depois, ouvindo um plantão do acantonamento, esperava a todo instante aparecer do outro lado do gradil um cavaleiro, que convidaria os oficiais para o chá, mas... a prestação de contas dos plantões terminou, os oficiais apearam-se e arrastaram-se para a aldeia, e nenhum cavaleiro apareceu...

"Agora, Rabbek vai saber pelos mujiques que nós chegamos e mandará chamar-nos", pensou Riabóvitch, entrando na isbá e não compreendendo por que o seu companheiro estava acendendo uma vela e por que os ordenanças apressavam-se a preparar os samovares...

Apoderou-se dele uma pesada inquietude. Deitou-se, depois se levantou e espiou pela janela a ver se não vinha um homem a cavalo. Mas este não dava sinal de vida. Tornou a deitar-se, meia hora depois se levantou e, não suportando a inquietação, saiu para a rua e caminhou para a igreja. Estava escuro e deserto na praça junto ao gradil... Havia três soldados bem junto à descida para o rio, calados. Vendo Riabóvitch, sobressaltaram-se e fizeram continência. Respondeu-lhes e começou a descer pela vereda sua conhecida. Sobre a margem oposta, todo o céu estava inundado de púrpura: erguia-se a lua; duas mulheres conversavam alto, andavam por uma horta e arrancavam folhas de repolho; além das hortas, algumas isbás destacavam-se, escuras... Mas, na margem em que estava, tudo permanecia como em maio: a vereda, os arbustos, os salgueiros pendendo sobre a água... apenas, não se ouvia o valente rouxinol, nem cheirava a choupo e a erva nova.

Chegando ao jardim, Riabóvitch espiou pelo portão. No jardim, tudo estava escuro e quieto... Apareciam apenas os troncos brancos das bétulas mais próximas, além de um pedacinho de alameda, tudo o mais fundia-se em massa negra. Riabóvitch aguçava avidamente olhos e ouvidos, mas, tendo permanecido ali em pé cerca de um quarto de hora e não conseguindo perceber nenhum som, nenhuma luzinha, arrastou-se de volta...

O beijo

Acercou-se do rio. Diante dele, branquejavam a casa de banhos do general e os lençóis pendentes no parapeito da pontezinha... Subiu para esta, parou um pouco ali e, sem nenhuma necessidade, tocou um lençol. Este era áspero e frio. Olhou para baixo, para a água... O rio corria rápido e murmurava quase imperceptivelmente junto às pilastras da casa de banhos. A lua vermelha refletia-se junto à margem esquerda; pequenas ondas corriam sobre o seu reflexo, distendiam-no, rompiam-no em partes e pareciam querer levá-lo embora...

"Como é estúpido! Como é estúpido!", pensou Riabóvitch, olhando a água veloz. "Como tudo isto é pouco inteligente!"

Agora, quando ele não esperava nada, a história do beijo, a sua impaciência, as esperanças vagas e a decepção apresentavam-se sob uma luz clara. Não lhe parecia já estranho não ter esperado o cavaleiro enviado pelo general, bem como o fato de que jamais veria aquela que o beijara em lugar de um outro; pelo contrário, o estranho seria se ele a encontrasse...

A água corria não se sabia para onde e para quê. Correra de maneira idêntica em maio; ainda em maio, saíra de um ribeiro para se derramar no grande rio, passara depois para o mar, evaporara-se, transformara-se em chuva e talvez fosse a mesma água que nesse instante corria aos olhos de Riabóvitch... Para quê? Com que fim?

E o mundo inteiro, toda a vida, pareceram a Riabóvitch uma brincadeira incompreensível, sem objeto... Mas, afastando os olhos da água e olhando o céu, lembrou novamente como o destino, na pessoa de uma mulher desconhecida, acarinhara-o sem querer, lembrou seus devaneios e imagens do verão, e a vida que levava pareceu-lhe tosca, miserável, incolor...

Ao voltar para a isbá, não encontrou nenhum dos companheiros. O ordenança comunicou-lhe que todos tinham ido à casa do "General Fontriábkin", que mandara chamá-los, por um criado a cavalo... Por um instante, a alegria acendeu--se no peito de Riabóvitch, mas ele a apagou imediatamente, deitou-se na cama e, por pirraça ao seu destino, como que desejando fazer-lhe birra, não foi à casa do general.

(1887)

KASCHTANKA[1]
(Relato)

I. Mau comportamento

Uma jovem cadela ruiva — mistura de *basset* e vira-lata —, muito parecida de cara com uma raposa, corria de um lado a outro sobre a calçada e espiava inquieta para os lados. Parava de raro em raro e, chorando, erguendo ora uma pata enregelada, ora outra, esforçava-se por compreender: como pudera perder-se?

Lembrava-se muito bem de como passara o dia e como acabara parando nessa calçada desconhecida.

O dia começara com o seguinte: o marceneiro Luká Aleksândritch, seu dono, pusera o chapéu, colocara sob a axila certo objeto de madeira, enrolado num lenço vermelho, e gritara:

— Vamos, Kaschtanka!

Ouvindo o seu nome, a mestiça de *basset* e vira-lata saiu de baixo do banco alto, onde dormia sobre aparas, espreguiçou-se docemente e correu atrás do patrão. Os fregueses de Luká Aleksândritch viviam muito longe, de modo que, antes de chegar à casa de cada um, o marceneiro tinha que entrar algumas vezes na taverna, a fim de se fortalecer. Kaschtanka lembrava-se de ter-se comportado, pelo caminho, de modo muito inconveniente. Contente por ter sido levada pa-

---

[1] Nome próprio correspondente a Castanha.

Kaschtanka   37

ra passear, pulava, atirava-se latindo contra os bondes,[2] entrava correndo nos pátios e perseguia cachorros. O marceneiro perdia-a com frequência de vista, parava e gritava com ela, zangado. De uma feita, tendo no rosto uma expressão de gana, chegou a fechar no punho a sua orelha de raposa, sacudiu-a e disse pausadamente:

— Que você... mor... ra... de uma... vez, peste.

Tendo visitado os fregueses, Luká Aleksândritch entrou por um instante em casa da irmã, onde bebeu e comeu uns frios; da casa da irmã foi para a do encadernador seu conhecido, dali para a taverna, da taverna à casa do compadre etc. Numa palavra, quando Kaschtanka foi parar naquela calçada desconhecida, já anoitecia e o marceneiro estava completamente bêbado.[3] Agitava os braços, suspirava profundamente e murmurava:

— Minha mãe gerou-me em pecado! Oh, que pecado, que pecado! Agora, estamos andando pela rua, olhando os lampiõezinhos, mas, quando morrermos, vamos arder na geena de fogo...

Ou então adquiria um tom bonachão, chamava Kaschtanka para perto de si e dizia-lhe:

— Você, Kaschtanka, é um inseto e nada mais. Em relação ao homem, você é o mesmo que um carpinteiro em relação a um marceneiro...

Enquanto conversava assim com ela, de repente estrugiu música. Kaschtanka virou a cabeça e viu que um regimento de soldados caminhava pela rua, bem na sua direção. Não tolerando a música, que lhe abalava os nervos, ela agitou-se e passou a uivar. Para sua grande surpresa, em lugar de se assustar e começar a ganir e latir, o marceneiro teve um sorriso largo, pôs-se em posição de sentido e fez uma continência com os cinco dedos. Vendo que o seu dono não protesta-

---

[2] Eram então puxados por cavalos.

[3] No original: a expressão russa "bêbado como um sapateiro".

A. P. Tchekhov

va, Kaschtanka uivou ainda mais alto e, perdendo o controle, lançou-se através da rua para a calçada oposta.

Quando voltou a si, a música não estava mais tocando e o regimento desaparecera. Atravessou a rua correndo, em direção ao lugar onde deixara o seu dono, mas — ai! — o marceneiro não estava mais ali. Atirou-se para a frente, depois para trás, atravessou mais uma vez a rua correndo, mas o marceneiro como que sumira dentro da terra... Kaschtanka pôs-se a cheirar a calçada, na esperança de encontrar o seu dono pelo cheiro do rasto, mas algum canalha passara por ali com galochas de borracha novas, e agora todos os cheiros suaves misturavam-se com um odor fétido de borracha, de modo que não se conseguia distinguir nada.

Kaschtanka corria de um canto a outro e não conseguia encontrar o dono, e, enquanto isso, anoitecia. Acenderam-se lampiões de cada lado da rua, e luzes surgiram nas janelas das casas. Caía uma neve graúda, felpuda, que pintava de branco a rua, as costas dos cavalos, os chapéus dos cocheiros, e quanto mais escurecia o ar, mais embranqueciam os objetos. Fregueses desconhecidos passavam incessantemente em ambas as direções, fechando o campo visual de Kaschtanka e empurrando-a com os pés. (Ela dividia toda a humanidade em duas partes muito desiguais: os patrões e os fregueses; havia uma diferença essencial entre ambas: os primeiros tinham o direito de surrá-la, mas ela mesma tinha o direito de agarrar os segundos pela barriga da perna.) Os fregueses apressavam-se para alguma parte, não lhe dando qualquer atenção.

Depois que escureceu de todo, o desespero e o horror apossaram-se de Kaschtanka. Apertou-se contra a entrada de uma casa e começou a chorar amargamente. Cansara-a aquele dia inteiro de viagem em companhia de Luká Aleksândritch, tinha as orelhas e as patas enregeladas, e ademais estava terrivelmente faminta. O dia todo, só tivera duas oportunidades de mastigar algo: em casa do encadernador, comera um pouco de cola de fécula e, numa das tavernas, encontrara uma casca de salame junto ao balcão — era tudo. Se ela fosse gente, certamente pensaria:

"Não, não se pode viver assim! Tenho que me dar um tiro!"

II. O DESCONHECIDO MISTERIOSO

Mas ela não pensava em nada e só chorava. Quando a neve macia, felpuda, cobriu-lhe completamente as costas e a cabeça, e, exausta, ela submergiu numa dormência pesada, a porta de entrada de repente deu um estalo, soltou um pio e bateu-lhe do lado. Ela ergueu-se num salto. Pela porta aberta, saiu um homem da categoria dos fregueses. Como Kaschtanka tivesse soltado um ganido, indo parar-lhe sob os pés, ele não podia deixar de dirigir a atenção para ela. Abaixou-se e perguntou-lhe:

— De onde é você, cachorra? Machuquei você? Oh, coitada, coitada... Ora, não se zangue, não se zangue... Peço desculpas.

Kaschtanka olhou para o desconhecido, através dos flocos de neve que lhe pendiam das pestanas, e viu diante de si um homenzinho curtinho, gorducho, de rosto barbeado, rechonchudo, de cartola e de peliça desabotoada.

— Por que você está aí choramingando? — continuou, tirando com o dedo a neve das costas de Kaschtanka. — Onde está o seu dono? Você extraviou-se, não? Ah, pobre cachorrinho! Mas, o que vamos fazer agora?

Percebendo na voz do desconhecido uma notinha cálida, sensível, Kaschtanka lambeu-lhe a mão e choramingou ainda mais lastimosa.

— Você é boa, engraçada! — disse o desconhecido. — Uma verdadeira raposa! Bem, nada a fazer, venha comigo! Talvez você sirva para alguma coisa... Fiú!

Deu um estalo com os lábios e fez para Kaschtanka um sinal que só podia significar: "Vamos!". Kaschtanka foi.

Passada não mais de meia hora, ela já estava sentada no chão de um quarto grande e claro e, a cabeça pendida para o lado, olhava comovida e curiosa o desconhecido, que estava sentado à mesa e jantava. Comia e atirava-lhe pedacinhos... Em primeiro lugar, deu-lhe pão e uma casquinha verde de queijo, depois um pedacinho de carne, metade de um *pirojók*,[4] ossos de galinha, mas, faminta como estava, ela comeu tudo isso tão depressa que nem teve tempo de distinguir o gosto. E quanto mais comia, mais faminta ficava.

— Os donos alimentam você muito mal! — disse o desconhecido, vendo a gula feroz com que ela engolia os pedaços não mastigados. — E como você é magra! Só pele e ossos...

Kaschtanka comeu muito, mas não ficou saciada e apenas se embriagou com a comida. Depois do jantar, deitou-se no meio do quarto, distendeu as pernas e, sentindo em todo o corpo um langor agradável, agitou o rabo. Enquanto o seu novo patrão, refestelado numa poltrona, fumava charuto, ela agitava o rabo, procurando resolver o problema: onde era melhor — em casa do desconhecido ou do marceneiro? Em casa do primeiro, o ambiente era pobre e feio: ali não havia nada além das poltronas, do divã, do lampião e dos tapetes, e a sala parecia vazia; ao passo que a casa do marceneiro estava abarrotada de coisas: tinha mesa, cadeira alta, um monte de aparas, plainas, formões, serras, gaiola com canarinho, tina... Em casa do desconhecido, não cheirava a nada, mas no apartamento do marceneiro pairava sempre uma neblina e havia um cheiro magnífico de cola, verniz e aparas de madeira. Em compensação, o desconhecido apresentava uma vantagem muito importante: dava muita comida e, é preciso render-lhe inteira justiça, quando Kaschtanka estava sentada diante da mesa e olhava-o comovida, ele não lhe bateu

[4] Espécie de pastel.

nenhuma vez, não bateu os pés e não lhe gritou: "Fora daqui, maldita!".

Tendo acabado de fumar o charuto, o novo dono saiu e voltou pouco depois, trazendo um colchãozinho.

— Eh, você, cachorro, vem cá! — disse, pondo o colchãozinho no canto próximo ao divã. — Deite-se aqui. Durma!

Em seguida, apagou a luz e saiu. Kaschtanka acomodou-se sobre o colchãozinho e fechou os olhos; ouviu-se da rua um latido, ela quis responder-lhe, mas, de súbito e inesperadamente, uma tristeza apossou-se dela. Lembrou-se de Luká Aleksândritch, do seu filho Fiédiuschka,[5] do lugarzinho aconchegado sob a cadeira alta... Lembrou-se de que, nas longas noites de inverno, quando o marceneiro trabalhava com a plaina ou lia o jornal em voz alta, Fiédiuschka geralmente brincava com ela... Puxava-a pelas patas traseiras de baixo do banco alto e fazia com ela truques tais que uma cor verde aparecia-lhe nos olhos e todos os membros começavam a doer-lhe. Obrigava-a a andar sobre as patas traseiras, representava com ela um sino, isto é, puxava-a com força pelo rabo, o que a fazia latir e soltar gritos esganiçados, dava-lhe rapé para cheirar... O truque seguinte fazia-a sofrer sobremaneira: Fiédiuschka amarrava num fio de linha um pedacinho de carne e dava-o a Kaschtanka, depois, quando ela o engolia, o menino puxava-o com um riso sonoro, para fora da sua barriga. E quanto mais vivas eram as lembranças, mais alto e angustiosamente chorava Kaschtanka.

Mas, em pouco tempo, o cansaço e a tepidez sobrepujaram a tristeza... Começou a adormecer. Cães correram-lhe na imaginação; passou também correndo um *poodle*, velho e cabeludo, que ela vira esse dia na rua, com uma belida no olho e fiapos de pelo junto ao focinho. Fiédiuschka correra atrás dele com um escopro, depois de repente ele mesmo se

---

[5] Diminutivo de Fiódor.

cobriu de um pelo abundante, latiu alegremente e apareceu ao lado de Kaschtanka. Eles cheiraram-se com bonacheirice no focinho e correram para a rua...

III. Novas relações, muito agradáveis

Quando Kaschtanka acordou, já estava claro e vinha da rua um ruído que só existe de dia. Não havia vivalma no quarto. Espreguiçou-se, bocejou e, zangada, taciturna, deu uma volta pelo compartimento. Cheirou os cantos e a mobília, espiou para a antessala e não encontrou nada de interessante. Além da porta para a antessala, havia mais uma. Depois de pensar um pouco, Kaschtanka arranhou-a com ambas as patas, abriu-a e entrou no quarto contíguo. Ali dormia numa cama, coberto com uma colcha de lã, um freguês em quem ela reconheceu o desconhecido da véspera.

— Rrrr... — rosnou Kaschtanka, mas, lembrando-se do jantar, pôs-se a abanar o rabo e farejar.

Farejou a roupa e as botas do desconhecido, e achou que elas cheiravam fortemente a cavalo. No quarto de dormir, havia mais uma porta, igualmente fechada. Kaschtanka arranhou essa porta, impeliu-a com o peito, abriu-a e, no mesmo instante, sentiu um cheiro estranho, muito suspeito. Pressentindo um encontro desagradável, rosnando e lançando olhadelas para trás, entrou num quartinho de paredes forradas com papel sujo e recuou assustada. Vira algo inesperado e terrível. Um ganso cinzento avançava bem contra ela, as asas muito abertas, emitindo um som chiante, a cabeça inclinada para o chão. Um pouco ao lado, havia um gato branco, deitado sobre um travesseirinho; vendo Kaschtanka, ele deu um salto, pôs as costas em arco, levantou o rabo, eriçou o pelo e chiou também. A cadela assustou-se a valer, mas, não querendo dar mostras do seu medo, latiu alto e lançou-se contra o gato... Este curvou ainda mais as costas, tornou a chiar e bateu com a pata na cabeça de Kaschtanka. Ela pulou para trás, agachou-se sobre as quatro patas e, estendendo o focinho na direção do gato, desandou num latido alto, esganiçado; nesse ínterim, o ganso chegou por trás e deu-lhe uma bicada dolorosa nas costas. Kaschtanka ergueu-se de um salto e lançou-se contra a ave.

— O que é isto? — ouviu-se uma voz alta, irritada, e o desconhecido entrou no quarto, de roupão e com um charuto nos lábios. — O que isto quer dizer? Para os seus lugares!

Aproximou-se do gato, deu-lhe um peteleco nas costas curvadas, dizendo:

— Fiódor Timofiéitch, o que quer dizer isto? Começou uma briga? Ah, velho canalha! Deite-se!

E, voltando-se para o ganso, gritou:

— Ivan Ivânitch, para o seu lugar!

O gato deitou-se obediente no seu colchãozinho e fechou os olhos. A julgar pela expressão da sua cara e dos bigodes, ele mesmo estava descontente por ter perdido a serenidade e participado de uma briga. Kaschtanka choramingou ofendida, e o ganso estendeu o pescoço, passando a falar de algo, depressa, com ardor e nitidez, mas de modo extremamente incompreensível.

— Está bem, está bem! — disse o patrão, bocejando. — É preciso viver em paz e amizade. — Afagou Kaschtanka e prosseguiu: — E você, ruivinha, não tenha medo... Isto aqui é uma gente boa, não vão ofender você. Espere, como vamos chamá-la? Sem nome não pode ser, irmão.

O desconhecido pensou um pouco e disse:

— Aí está... Você vai ser: Titia... Compreende? Titia!

E, tendo repetido algumas vezes a palavra "Titia", saiu. Kaschtanka sentou-se e ficou observando. O gato estava sentado imóvel sobre o colchãozinho e fingia dormir. O ganso estendia o pescoço e, pisoteando o chão sem sair do lugar, continuava a falar de algo, depressa e com ardor. Parecia um ganso muito inteligente; depois de cada tirada, recuava sur-

preendido e fingia estar encantado com o próprio discurso...
Depois de ouvi-lo e responder-lhe: "Rrrr...", Kaschtanka pôs-se a cheirar os cantos. Num destes, havia uma pequena tina, em que ela viu ervilha molhada e côdeas de pão de centeio amolecidas em água. Experimentou a ervilha — não era gostoso, experimentou as côdeas e começou a comer. O ganso não se ofendeu nem um pouco porque um cachorro desconhecido estava comendo a sua ração, pôs-se, pelo contrário, a falar com mais ardor ainda, e, para demonstrar a sua confiança, foi também até a tina e comeu algumas ervilhas.

IV. Um mundo de surpresas[6]

Um pouco depois, o desconhecido tornou a entrar ali, trazendo um objeto estranho, que lembrava um portão e também a letra π. Um sino pendia da travessa desse π de madeira, grosseiramente ajeitado, e havia uma pistola amarrada ali; cordinhas estendiam-se da lingueta do sino e do gatilho da pistola. O desconhecido colocou o π no centro do quarto, passou muito tempo desamarrando e amarrando algo, depois olhou o ganso e disse:

— Ivan Ivânitch, venha cá!

O ganso aproximou-se dele e deteve-se, numa posição de expectativa.

— Bem — disse o desconhecido. — Comecemos bem do início. Em primeiro lugar, incline-se e faça uma reverência! Depressa!

Ivan Ivânitch alongou o pescoço, acenou a cabeça em todas as direções e arrastou a patinha.

— Isso, bichão!... Agora, morra!

O ganso deitou-se de costas, as patas para o ar. Tendo executado mais alguns truques medíocres no gênero, o des-

---

[6] Literalmente: "Prodígios numa peneira".

conhecido agarrou-se de repente pela cabeça, uma expressão de horror no rosto, e gritou:

— Socorro! Incêndio! Pegamos fogo!

Ivan Ivânitch chegou correndo até o π, segurou a corda com o bico e fez bater o sino.

O desconhecido ficou muito contente. Afagou o pescoço do ganso e disse:

— Um bichão, Ivan Ivânitch! Agora, faça de conta que você é um ourives e vende ouro e brilhantes. Imagine que você chega à sua loja e encontra ali ladrões. Como agiria então?

O ganso segurou com o bico a outra cordinha e puxou-a, em consequência do quê ressoou no mesmo instante um tiro atroador. Kaschtanka apreciara muito o bater do sino, e o tiro entusiasmou-a tanto que ela passou a correr em torno do π, latindo.

— Titia, para o seu lugar! — gritou-lhe o desconhecido. — Silêncio!

O trabalho de Ivan Ivânitch não se limitou ao tiro. O desconhecido fê-lo correr ao redor de si, uma hora inteira, preso por uma corda, enquanto ele dava chicotadas no ar, devendo ainda o ganso pular uma barreira, passar por um arco, empinar-se como um cavalo, isto é, sentar-se sobre a cauda e agitar as patinhas. Kaschtanka não tirava os olhos de Ivan Ivânitch, uivava de entusiasmo e algumas vezes pôs-se a correr atrás dele com sonoros latidos. Tendo extenuado o ganso e a si mesmo, o desconhecido enxugou o suor da testa e gritou:

— Mária, chame para cá Khavrônia Ivânovna!

Um instante depois, ouviu-se um grunhido... Kaschtanka rosnou, adquiriu um aspecto muito valoroso e, por via das dúvidas, acercou-se mais do desconhecido. Abriu-se uma porta, uma velha espiou para o quarto e, dizendo algo, deixou entrar uma porca negra, muito feia. Sem dar qualquer atenção aos rosnados de Kaschtanka, a porca ergueu no ar a sua moedinha e pôs-se a grunhir alegre. Provavelmente, era-lhe muito agradável ver o seu amo, o gato e Ivan Ivânitch. Quando ela se acercou do gato e deu-lhe, com a sua moedinha, um ligeiro empurrão na barriga, pondo-se depois a falar de algo com o ganso, sentiu-se muita bonacheirice nos seus movimentos, na voz e no tremor do rabinho. Kaschtanka imediatamente compreendeu que era inútil rosnar contra indivíduos dessa espécie.

O patrão retirou o π e gritou:

— Fiódor Timofiéitch, venha cá!

O gato levantou-se, espreguiçou-se indolente e, sem vontade, como que fazendo um favor, aproximou-se da porca.

— Bem, comecemos pela pirâmide do Egito — disse o patrão.

Passou muito tempo explicando algo, depois comandou: "um... dois... três!". Proferida a última palavra, Ivan Ivânitch bateu as asas e pulou para as costas da porca... Balançando as asas e o pescoço, ele se firmou nas costas cerdosas, e então Fiódor Timofiéitch trepou para as costas da porca, preguiçoso e desanimado, como que desprezando a sua arte, não lhe dando qualquer importância, depois subiu também sem vontade sobre o ganso e colocou-se em pé sobre as patas traseiras. Resultou de tudo isto o que o desconhecido chamava uma pirâmide do Egito. Kaschtanka soltou um ganido de entusiasmo, mas, nesse momento, o velho gato bocejou e, perdendo o equilíbrio, caiu de cima do ganso. Ivan Ivânitch cambaleou e caiu também. O desconhecido gritou, agitou os braços e começou novamente a explicar algo. Tendo trabalhado uma hora inteira com a pirâmide, o incansável patrão ensinou Ivan Ivânitch a cavalgar o gato, depois ficou ensinando este a fumar etc.

Terminada a aula, o desconhecido enxugou o suor da testa e saiu, Fiódor Timofiéitch fungou com asco, deitou-se sobre o seu colchãozinho e fechou os olhos, Ivan Ivânitch dirigiu-se para a pequena tina, a velha levou dali a porca. Graças à infinidade de impressões novas, o dia de Kaschtanka passou imperceptivelmente, e à noitinha ela e o seu colchãozinho já estavam instalados no quartinho de paredes forradas com papel sujo, a fim de passar a noite na companhia de Fiódor Timofiéitch e do ganso.

V. Um talento! Um talento!

Passou-se um mês.

Kaschtanka já se acostumara a ter todas as noites um jantar saboroso e a ser chamada de Titia. Acostumara-se também ao desconhecido e aos seus novos coinquilinos. A vida correu-lhe como uma festa.

Todos os dias começavam de maneira idêntica. Geralmente, quem acordava primeiro era Ivan Ivânitch, e no mesmo instante acercava-se de Titia ou do gato, encurvava o pescoço e punha-se a falar de algo, com ardor e convicção, mas incompreensivelmente como antes. Por vezes, erguia a cabeça e proferia longos monólogos. Nos primeiros dias de suas relações, Kaschtanka pensava que ele falava tanto por ser muito inteligente, mas, passado algum tempo, perdeu todo respeito por ele; quando o ganso se aproximava com os seus longos discursos, ela não abanava mais o rabo, mas tratava-o como um tagarela cacete, que não deixa ninguém dormir, e, sem qualquer cerimônia, respondia-lhe: "Rrrr"...

Quanto a Fiódor Tímofiéitch, era já um cavalheiro de outra espécie. Acordando, não emitia qualquer som, não se mexia e até não abria os olhos. De bom grado não acordaria, pois, segundo parecia, não gostava muito da vida. Nada despertava o seu interesse, tratava tudo com desânimo e negligência, tudo desprezava, e até, ao comer o seu saboroso jantar, fungava com asco.

Acordando, Kaschtanka punha-se a andar pelos quartos e cheirar os cantos. Somente ela e o gato tinham licença de andar por todo o apartamento; quanto ao ganso, não tinha o direito de transpor o limiar do quartinho forrado de papel

A. P. Tchekhov

sujo, e Khavrônia Ivânovna vivia num barracãozinho no pátio, aparecendo só nas horas de instrução. O patrão acordava tarde e, tendo tomado chá, imediatamente se entregava aos seus truques. Diariamente, traziam-se para o quarto o π, o chicote, os arcos, e todos os dias efetuavam-se quase os mesmos movimentos. A aula durava de três a quatro horas, de modo que às vezes Fiódor Timofiéitch balançava-se de cansaço como um bêbado, Ivan Ivânitch abria o bico e respirava com dificuldade, e o patrão ficava vermelho e não conseguia enxugar o suor da testa.

A aula e o jantar tornavam o dia muito interessante, mas as noites eram um tanto enfadonhas. À noitinha, geralmente, o patrão ia para alguma parte, levando consigo o ganso e o gato. Ficando sozinha, Titia deitava-se sobre o colchãozinho e ficava tristonha... A tristeza esgueirava-se para junto dela de certa maneira imperceptível e apossava-se do seu ser pouco a pouco, como a treva toma conta de um quarto. Inicialmente, a cadela perdia toda vontade de latir, comer, correr pelos quartos e, mesmo, de olhar; depois surgiam em sua imaginação duas figuras imprecisas de gente ou de cachorros, de fisionomias simpáticas, queridas, mas incompreensíveis; ao aparecerem, Titia abanava o rabo e tinha a impressão de que ela as vira e amara um dia em alguma parte... E adormecendo, sentia sempre que essas figuras cheiravam a cola, aparas de madeira e verniz.

Depois que ela já estava completamente acostumada com a nova existência, e o vira-lata esquálido, ossudo, transformara-se numa cadela nutrida, tratada, um dia, antes da aula, o patrão afagou-a e disse:

— Está na hora, Titia, de nos ocuparmos de coisa séria. Chega dessa vida de papo pro ar. Quero fazer de você uma artista... Você quer ser artista?

E começou a ensinar-lhe diferentes ciências. Na primeira lição, ela aprendeu a ficar em pé sobre as patas traseiras e a andar assim, o que lhe agradou muito. Na segunda, devia

Kaschtanka

49

saltar também sobre as patas traseiras e apanhar o torrão de açúcar que seu professor segurava alto sobre a sua cabeça. Nas aulas seguintes, dançou, correu amarrada por uma corda, uivou acompanhando música, tocou sino e deu tiros, e um mês depois já podia substituir com êxito Fiódor Timofiéitch na "pirâmide do Egito". Estudava de muito bom grado e estava contente com os seus êxitos; a corrida com a língua de fora, os pulos através dos arcos e o cavalgar sobre o velho Fiódor Timofiéitch davam-lhe o máximo prazer. Acompanhava cada truque bem-sucedido com um latido sonoro, entusiasmado, e o professor admirava-se, entusiasmava-se também e esfregava as mãos.

— Um talento! Um talento! — dizia. — Um talento indiscutível! Você decididamente vai ter sucesso!

E Titia acostumou-se a tal ponto com a palavra "talento" que, ao ouvi-la proferida pelo patrão, sempre se levantava de um salto e olhava em todas as direções, como se fosse o seu apelido.

VI. Uma noite agitada

Titia teve um sonho canino: viu um zelador de prédio correr atrás dela com vassoura, e acordou com o susto.

No quarto, estava tudo quieto, escuro e muito abafado. Havia pulgas picando. Antes, Titia nunca tivera medo do escuro, mas, agora, por alguma razão, ficou atemorizada e com vontade de latir. No quarto vizinho, o patrão suspirou alto, pouco depois, a porca grunhiu em seu barracãozinho, e novamente tudo se aquietou. Quando se pensa em comida, o espírito fica mais leve, e Titia pôs-se a pensar em como, aquele dia, ela roubara a Fiódor Timofiéitch uma pata de galinha e escondera-a na sala de jantar, entre o armário e a parede, onde havia muita poeira e teias de aranha. Não seria mau agora espiar se aquela pata estava intacta. O patrão podia muito bem tê-la encontrado e comido. Mas era proibido deixar o quartinho antes de amanhecer. Titia fechou os olhos para adormecer mais depressa, pois ela sabia por experiência: quanto antes se adormece, mais depressa chega a manhã. Mas, de repente, perto dela ressoou um grito estranho, que a obrigou a estremecer e erguer-se sobre as quatro patas. Fora Ivan Ivânitch quem gritara, e o seu grito não era loquaz e convincente, como de costume, mas um grito selvagem, penetrante, antinatural, lembrando o ranger de um portão que se abre. Não distinguindo nada e não compreendendo nada na treva, Titia sentiu um medo ainda maior e rosnou:

— Rrrr...

Passou um pouco de tempo, o necessário para se roer um bom osso em toda a volta; o grito não se repetiu. Pouco a pouco, Titia se acalmou e cochilou. Sonhou com dois grandes cachorros pretos, com fiapos de pelo do ano passado nas ancas e nos flancos; eles comiam avidamente, numa tina grande, águas de lavagem, que desprendiam vapor branco e cheiro muito gostoso; de raro em raro, dirigiam olhadelas para Titia, arreganhavam os dentes e rosnavam: "Não vamos dar a você!". Mas um mujique de peliça saiu correndo de uma casa e enxotou-os com o chicote; então Titia acercou-se da tina e começou a comer, mas, apenas o mujique atravessou o portão, ambos os cachorros pretos lançaram-se rugindo contra ela, e, de repente, ressoou de novo um grito penetrante.

— K-gué! K-gué-gué! — gritou Ivan Ivânitch.

Titia acordou, levantou-se de um salto e, sem descer do colchãozinho, rompeu num latido uivante. Tinha já a impressão de que não era Ivan Ivânitch quem gritava, mas alguém estranho. E, por algum motivo, a porca tornou a grunhir em seu barracãozinho.

Mais eis que se ouviu um arrastar de chinelos e o patrão entrou no quartinho, de roupão e com uma vela.

A luz trêmula pulou sobre os papéis sujos das paredes e sobre o teto, expulsando as trevas. Titia viu que não havia nenhum estranho no quartinho. Ivan Ivânitch estava sentado insone no chão. Tinha as asas muito afastadas e o bico aberto, e de modo geral parecia muito cansado e com sede. O velho Fiódor Timofiéitch igualmente não dormia. Ao que parece, os gritos tinham-no acordado também.

— Ivan Ivânitch, o que você tem? — perguntou o patrão. — Por que anda gritando? Está doente?

O ganso ficou calado. O patrão tocou-lhe o pescoço, afagou-lhe as costas e disse:

— Você é um tipo original. Não dorme e não deixa os outros dormir.

Quando o patrão saiu, levando consigo a luz, fez-se novamente a treva. Titia estava com medo. O ganso não gritava mais, mas ela teve novamente a impressão de que alguém estranho estava parado no escuro. O fato mais terrível consistia em que não se podia morder esse estranho, pois ele era invisível e não tinha forma. E, por algum motivo, ela pensou que nessa noite devia infalivelmente ocorrer algo muito ruim. Fiódor Timofiéitch também estava inquieto. Titia ouviu como ele se revolvia sobre o seu colchãozinho, bocejava e sacudia a cabeça.

Alhures na rua, alguém bateu num portão, a porca grunhiu no barracãozinho. Titia choramingou, estendeu as patas dianteiras e pôs a cabeça sobre elas. Ela percebeu no bater do portão, no grunhir da porca, por algum motivo, insone, na treva e na quietude reinante, algo tão angustioso e terrível como o grito de Ivan Ivânitch. O alarma e o desassossego apossaram-se de tudo, mas por quê? Quem era esse estranho, que não se conseguia ver? Eis que junto a Titia se acenderam por um instante duas fagulhinhas verde-pálidas. Era Fiódor Timofiéitch que se aproximava dela, pela primeira vez desde que se conheceram. O que ele queria? Titia lambeu-lhe a pata e, sem perguntar o que vinha fazer ali, uivou baixo, em diferentes tons.

— K-gué! — gritou Ivan Ivânitch. — K-gué-gué!

A porta abriu-se novamente, e o patrão entrou com uma vela. O ganso estava sentado na posição anterior, o bico aberto e as asas muito afastadas. Tinha os olhos fechados.

— Ivan Ivânitch! — chamou-o o patrão.

O ganso não se mexeu. O patrão sentou-se no chão, na sua frente, passou cerca de um minuto olhando-o em silêncio e disse:

— Ivan Ivânitch! O que é isto, afinal? Você está morrendo, não? Ah, eu agora já me lembro, já me lembro! — exclamou, agarrando a cabeça. — Eu sei a causa disso! É que hoje você foi pisado por um cavalo! Meu Deus, meu Deus!

Titia não compreendia o que dizia o patrão, mas pelo seu rosto viu que ele esperava algo terrível. Estendeu o focinho para a janela escura, pela qual, parecia-lhe, um estranho estava olhando, e pôs-se a uivar.

— Ele está morrendo, Titia! — disse o patrão, juntando as mãos. — Sim, sim, está morrendo! A morte chegou ao quarto de vocês. O que vamos fazer?

Pálido, sobressaltado, suspirando e balançando a cabeça, o patrão voltou ao seu quarto. Titia tinha medo de ficar no escuro, e acompanhou-o. Ele sentou-se na cama e repetiu algumas vezes:

— Meu Deus, o que fazer?

Titia foi andando junto aos seus pés, sem compreender por que ela sentia tamanha angústia, por que todos se alarmavam assim, e, procurando compreender o patrão, vigiava cada um dos seus movimentos. Fiódor Timofiéitch, que raramente deixava o seu colchãozinho, entrou também no quarto do patrão e começou a esfregar-se junto aos seus pés. Sacudia a cabeça, como se quisesse expulsar dela os pensamentos penosos, e espiava desconfiado sob a cama.

O patrão apanhou um pires pequeno, encheu-o de água sobre o lavatório e voltou para junto do ganso.

— Beba, Ivan Ivânitch! — disse, carinhoso, colocando diante dele o pequeno pires. — Beba, querido.

Kaschtanka

Mas Ivan Ivânitch não se mexia nem abria os olhos. O patrão inclinou-lhe a cabeça para o pires e mergulhou o seu bico na água, mas o ganso não bebeu, afastou ainda mais as asas e a sua cabeça permaneceu deitada no pires.

— Não, não se pode fazer mais nada! — suspirou o patrão. — Está tudo acabado. Ivan Ivânitch está perdido!

E por suas faces deslizaram gotas brilhantes, dessas que se veem sobre as janelas, durante uma chuva. Não compreendendo do que se tratava, Titia e Fiódor Timofiéitch apertavam-se contra ele e olhavam-no horrorizados.

— Pobre Ivan Ivânitch! — dizia o patrão, suspirando com tristeza. — E eu que sonhava em levar você na primavera para uma casa de campo e passear com você sobre a ervinha verde. Querido animal, meu bom amigo, você não existe mais! E como vou passar agora sem você?

Titia tinha a impressão de que também com ela ia acontecer o mesmo, isto é, que ela também, sem que se soubesse por quê, fecharia de modo idêntico os olhos, estenderia as patas, arreganharia os dentes, e todos haveriam de olhá-la horrorizados. Aparentemente, iguais pensamentos fermentavam na cabeça de Fiódor Timofiéitch. O velho gato nunca estivera tão sombrio e taciturno.

Começava a amanhecer, e no quartinho não estava mais aquele desconhecido invisível, que deixava Titia tão assustada. Quando amanheceu de vez, chegou o zelador do prédio, apanhou o ganso pelas patas e carregou-o para alguma parte. Pouco depois, apareceu a velha e levou a pequena tina.

Titia foi à sala de jantar e espiou atrás do armário: o patrão não comera a pata de galinha, ela estava no mesmo lugar, na poeira e em meio às teias de aranha. Mas Titia sentia enfado, tristeza, vontade de chorar. Nem cheirou aquela pata, mas foi para debaixo do divã, sentou-se ali e começou a choramingar baixo, a voz fina:

— Cho-cho-cho.

VII. Uma estreia infeliz

Uma bela noite, o patrão entrou no quarto forrado de papéis sujos e disse, esfregando as mãos:

— Bem...

Queria dizer mais alguma coisa, mas não disse e saiu. Titia, que lhe estudara muito bem, durante as aulas, o rosto e a entonação, adivinhou que ele estava inquieto, preocupado e, provavelmente, zangado. Pouco depois, ele voltou e disse:

— Hoje, vou levar comigo Titia e Fiódor Timofiéitch. Você, Titia, vai substituir o falecido Ivan Ivânitch na pirâmide do Egito. É o diabo! Não está nada pronto, estudado, houve poucos ensaios! Vamos fracassar, será uma vergonha!

Tornou a sair e um instante depois voltou de peliça e cartola. Acercando-se do gato, segurou-o pelas patas dianteiras, ergueu-o e escondeu-o sobre o peito, debaixo da peliça, e Fiódor Timofiéitch pareceu muito indiferente, não cuidou sequer de abrir os olhos. Pelo visto, tudo lhe era indiferente: ficar deitado ou ser erguido pelas patas, preguiçar sobre o travesseirinho ou jazer sobre o peito do patrão, sob a peliça...

— Vamos, Titia — disse o patrão.

Sem compreender nada e abanando o rabo, Titia seguiu--o. Um instante depois, ela já estava sentada no trenó, aos pés do patrão, ouvindo-o murmurar, enquanto se remexia de frio e inquietação:

— Vamos fracassar! Uma vergonha!

O trenó parou junto a uma casa grande, esquisita, que lembrava uma sopeira emborcada. A comprida via de acesso a essa casa com três portas de vidro estava iluminada por uma dúzia de lampiões luzentes. As portas abriam-se com estrépito e, qual bocas, engoliam gente que ia e vinha junto à via de acesso. Havia muita gente, por vezes cavalos acorriam também à via, mas não se notavam cachorros.

O patrão apanhou Titia e enfiou-a sob a peliça, sobre o peito, onde se alojara Fiódor Timofiéitch. Ali estava escuro e abafado, mas quente. Por um instante, acenderam-se duas fagulhinhas verde-pálidas: era o gato que abrira os olhos, incomodado pelas patas frias, ásperas, da vizinha. Titia lambeu-lhe a orelha e, querendo sentar-se o mais comodamente possível, começou a mexer-se inquieta, amassou-o debaixo de si com as patas frias e, sem querer, pôs a cabeça para fora, mas no mesmo instante rosnou zangada e mergulhou sob a peliça. Teve a impressão de ver uma sala imensa, mal iluminada, repleta de monstros; dos tabiques e grades que se estendiam de ambos os lados da sala espiavam carantonhas terríveis: cavalares, chifrudas, de orelhas compridas, e uma gorda, enorme, que tinha rabo em lugar de nariz e dois ossos compridos, roídos em volta, que lhe saíam da boca.

O gato emitiu um miado rouco sob as patas de Titia, mas nesse instante a peliça se abriu, o patrão disse: "Hop!", e Fiódor Timofiéitch e Titia pularam para o chão. Estavam agora num quarto pequeno, de paredes cinzentas de tábua; a única mobília eram uma mesinha com um espelho, um tamborete e trapos pendurados nos cantos, e, em vez de um lampião ou uma vela, ardia ali uma chamazinha viva, em forma de leque, adaptada a um pequeno cano pregado na parede. Fiódor Timofiéitch lambeu o pelo, que fora amassado por Titia, foi para baixo do tamborete e deitou-se. O patrão começou a despir-se, sempre inquieto e esfregando as mãos... Despiu-se do jeito como costumava fazer em casa, quando se preparava para deitar-se sob o cobertor de lã, isto é, tirou tudo com exceção da roupa de baixo, sentou-se no tamborete e, olhando-se no espelho, começou a fazer truques surpreendentes. Em primeiro lugar, pôs na cabeça uma cabeleira com vinco e com dois topetes, que lembravam chifres, depois untou densamente o rosto com algo branco e desenhou, por cima da tinta branca, sobrancelhas, bigodes e um rubor nas faces. As suas traquinagens não se limitaram a isso. Tendo sujado o rosto e o pescoço, começou a vestir um traje extraordinário, que não se parecia com nada, e que Titia nunca vira quer nas casas, quer na rua. Imaginem vocês calças muito largas, abotoadas bem em cima, junto às axilas, e feitas de chita com flores graúdas, dessas que se usam nas casas pequeno-burguesas para cortinas e para forrar mobília; uma das pernas era de chita marrom, a outra de amarelo-clara. Depois de se afogar nessas calças, o patrão vestiu ainda um paletozinho de chita com uma grande gola dentada e uma estrela de ouro nas costas, meias variegadas e sapatos verdes...

Um colorido vivo apareceu nos olhos e na alma de Titia. O vulto desengonçado, de cara branca, cheirava ao patrão, a sua voz era também conhecida, patronal, mas havia momentos em que as dúvidas atormentavam Titia, em que ela estava pronta a fugir do vulto colorido e latir. O lugar desconhecido, a chamazinha em forma de leque, o cheiro, a metamorfose ocorrida com o patrão, tudo isso infundia-lhe um medo indefinido e o pressentimento de que infalivelmente ela haveria de encontrar algum ser horrível, no gênero da carantonha gorda, com um rabo em lugar do nariz. Ademais, ao longe, além da parede, tocava uma música odiosa e ouvia-se de quando em quando um urrar incompreensível. Somente uma coisa a tranquilizava: o ânimo imperturbável de Fiódor Timofiéitch. Ele cochilava com a maior calma sob o tamborete e não abria os olhos mesmo quando este mudava de lugar.

Um homem de fraque e de colete branco espiou para o quartinho e disse:

— Agora, é o número de Miss Arabela. Em seguida, é o seu.

O patrão não lhe respondeu. Arrastou de baixo da mesa uma pequena mala, sentou-se e ficou esperando. Percebia-se pelos seus lábios e pelas suas mãos que estava perturbado, e Titia ouviu-lhe o tremor da respiração.

— Monsieur Georges, faça o favor! — gritou alguém, além da porta.

O patrão levantou-se, persignou-se três vezes, apanhou o gato embaixo do tamborete e enfiou-o na mala.

Kaschtanka

— Vá, Titia! — disse ele, baixo.

Não compreendendo nada, Titia aproximou-se das suas mãos; ele beijou-a na cabeça e deitou-a ao lado de Fiódor Timofiéitch. Desceram então as trevas... Titia pisava o gato, arranhava as paredes da mala e, horrorizada, não conseguia proferir um som, enquanto a mala balançava, como que boiando em cima de ondas, e tremia...

— E aqui estou eu! — gritou alto o patrão. — E aqui estou eu!

Titia sentiu como, depois desse grito, a mala bateu em algo duro e parou de balançar. Ouviu-se um ulular alto, pesado: batiam em alguém com as palmas das mãos, e este alguém, provavelmente a carantonha do rabo em lugar de nariz, vociferava e dava gargalhadas tão sonoras que fizeram tremer as fechaduras da mala. Em resposta ao vozerio, ressoou um riso esganiçado, penetrante, do patrão, como ele nunca rira em casa.

— Ha! — gritou, procurando sobrepujar aquele vozerio. — Meu mui respeitável público! Acabo de chegar da estação! Minha avó esticou as canelas e me deixou uma herança! Tenho na mala uma coisa muito pesada: provavelmente ouro... Ha-a! E se houver aqui um milhão?! Vamos abri-la neste momento para olhar...

A fechadura da mala deu um estalido. Uma luz viva castigou os olhos de Titia; ela saltou fora da mala e, ensurdecida pelo vozerio, pôs-se a correr depressa, a toda brida, em volta do patrão, e prorrompeu num latido sonoro.

— Ha! — gritou o patrão. — Titio Fiódor Timofiéitch! Querida titia! Meus queridos parentes, o diabo que os carregue!

Caiu de barriga sobre a areia, agarrou o gato e Titia e começou a abraçá-los. Enquanto ele a comprimia nos braços, Titia relanceou o olhar por todo aquele mundo aonde o destino a levara e, espantada com a sua grandiosidade, congelou-se por um instante de surpresa e entusiasmo, depois se soltou num arranco dos braços do patrão, e, dada a agudeza da impressão, começou a girar no mesmo lugar como um pião. O mundo novo era grande e cheio de uma luz viva; para onde se olhasse, do chão ao teto, viam-se apenas rostos, rostos, rostos e nada mais.

— Titia, faça o favor de se sentar! — gritou o patrão.

Lembrando-se do que isto significava, Titia pulou para uma cadeira e sentou-se. Olhou o patrão. Como sempre, os seus olhos tinham expressão séria e carinhosa, mas o rosto, particularmente a boca e os dentes, estavam deformados por um sorriso largo, imóvel. Ele dava gargalhadas, pulava, mexia os ombros e fingia estar muito alegre na presença de milhares de rostos. Titia acreditou em sua alegria, sentiu de repente com todo o seu corpo, que esses milhares de rostos a estavam olhando, levantou o focinho de raposa e uivou alegre.

— Fique um pouco sentada, tiazinha — disse-lhe o patrão —, enquanto eu danço a *kamárinskaia*[7] com o titio.

Fiódor Timofiéitch estava parado, na expectativa de ser obrigado a fazer bobagens, e olhava indiferente para os lados.

Ele dançava desanimado, descuidado, taciturno, e via-se pelos seus movimentos, pela cauda e pelos bigodes, que ele desprezava profundamente a multidão, a luz viva, o patrão e a si mesmo... Tendo dançado a sua parte, deu um bocejo e sentou-se.

— Bem, Titia — disse o patrão. — Em primeiro lugar, vamos cantar um pouco e, depois, dançar. Certo?

Tirou do bolso um flautim e pôs-se a tocar. Titia, que não suportava a música, mexeu-se inquieta sobre a cadeira e uivou. Ouviram-se de todos os lados um vozerio e aplausos. O patrão inclinou-se e, quando tudo se aquietou, continuou a tocar... Durante a execução de uma nota muito alta, alhures em cima, no meio da assistência, alguém soltou alto um "ah".

[7] Dança popular russa.

— Papaizinho! — gritou uma voz infantil. — Mas esta é a Kaschtanka!

— É mesmo! — confirmou um tenorino trêmulo de bêbado. — Kaschtanka! Fiédiuschka, que Deus me castigue, é de fato Kaschtanka! Fiú!

Alguém assobiou na galeria e duas vozes, uma infantil, a outra masculina, chamaram alto:

— Kaschtanka! Kaschtanka!

Titia estremeceu e olhou na direção de onde gritavam. Dois rostos: um cabeludo, bêbado e sorridente, o outro rechonchudo, vermelho e assustado, castigaram-lhe os olhos, como a luz viva a castigara antes... Ela se lembrou, caiu da cadeira e esperneou sobre a areia, depois se levantou num salto e lançou-se na direção daqueles rostos, ganindo alegremente. Ressoou um vozerio ensurdecedor, repassado de assobios e de penetrantes gritos infantis:

— Kaschtanka! Kaschtanka!

Titia pulou sobre uma barreira, depois saltou por cima do ombro de alguém, indo parar num camarote; para chegar ao andar seguinte, era preciso ultrapassar um muro alto; ela pulou, mas não conseguiu vencer o obstáculo e arrastou-se de volta sobre a parede. Passou a seguir de mão em mão, lambeu braços e rostos sem saber de quem, avançou cada vez mais alto e, finalmente, chegou à galeria...

Meia hora depois, Kaschtanka já estava caminhando pela rua, seguindo gente que cheirava a cola e verniz. Luká Aleksândritch balançava o corpo e, ensinado pela experiência, procurava instintivamente manter-se o mais longe possível do canal de esgoto.

— Há coisas jazendo num abismo de pecados em meu ventre... — balbuciava ele. — E você, Kaschtanka, é criatura incompreensível. Em relação a uma pessoa, você é o mesmo que um carpinteiro em relação a um marceneiro.

A seu lado, caminhava Fiédiuschka, tendo na cabeça o boné do pai. Kaschtanka olhava as costas de ambos e tinha a impressão de os estar seguindo havia muito, alegre porque a vida dela não se interrompia um instante sequer.

Lembrou-se do quartinho forrado de papéis sujos, do ganso, de Fiódor Timofiéitch, dos jantares gostosos, das aulas, do circo, mas tudo isto lhe aparecia agora como um sonho comprido, confuso, dolorido...

(1887)

VIÉROTCHKA[1]

Ivan Aleksiéitch Ognióv lembra-se como, naquela noite de agosto, ele abriu com estrépito a porta de vidro e saiu para o terraço. Usava *krilatka*[2] e panamá de abas largas, o mesmo que jaz agora, com as polainas, na poeira debaixo da cama. Numa das mãos, tinha um grande amarrado de livros e cadernos, na outra, uma bengala grossa, esgalhada.

Atrás da porta, iluminando-lhe o caminho com um lampião, estava o dono da casa, Kuznietzóv, um velho calvo, de barba comprida e grisalha e paletó níveo de algodão. Tinha um sorriso bonachão e acenava com a cabeça.

— Adeus, meu velho! — gritou-lhe Ognióv.

Kuznietzóv colocou o lampião sobre a mesa e saiu também para o terraço. Duas sombras compridas, estreitas, deram um passo sobre os degraus, em direção aos canteiros de flores, balançaram-se e apoiaram as cabeças nos troncos das tílias.

— Adeus, e mais uma vez obrigado, meu caro! — disse Ivan Aleksiéitch. — Obrigado pela sua cordialidade e carinho, pelo seu afeto... Nunca, pelos séculos dos séculos, vou esquecer a sua hospitalidade. É tão bom, a sua filha é boa também, e todos são bondosos, alegres, cordiais... Uma gente tão admirável, que nem consigo expressar com palavras!

---

[1] Diminutivo de Viera.

[2] Espécie de capa sem mangas.

Com a pletora de sentimentos e sob a ação da *nalivka*[3] que acabara de tomar, Ognióv falava com uma voz cantante de seminarista e estava tão comovido que expressava os seus sentimentos menos por palavras que por um piscar de olhos e um sacudir de ombros. Kuznietzóv, igualmente sob a ação da bebida e emocionado, estendeu o rosto para o jovem e beijou-o.

— Acostumei-me a vocês que nem um cachorro perdigueiro! — continuou Ognióv. — Vinha quase todos os dias a sua casa, dormi aí umas dez vezes, e tomei tanta *nalivka* que até dá medo lembrar. E, sobretudo, preciso agradecer-lhe, Gavriil Pietróvitch, o seu apoio e cooperação. Sem o senhor, eu me arrastaria aqui até outubro com a minha estatística. Vou escrever assim mesmo na introdução: "Considero meu dever expressar o meu agradecimento a Kuznietzóv, presidente do Conselho do *ziemstvo*[4] de N., pela sua amável cooperação". A estatística tem um futuro brilhante! Os meus profundos respeitos a Viera Gavrílovna, e transmita igualmente aos médicos, aos dois juízes de instrução e ao seu secretário que nunca hei de esquecer a ajuda que me prestaram! E agora, meu velho, abracemo-nos e troquemos o beijo derradeiro.

Amolecido, Ognióv beijou mais uma vez o velho e começou a descer a escada. No último degrau, voltou a cabeça e perguntou:

— Ainda nos veremos um dia?

— Deus sabe! — respondeu o velho. — Provavelmente nunca!

[3] Licor caseiro, geralmente de ginja.

[4] Uma lei de 1864 instituiu, na Rússia tsarista, uma espécie de câmaras representativas locais, chamadas *ziemstvo*, de atribuições limitadas e cujos membros eram escolhidos entre os possuidores de determinada fortuna pessoal.

— Sim, é verdade! Não se consegue atraí-lo a Pítier[5] nem com pão de leite, e eu dificilmente virei parar mais uma vez neste distrito. Bem, adeus!

— Deveria deixar aqui os livros! — gritou-lhe Kuznietzóv. — Para que precisa carregar esse peso? Eu mandaria para a sua casa amanhã, por um criado.

Mas Ognióv não o ouvia mais, afastando-se rapidamente da casa. A sua alma, aquecida pelo álcool, estava ao mesmo tempo alegre, tépida e triste... Caminhando, pensava em quão frequentemente encontra-se na vida gente boa e como é lamentável que esses encontros não deixem nada, além de recordações. Acontece aparecerem num repente cegonhas no horizonte, a brisa ligeira traz os seus gritos entre tristonhos e eufóricos, e, um instante depois, por mais avidamente que fixemos a vista nos longes azuis, não vemos um ponto, não ouvimos um som sequer: assim também as pessoas, com os seus semblantes, as suas falas, aparecem ligeiramente na vida e submergem em nosso passado, não deixando mais que as pegadas insignificantes da memória. Vivendo desde a primavera no distrito de N. e visitando quase diariamente os cordiais Kuznietzóv, Ivan Aleksiéitch acostumou-se como um parente ao velho, à filha, aos criados, aprendeu a conhecer até nos mínimos detalhes toda a casa, o terraço aconchegado, as curvas das alamedas do jardim, as silhuetas das árvores sobre a cozinha e a casa dos banhos; mas daqui a um instante ele passará o portão, e tudo isso se transformará em recordação, perdendo para sempre a significação real, e, passados ainda um ano ou dois, todas essas imagens queridas hão de empalidecer na consciência, a par das invenções e dos frutos da fantasia.

"Na vida, não existe nada mais caro que as pessoas!", pensava emocionado Ognióv, caminhando pela alameda, em direção ao portão. "Nada!"

---

[5] Diminutivo carinhoso de São Petersburgo.

No jardim, havia quietude e tepidez. Cheirava a resedá, tabaco e heliotrópio, que ainda floriam nos canteiros. Os intervalos entre os arbustos e os troncos das árvores estavam repletos de nevoeiro, ralo, suave, completamente impregnado de luar, e isto permaneceu muito tempo na memória de Ognióv, farrapos de neblina, lembrando espectros, sucediam-se suavemente, mas de modo perceptível, atravessando as alamedas. A lua estava alta sobre o jardim, e, abaixo dela, manchas enevoadas e transparentes corriam para leste. O mundo inteiro parecia consistir unicamente nas silhuetas negras e nas sombras brancas errantes, e Ognióv, que observava quase pela primeira vez na vida o nevoeiro numa noite de luar em agosto, pensava não estar vendo a natureza, mas um cenário de teatro, junto ao qual pirotécnicos inábeis, desejosos de iluminar o jardim com um fogo de bengala branco, se tivessem escondido sob os arbustos, soltando no ar não apenas luz, mas também fumaça branca.

Quando Ognióv se acercava do portão, uma sombra escura destacou-se da cerca não muito alta e foi ao seu encontro.

— Viera Gavrílovna! — alegrou-se ele. — Está aqui? Eu a procurei, procurei, queria despedir-me... Adeus, estou indo embora!

— Tão cedo? São ainda onze horas.

— Não, está na hora! São cinco verstas de caminhada, e eu ainda preciso fazer as malas. Tenho que me levantar cedo amanhã...

Diante de Ognióv, estava a filha de Kuznietzóv, Viera, moça de vinte e um anos, geralmente triste, descuidada no trajar e interessante. As moças que devaneiam muito e passam dias inteiros deitadas, lendo tudo o que lhes vem às mãos, que se enfadam e entristecem, vestem-se geralmente com desleixo. Mas esse ligeiro desleixo no traje acrescenta um encanto peculiar àquelas que a natureza dotou de gosto e do instinto da beleza. Pelo menos, lembrando-se mais tarde da bonita Viérotchka, Ognióv não podia imaginá-la a não ser com um casaquinho largo, que se amassava junto à cintura, formando pregas fundas, mas que assim mesmo não tocava o corpo, com um cacho de cabelo que, deixando o penteado alto, escorregava sobre a testa, com o xale vermelho, de malha, tendo bolinhas felpudas na beirada, o qual, a exemplo de uma bandeira em tempo ameno, pendia de noite tristemente do ombro de Viérotchka, e de dia jazia amarfanhado na antessala, junto aos chapéus de homem, ou na sala de jantar, em cima de um baú, onde uma velha gata dormia sobre ele sem qualquer cerimônia. Aquele xale e aquelas pregas no casaquinho recendiam um ócio em liberdade, vida caseira, placidez. Talvez porque Viera agradasse a Ognióv, ele sabia ler em cada botãozinho e cada preguinha algo tépido, aconchegado, ingênuo, algo bom e poético, que falta às mulheres insinceras, privadas do senso da beleza e frias.

Viérotchka era bem-proporcionada, tinha perfil regular e bonitos cabelos em cachos. Ela parecia uma beldade a Ognióv, que havia conhecido poucas mulheres.

— Vou-me embora! — disse, despedindo-se dela junto ao portão. — Não guarde má lembrança de mim! Obrigado por tudo!

Pôs-se a agradecer a Viera a hospitalidade, o carinho, a cordialidade, com a mesma voz cantante de seminarista que usara ao conversar com o velho, com o mesmo piscar de olhos e sacudir de ombros.

— Escrevi sobre você a minha mãe em cada carta — disse ele. — Se todos no mundo fossem como você e o seu pai, esta vida seria um paraíso. Aqui, todas as pessoas são excelentes! Uma gente simples, sincera, afetuosa.

— Para onde é que vai viajar agora? — perguntou Viera.

— Agora, vou visitar minha mãe em Oriol, passarei lá umas duas semanas, depois irei a Pítier, voltarei para o trabalho.

— E depois?

— Depois? Trabalharei todo o inverno, e na primavera vou de novo a algum distrito do interior, para recolher material. Bem, seja feliz, viva cem anos... não guarde má lembrança de mim. Não nos veremos mais.

Ognióv abaixou-se e beijou a mão de Viérotchka. Depois, presa de uma perturbação silenciosa, ajeitou a *krilatka*, melhorou a posição do amarrado de livros, calou-se um pouco e disse:

— Quanta neblina!

— Sim. Não esqueceu nada lá em casa?

— O quê? Parece que nada...

Ognióv permaneceu calado alguns segundos, depois se virou desajeitado para o portão e saiu do jardim.

— Espere, vou acompanhá-lo até a nossa mata — disse Viera, saindo atrás dele.

Caminharam pela estrada. Agora, as árvores não ocultavam mais o espaço livre, e podia-se ver o céu, os objetos distantes. Como que encoberta por um véu, a natureza inteira escondia-se atrás da névoa transparente e baça, através da qual a sua beleza aparecia alegre; a neblina mais densa e mais branca deitava-se irregularmente junto às medas de feno e aos arbustos, ou vagava em farrapos, atravessando a estrada, apertava-se contra a terra e como que procurava não ocultar a amplidão. Através da névoa, via-se toda a estrada, até a mata, com valas escuras dos lados, dentro das quais cresciam arbustos, que interceptavam os farrapos de neblina. A meia versta do portão, aparecia a faixa escura da mata dos Kuznietzóv.

"Para que ela veio comigo? Será preciso acompanhá-la de volta", pensou Ognióv, mas, olhando o perfil de Viera, sorriu com ternura e disse:

— Não dá vontade de partir com tempo tão bonito! É uma noite realmente romântica, com luar, silêncio e tudo o mais. Sabe de uma coisa, Viera Gavrílovna? Tenho vinte e nove anos, mas na minha vida nunca aconteceu um romance. Em toda a vida, nenhuma história romântica, de modo que eu conheço apenas de outiva os encontros, as alamedas de suspiros e os beijos. É anormal! Na cidade, sentado no quarto alugado, não se percebe esta falha, mas aqui, ao ar livre, ela é muito visível... De certo modo, dá até uma sensação de despeito!

— Mas por que isto lhe aconteceu assim?

— Não sei. Provavelmente, a vida inteira não tive tempo, e talvez simplesmente não tive ocasião de me encontrar com mulheres que... Em geral, tenho poucas relações e não vou a parte alguma.

Os jovens percorreram em silêncio uns trezentos passos. Ognióv lançava olhadelas à cabeça descoberta e ao xale de Viérotchka, e ressuscitavam-lhe no espírito, um após outro, os dias de primavera e de verão; era o tempo em que, longe do seu quarto cinzento de Petersburgo, desfrutando o carinho de uma gente boa, a natureza e o trabalho que amava, não tinha tempo de notar como o ocaso seguia-se à aurora e como, pressagiando o fim do verão, cessavam o seu canto o rouxinol, a codorna e, pouco depois, o francolim... O tempo voava imperceptível, quer dizer que se vivia bem, com clareza... Pôs-se a lembrar em voz alta com que má vontade ele, que não era rico e não estava acostumado com movimento e com gente, viajara em fins de abril para cá, para o distrito de N., onde esperava encontrar o tédio, a solidão e a indiferença pela estatística, que, a seu ver, ocupava o primeiro lugar entre as ciências. Chegando em certa manhã de abril à cidadezinha de N., sede distrital, hospedou-se na estalagem do "velho crente"[6] Riabúkhin, onde, por vinte copeques por dia, deram-lhe um quarto claro e limpo, com a condição de que não fumasse ali. Tendo descansado e depois de se informar

[6] Os velhos crentes constituíam uma seita que não reconhecia as reformas introduzidas na Igreja russa, no século XVII, pelo patriarca Níkon.

Viérotchka

sobre o presidente do Conselho do *ziemstvo* local, foi imediatamente a pé à casa de Gavriil Pietróvitch. Teve que percorrer quatro verstas de campos magníficos e bosques novos. Calhandras estremeciam sob as nuvens, enchendo o ar de sons argentinos, e gralhas passavam no ar, agitando grave e solenemente as asas.

— Meu Deus — espantava-se então Ognióv —, será possível que aqui se respire sempre este ar, ou ele cheira assim somente hoje, em honra à minha vinda?

Esperando uma recepção seca, de negócios, entrou em casa dos Kuznietzóv sem coragem, olhando de soslaio e repuxando timidamente a barbicha. O velho a princípio franziu a testa, sem compreender para quê aquele jovem, com a sua estatística, precisava do Conselho do *ziemstvo*, mas, quando o outro lhe explicou extensamente o que é material estatístico e onde ele é coletado, Gavriil Pietróvitch se animou, passou a sorrir e a espiar para os cadernos dele com uma curiosidade juvenil... Naquele mesmo dia, ao anoitecer, Ivan Aleksiéitch já estava sentado em casa dos Kuznietzóv, ceando, tonteava rapidamente com a forte *nalivka* e, olhando os rostos tranquilos e os movimentos indolentes dos seus novos conhecidos, sentia por todo o corpo uma preguiça doce, embaladora, que dava vontade de dormir, espreguiçar-se, sorrir. E os novos conhecidos examinavam-no com bonacheirice e perguntavam-lhe se tinha pai e mãe vivos, quanto ele ganhava por mês, se ia muito a teatros...

Ognióv lembrou as suas visitas aos subdistritos, os piqueniques, as pescarias, uma excursão em grupo a um mosteiro feminino cuja superiora, Marfa, presenteou cada um dos visitantes com uma bolsinha de miçangas, lembrou as discussões ardorosas, infindáveis, tipicamente russas, durante as quais os participantes espargem saliva e batem com os punhos na mesa, sem se compreender e interrompendo-se, contradizem-se a cada frase, sem perceber, mudam a cada momento o tema, e, tendo discutido duas ou três horas, riem:

— Diabo, vai saber por que iniciamos esta discussão! Começamos por uma ladainha e acabamos pelos salmos!

— Está lembrada como você, o médico e eu fomos a cavalo a Chéstovo? — disse Ivan Aleksiéitch a Viera, acercando-se com ela da mata. — Encontramos lá um louco. Dei-lhe uma moeda de cinco copeques, mas ele fez três vezes o sinal da cruz e jogou a minha moeda num campo de centeio. Meu Deus, estou levando comigo tantas impressões que, se fosse possível reuni-las em massa compacta, dariam um bom lingote de ouro! Não compreendo por que as pessoas inteligentes, de sensibilidade, acotovelam-se nas capitais e não vêm para cá. Será que na Perspectiva Niévski[7] e nos grandes edifícios cinzentos há mais espaço e mais verdade que aqui? Realmente, aqueles quartos mobiliados em que eu morei, repletos de alto a baixo de pintores, sábios e jornalistas, sempre me pareceram um preconceito.

A vinte passos da mata, a estrada passava por uma ponte pequena, estreita, com frades de pedra nos cantos, e que, por ocasião dos passeios noturnos, sempre servia aos Kuznietzóv e às suas visitas de pequeno ponto de parada. Dali, podia-se provocar o eco da mata, e via-se a estrada desaparecer numa brecha negra do arvoredo.

— Bem, aí está a pontezinha! — disse Ogrióv. — Deve voltar daqui...

Viera deteve-se, retomando o fôlego.

— Vamos sentar um pouco — disse ela sentando-se sobre um dos frades de pedra. — Por ocasião das despedidas, todos costumam sentar-se.

Ogrióv acomodou-se ao lado dela, sobre o seu amarrado de livros, e continuou a falar. Ela estava ofegante da caminhada e olhava não para Ivan Aleksiéitch, mas para o lado, de modo que ele não lhe via o rosto.

---

[7] A avenida principal de São Petersburgo. Aliás, na Rússia, dá-se o nome de "perspectiva" a uma avenida arborizada.

Viérotchka

— E de repente, vamos encontrar-nos daqui a uns dez anos — disse ele. — Como seremos então? Você já será uma respeitável mãe de família, e eu, o autor de alguma coletânea estatística, respeitável e absolutamente desnecessária, grossa como quarenta mil coletâneas. Vamos encontrar-nos e lembrar os velhos tempos... Agora, sentimos o presente e ele nos impregna e nos perturba, mas, por ocasião desse encontro, não lembraremos mais o dia, o mês, nem mesmo o ano em que nos vimos pela derradeira vez, sobre esta pontezinha. Você, provavelmente, vai mudar... Ouça, vai mudar?

Viera estremeceu e voltou o rosto na sua direção.

— O quê?

— Perguntei-lhe ainda agora...

— Perdão, não ouvi o que dizia.

Somente nesse instante Ogrióv notou em Viera uma transformação. Estava pálida, ofegante, o tremor da sua respiração transmitia-se aos braços, aos lábios e à cabeça, e não era mais um cacho que lhe caía do penteado sobre a testa, mas dois... Aparentemente, evitava fitá-lo nos olhos e, procurando mascarar a perturbação, ora corrigia a posição da gola, como se esta lhe machucasse o pescoço, ora transferia o xale vermelho de um ombro para o outro...

— Parece que está com frio — disse Ogrióv. — Não é muito bom para a saúde ficar sentado ao ar livre, com esta neblina. Deixe-me acompanhá-la, *nach Haus*.[8]

Viera permaneceu calada.

— O que tem? — sorriu Ivan Aleksiéitch. — Fica quieta e não responde às minhas perguntas. Está adoentada, ou zangou-se comigo? Hem?

Viera apertou fortemente a palma da mão contra a face voltada na direção de Ogrióv, e no mesmo instante afastou-a bruscamente.

---

[8] Em alemão no original: "para casa".

— Uma situação horrível... — murmurou, com uma expressão de dor intensa. — Horrível!

— Mas, o que há de horrível? — perguntou Ogrióv, dando de ombros e não ocultando a surpresa. — Do que se trata?

Ainda respirando pesado e sacudindo os ombros, Viera voltou-lhe as costas, fitou por meio minuto o céu e disse:

— Preciso falar com você, Ivan Aleksiéitch...

— Estou ouvindo.

— Talvez lhe pareça estranho... vai ficar surpreendido, mas isto não me importa...

Ogrióv deu de ombros mais uma vez e preparou-se para ouvir.

— Eis do que se trata... — começou Viérotchka, inclinando a cabeça e repuxando com os dedos uma bolinha do xale. — Sabe, eu queria... dizer-lhe o seguinte... Vai parecer-lhe esquisito e... estúpido, mas eu... eu não posso mais.

A fala de Viera passou a um balbuciar indistinto e, de repente, se interrompeu num choro. A moça ocultou o rosto no xale, inclinou-se ainda mais e pôs-se a chorar com amargura. Ivan Aleksiéitch fungou confuso e, perplexo, não sabendo o que dizer e o que fazer, lançou sem esperança um olhar ao redor. Estando desacostumado de ver lágrimas e choro, também ele sentiu comicharem-lhe os olhos.

— Ora, que coisa! — murmurou enleado. — Viera Gavrílovna, por que tudo isso, pergunto eu. Minha cara, está... está doente? Ou alguém a ofendeu? Diga-me, talvez eu... bem, talvez possa ajudá-la...

Quando, tentando consolá-la, ele se permitiu afastar cautelosamente as mãos com que ela segurava o rosto, a moça sorriu-lhe em meio às lágrimas e disse:

— Eu... eu o amo!

Essas palavras comuns e singelas foram proferidas em simples idioma humano, mas, profundamente confuso, Ogrióv virou o rosto e, em seguida à confusão, sentiu susto.

A tristeza, a tepidez e a disposição sentimental, suscitadas nele pela despedida e pela *nalivka*, desapareceram num átimo, cedendo a um sentimento áspero, desagradável, de constrangimento. A alma como que se revirou dentro dele, ficou olhando de viés para Viera, e agora, depois de lhe ter confessado o seu amor, ela tirara de si a inacessibilidade, que orna tanto a mulher, e parecia-lhe como que mais baixa, mais simples, mais escura.

"O que é isto?", horrorizou-se ele. "Mas eu... amo-a ou não? Que problema!"

E, depois que o principal, o mais penoso, fora finalmente dito, ela já respirava com leveza, livremente. Ergueu-se também e, olhando bem no rosto de Ivan Aleksiéitch, pôs-se a falar depressa, incoercivelmente, com ardor.

A exemplo do homem que, de repente assustado, não consegue lembrar a sequência dos sons da catástrofe que o atordoou, Ognióv não lembra as palavras e frases de Viera. Gravou apenas o conteúdo da sua fala, a sua pessoa e a sensação que lhe causaram aquelas palavras. Lembra uma voz como que abafada, um tanto rouquenha de perturbação, bem como a musicalidade extraordinária e o apaixonado da entonação. Chorando, rindo, fazendo faiscar lágrimas sobre as pestanas, Viera dizia-lhe que, desde os primeiros dias, ele impressionara-a com a sua originalidade e inteligência, com os olhos inteligentes e bondosos, com os seus problemas e objetivos na vida, que ela o amara apaixonada, louca e profundamente; que nas ocasiões em que passava, naquele verão, do jardim para a casa e vendo na antessala a sua *krilatka*, ou se ouvia de longe a sua voz, seu coração cobria-se de um frio ligeiro, de um prenúncio de felicidade; mesmo os seus simples gracejos obrigavam-na a dar gargalhadas, via em cada algarismo dos seus caderninhos algo extraordinariamente sábio e grandioso, a sua bengala esgalhada parecia-lhe mais bela que as árvores.

A mata, os fiapos de neblina, as valetas negras dos lados da estrada, pareciam ter-se aquietado ouvindo-a, e na alma de Ognióv passava-se algo ruim e estranho... Declarando o seu amor, Viera estava fascinantemente bonita, falava de modo belo e apaixonado, mas o que ele experimentava não era prazer, nem alegria de viver, como gostaria, mas apenas um sentimento de compaixão por Viera, dor e comiseração porque uma pessoa de bem estava sofrendo por sua causa. Deus sabe se foi a sabedoria livresca que falou nele, ou manifestou-se o hábito incoercível da objetividade, que tão frequentemente impede os homens de viver, mas os êxtases e o sofrimento de Viera pareceram-lhe açucarados, desprovidos de seriedade, e, ao mesmo tempo, um sentimento revoltava-se nele e murmurava que tudo o que ele estava vendo e ouvindo era mais importante, do ponto de vista da natureza e da felicidade pessoal, que todas as estatísticas, livros, verdades... E ele zangava-se e acusava-se a si mesmo, embora não compreendesse em que exatamente consistia a sua culpa.

Além do mal-estar, ele não sabia absolutamente o que dizer, mas falar era indispensável. Dizer simplesmente "não a amo" estava acima das suas forças, mas, ao mesmo tempo, não podia dizer "sim", porquanto, por mais que esquadrinhasse o seu imo, não encontrava ali a menor fagulhinha...

Ele calava-se, enquanto Viera dizia não existir para ela felicidade mais elevada que o ver, segui-lo, ainda que fosse naquele instante, para onde ele quisesse, ser a sua esposa e colaboradora, que, se ele a deixasse, ela morreria de saudade...

— Não posso continuar mais aqui! — disse, estralando os dedos. — A casa, a mata, este ar, tudo se tornou odioso para mim. Não suporto mais o sossego incessante e a vida sem objetivo, não suporto as nossas pessoas pálidas, incolores, que se parecem entre si como gotas d'água! Todos eles são bondosos e cordiais porque estão alimentados, não sofrem, não lutam... E eu quero ir justamente para os edifícios grandes e úmidos, onde as pessoas sofrem, enraivecidas pelo trabalho e pela miséria...

Viérotchka

Também isso pareceu a Ognióv açucarado e desprovido de seriedade... Quando Viera terminou, ele ainda não sabia o que dizer, mas não se podia ficar calado, portanto balbuciou:

— Eu, Viera Gavrílovna, lhe fico muito grato, embora sinta que não mereci de modo algum tal... sentimento... da sua parte. Em segundo lugar, como homem honesto, devo dizer-lhe que... a felicidade baseia-se no equilíbrio, isto é, quando ambas as partes... amam de maneira idêntica...

Mas, no mesmo instante, Ognióv envergonhou-se do seu balbuciar e calou-se. Sentira que, nesses momentos, o seu rosto era estúpido, com expressão de culpa, achatado, tenso... Viera provavelmente soubera ler em seu rosto a verdade, pois ela ficou de chofre séria, empalideceu e baixou a cabeça.

— Desculpe-me — balbuciou Ognióv, não suportando o silêncio. — Eu tenho por você tanta consideração que... isto me dói!

Viera voltou-se abruptamente e caminhou depressa, de volta à propriedade. Ognióv seguiu-a.

— Não, não precisa! — disse Viera, sacudindo a mão na sua direção. — Não vá, chegarei bem, sozinha...

— Não, mesmo assim... não se pode deixar de acompanhar...

Tudo o que Ognióv dizia parecia-lhe, até a última palavra, abominável, de mau gosto. A cada passo, crescia nele o sentimento de culpa. Enfurecia-se, apertava os punhos e maldizia a sua frieza e a incapacidade de comportar-se com as mulheres. Procurando excitar algo em si, olhava o vulto bonito de Viérotchka, a sua trança e a marca deixada sobre a estrada poenta pelos seus pés pequenos, lembrava suas palavras e lágrimas, mas tudo isso apenas comovia e não lhe perturbava a alma.

"Ah, não se pode ficar apaixonado à força!", procurava convencer-se, e ao mesmo tempo pensava: "Mas quando é que vou amar sem ser à força? Bem que já estou beirando os trinta! Nunca encontrei e nunca hei de encontrar mulher melhor que Viera... Oh, velhice de cão! Velhice aos trinta anos!".

Viera caminhava na frente, cada vez mais depressa, sem olhar para trás, a cabeça baixa. Ognióv tinha a impressão de que, de desgosto, ela diminuíra, tornara-se mais estreita de ombros.

"Imagino o que se passa agora em seu espírito", pensava ele, olhando as suas costas. "Provavelmente, tem vergonha, e dor também, a ponto de querer a morte! Meu Deus, em tudo isto há tanta vida, poesia, sentido, que uma pedra se comoveria, e eu... eu sou estúpido e inepto!"

Junto ao portão, Viera lançou-lhe um rápido olhar e, curvando-se, enrolando-se no xale, caminhou depressa pela alameda.

Ivan Aleksiéitch ficou só. Voltando para a mata, foi andando devagar, parava com frequência e voltava-se na direção do portão, e todo o seu vulto expressava descrença em si. Procurou com os olhos sobre a estrada as pegadas de Viérotchka, e não acreditava que a moça que lhe agradava tanto acabara de fazer-lhe uma declaração de amor, e que ele tão desajeitada e grosseiramente a "recusara"! Pela primeira vez na vida, pôde certificar-se, na prática, como o homem depende pouco da sua boa vontade, e experimentar sobre si mesmo a situação de um homem decente e sincero, que causa, contra a sua vontade, sofrimentos cruéis, imerecidos, a seu próximo.

Doía-lhe a consciência, e quando Viera desapareceu, teve a impressão de que perdera algo muito querido, muito íntimo, e que nunca mais encontraria. Sentia que, com Viera, deslizara para longe uma parte da mocidade dele, e que os momentos vividos de modo tão infrutífero não voltariam mais.

Chegando à pontezinha, deteve-se e ficou pensativo. Queria encontrar o motivo da sua estranha frieza. Compreendia claramente que ela não se localizava fora, mas dentro dele.

Viérotchka

Confessou sinceramente a si mesmo que não era a frieza calculista, de que tão frequentemente se vangloriam as pessoas inteligentes, nem a frieza do estúpido que ama a si próprio, mas simplesmente uma impotência do espírito, uma incapacidade de assimilar o belo com profundidade, a velhice precoce, consequência da educação, da luta desordenada por um pedaço de pão, da vida sem família, em quartos alugados.

Da pontezinha caminhou devagar, como que não querendo, para a mata. Ali, onde apareciam sobre a treva densa, a espaços, raios de luar em manchas abruptas, onde ele não percebia nada, a não ser os seus pensamentos, teve um desejo ardente de fazer voltar o perdido.

E Ivan Aleksiéitch lembra-se de que voltou mais uma vez. Atiçando-se com as recordações, desenhando Viera à força em sua imaginação, caminhou depressa para o jardim. Não havia mais neblina sobre a estrada e, no jardim, a lua clara espiava do céu como que lavada, apenas o oriente enevoava-se, tornava-se sombrio... Ognióv lembra-se dos seus passos cautelosos, das janelas escuras, do aroma denso de heliotrópio e resedá. Karo, seu conhecido, acercou-se dele, abanando amistosamente a cauda, e cheirou-lhe a mão... Foi o único ser vivo que viu como ele deu umas duas voltas à casa, parou um pouco sob a janela escura de Viera e depois, tendo sacudido a mão e emitindo um suspiro profundo, saiu do jardim.

Passada uma hora, já estava na cidadezinha e, exausto, aniquilado, apertando-se com o corpo e com o rosto cálido contra o portão da estalagem, batia nele com o puxador. Alhures, na cidadezinha, um cachorro latia sonolento e, como que respondendo aos golpes de Ognióv, junto à igreja um guarda-noturno bateu numa placa de ferro...

— Você vagabundeia por aí de noite... — resmungou, abrindo-lhe a porta, o velho crente, dono da casa, vestido com uma camisola comprida, como que de mulher. — Em lugar de andar por aí, devia rezar a Deus.

Entrando em seu quarto, Ivan Aleksiéitch deixou-se cair na cama e ficou por muito tempo olhando o fogo, depois sacudiu a cabeça e pôs-se a arrumar as malas...

(1887)

UMA CRISE

I

O estudante de Medicina Meyer e o aluno da Escola de Pintura, Escultura e Arquitetura de Moscou Ríbnikov foram certa noite à casa do seu amigo, o estudante de Direito Vassíliev, e propuseram-lhe acompanhá-los ao Beco de S... Vassíliev passou muito tempo opondo-se a este programa, mas acabou vestindo-se e acompanhando-os.

Conhecia as mulheres decaídas somente de outiva, e nunca estivera nas casas em que elas viviam. Sabia da existência de mulheres imorais que, sob a pressão de condições fatídicas: o meio, a má educação, a miséria etc., se viam obrigadas a vender por dinheiro a sua honra. Elas não conhecem o amor puro, não têm filhos, não possuem direitos civis; mães e irmãos choram-nas como se estivessem mortas, a ciência considera-as um mal, os homens tratam-nas por "você". Mas, não obstante tudo isso, elas não perdem a imagem e semelhança de Deus. Todas elas têm consciência do seu pecado e esperança de salvação. Elas podem utilizar na mais larga escala meios que levam à salvação. A sociedade, é preciso reconhecer, não perdoa aos homens o seu passado, mas, para Deus, Santa Maria Egipcíaca não está abaixo dos outros santos. Quando Vassíliev reconhecia na rua, pelos trajes ou pelas maneiras, uma mulher decaída, ou se a via representada numa revista humorística, sempre lembrava uma história, que lera algum dia, não se lembrava onde: um jovem, puro e abnegado, apaixonara-se por uma mulher decaída e oferece-ra-lhe casamento, mas ela envenenara-se, por considerar-se indigna de semelhante felicidade.

Vassíliev morava numa das travessas da Avenida Tviers-kói. Eram quase onze horas, quando saiu de casa com os amigos. A primeira neve caíra havia pouco, e tudo na natureza estava sob o império dessa jovem neve. O ar cheirava a neve, que também estalava macia sob os pés, a terra, os telhados, as árvores, os bancos nas avenidas, tudo era macio, branco, jovem, e por isso as casas tinham aspecto diverso do que apresentaram na véspera, os lampiões ardiam com mais força, o ar estava mais transparente, as carruagens faziam ruído mais abafado, e, junto com o ar fresco, leve, gélido, pedia entrada na alma um sentimento semelhante à neve branca, jovem, felpuda.

— "Arrasta-me uma força ignota" — cantou o estudante de Medicina com uma voz agradável de tenor — "para estas plagas tão tristonhas..."

— "Eis o moinho..." — acudiu no tom o de Belas-Artes. — "Está em ruínas..."

— "Eis o moinho... Está em ruínas..." — repetiu o de Medicina, erguendo as sobrancelhas e balançando triste a cabeça.

Calou-se um pouco, esfregou a testa, lembrando a letra, em seguida cantou alto e tão bem que os transeuntes volta-ram-se para olhá-lo:

— "Aqui eu encontrei outrora o livre amor dos homens livres..."[1]

Os três entraram num restaurante e, sem tirar o sobretudo, beberam junto ao balcão dois cálices de vodca. Antes de esvaziar o segundo, Vassíliev notou na sua vodca pedacinhos de rolha, levou o cálice aos olhos, passou muito tempo

---

[1] Trecho da ópera *Russalka* (a figura das lendas russas correspondente a Ondina e Uiara) de A. S. Dargomíjski.

olhando-o, franzindo o cenho como fazem os míopes. O estudante de Medicina, que não compreendera a expressão do seu rosto, disse-lhe:

— Ora, por que fica olhando? Por favor, nada de filosofia! A vodca foi feita para se beber, o esturjão para se comer, as mulheres para se visitar, a neve para andar em cima. Viva como gente pelo menos uma noite!

— Mas eu não disse nada... — riu Vassíliev. — Pensa que me recuso?

A vodca aqueceu-lhe o peito. Ficou olhando os seus amigos, comovido, admirando-os e invejando-os. Como nessa gente sadia, forte, alegre, tudo está equilibrado, como em suas almas e cérebros tudo está aplainado e concluído! Eles cantam, amam apaixonadamente o teatro, desenham, falam muito, bebem, e não lhes dói a cabeça no dia seguinte; são, ao mesmo tempo, poéticos e devassos, ternos e insolentes; tanto sabem trabalhar como indignar-se, tanto rir sem motivo como dizer bobagens; ardorosos, honestos, abnegados, não são, como pessoas, em nada piores que ele, Vassíliev, que vigia cada um dos seus próprios passos e cada palavra sua, que é desconfiado, cauteloso e pronto a promover cada insignificância à categoria de problema. E ele quis, pelo menos uma noite, viver como os seus amigos, soltar-se, livrar-se do seu próprio controle. Será preciso tomar vodca? Vai tomá-la, mesmo que no dia seguinte a cabeça lhe estoure de dor. Levam-no a uma casa de mulheres? Ele vai. Há de dar gargalhadas, brincar, responder alegremente às provocações dos transeuntes...

Saiu do restaurante rindo. Os amigos agradavam-lhe: um com chapéu amassado de abas largas, pretendendo a desordem artística, o outro com um chapeuzinho de lontra-do--mar, um rapaz de posses, mas com pretensão a fazer parte da boêmia científica; agradavam-lhe a neve, a luz pálida dos lampiões, as pegadas abruptas e negras deixadas na neve pelos transeuntes; agradavam-lhe o ar e, sobretudo, essa tonalidade transparente, terna, ingênua, como que virginal, que se pode observar na natureza somente duas vezes por ano: quando tudo está coberto de neve e, na primavera, nos dias claros ou nas noites de luar, quando o gelo se rompe nos rios.

— "Arrasta-me uma força ignota" — cantou a meia-voz — "para estas plagas tão tristonhas..."

E por algum motivo, no decorrer de todo o caminho, essa melodia não lhe saía da língua, dando-se o mesmo com os seus amigos, e os três cantavam-na maquinalmente, sem nenhuma sintonia.

A imaginação de Vassíliev desenhava-lhe como, dentro de uns dez minutos, ele e os seus amigos bateriam numa porta, como eles se esgueirariam por uns corredorzinhos e quartos escuros para junto das mulheres, como ele, aproveitando-se da treva, riscaria um fósforo e de repente veria um semblante sofredor e um sorriso de culpa. A loura ou morena desconhecida estaria provavelmente de cabelos soltos e com um casaquinho branco de dormir; ela se assustaria com a luz, ficaria extremamente perturbada e diria: "Pelo amor de Deus, o que está fazendo! Apague!". Tudo isso era assustador, mas curioso e novo.

II

Da Praça Trubnaia, os amigos dobraram para a Gratchovka e logo entraram no beco que Vassíliev conhecia apenas de outiva. Vistos os dois renques de casas com janelas muito iluminadas e portas completamente abertas, tendo ouvido os sons alegres de pianos e violinos, sons estes que saíam de todas as portas e fundiam-se numa barafunda, dando a impressão de que alhures, na treva, por cima dos telhados, estava sendo afinada uma orquestra invisível, Vassíliev espantou-se e disse:

— Quantas casas!

— O que significa isto?! — replicou o estudante de Medicina. — Em Londres, há dez vezes mais. Ali, há perto de cem mil dessas mulheres.

Os cocheiros estavam sentados na boleia dos carros com a mesma tranquilidade e indiferença que em todos os becos; pelas calçadas, caminhavam transeuntes em tudo idênticos aos das outras ruas. Ninguém se apressava, ninguém escondia o rosto sob a gola levantada, ninguém balançava a cabeça numa censura... E nessa indiferença, na barafunda dos sons de pianos e violinos, nas janelas vivamente iluminadas, nas portas bem abertas, percebia-se algo muito franco, descarado, ousado, solto. Provavelmente, nos tempos de antanho, nos mercados de escravos, reinavam a mesma alegria e barulho, e os semblantes e o passo das pessoas expressavam a mesma indiferença.

— Comecemos bem do início — disse o estudante de Belas-Artes.

Os amigos entraram num corredorzinho estreito, iluminado por uma lâmpada com refletor. Quando eles abriram a porta, na antessala um homem de sobrecasaca preta, rosto não barbeado de lacaio e olhos sonolentos, levantou-se preguiçoso de um sofá amarelo. Havia ali um cheiro que lembrava lavanderia, acrescido de outro de vinagre. Uma porta abria para uma sala muito iluminada. Os estudantes de Medicina e de Belas-Artes detiveram-se nessa porta, estenderam o pescoço e espiaram simultaneamente para a sala.

— *Buona sera, signori*, rigoletto-huguenotes-traviata! — começou o estudante de Belas-Artes, com uma saudação teatral.

—Havana-ai, barata-pistoletto! — disse o de Medicina, apertando ao peito o seu chapeuzinho e com uma profunda mesura.

Vassíliev estava parado atrás deles. Tinha também vontade de fazer uma saudação teatral e dizer algo estúpido, mas ficou apenas sorrindo, sentindo um embaraço parecido com vergonha, e esperou impaciente o que se seguiria. Apareceu à porta uma loura miúda de dezessete a dezoito anos, de cabelos aparados, com um vestido curto azul-celeste e com um cordão de fio branco e brilhante sobre o peito.

— Por que ficam parados aí na porta? — disse ela. — Tirem os sobretudos e entrem na sala.

Os estudantes de Medicina e de Belas-Artes entraram, continuando a falar em italiano. Vassíliev seguiu-os, indeciso.

— Tirem os sobretudos, senhores! — disse com severidade o criado. — Assim não podem ficar.

Além da loura, havia na sala mais uma mulher, muito alta e corpulenta, de rosto não russo e braços nus. Estava sentada junto ao piano de cauda e dispunha sobre os joelhos um jogo de paciência. Não deu qualquer atenção às visitas.

— Onde estão as outras moças? — perguntou o estudante de Medicina.

— Estão tomando chá — disse a loura. — Stiepan — gritou ela —, vá dizer às moças que chegaram estudantes![2]

Pouco depois, uma terceira moça entrou na sala. Usava um vestido vermelho vivo com listras azuis. Tinha o rosto pintado densa e desajeitadamente, a testa escondia-se atrás dos cabelos, os olhos não piscavam e tinham expressão assustada. Entrando, pôs-se imediatamente a cantar, com um contralto rude, forte. Seguiram-se uma quarta moça, uma quinta...

Em tudo isso, Vassíliev não via nada de novo nem de curioso. Parecia-lhe ter visto já em alguma parte, e mais de uma vez, aquela sala, o piano de cauda, o espelho com moldura dourada e barata, o cordão de fios brilhantes, o vestido listrado de azul e os rostos embotados, indiferentes. E não viu sequer uma sombra das trevas, do silêncio, do mistério, do sorriso de culpa, de tudo o que esperava encontrar ali e que o assustava.

---

[2] Os estudantes usavam uniforme.

A. P. Tchekhov

Tudo era comum, prosaico e desinteressante. Somente uma coisa irritava-lhe ligeiramente a curiosidade: era o terrível mau gosto, como que inventado de propósito, e que se revelava nas cornijas, nos quadros ridículos, nas roupas, nos fios dourados. Havia nesse mau gosto algo característico, peculiar.

"Como tudo é pobre e estúpido!", pensou Vassíliev. "Em toda esta miuçalha que vejo agora, o que pode tentar um homem normal, incitá-lo a cometer o terrível pecado de comprar por um rublo uma pessoa viva? Eu compreendo qualquer pecado cometido por causa de brilho, beleza, graça, paixão, gosto, mas o que existe aqui? Em prol do que se cometem pecados aqui? Aliás... não se deve pensar!"

— Meu barbicha, ofereça-me *porter*![3] — disse-lhe a loura.

Vassíliev ficou de repente encabulado.

— Com muito prazer... — replicou, com uma mesura delicada. — Mas desculpe-me, eu... não vou beber com a senhora. Eu não bebo.

Uns cinco minutos depois, os amigos já se encaminhavam para outra casa.

— Ora, para que você foi pedir *porter*? — zangou-se o estudante de Medicina. — Que milionário! Jogou seis rublos ao vento, sem mais nem menos, boa vida você leva!

— Se ela tem vontade, por que não lhe dar esse prazer? — defendeu-se Vassíliev.

— Você deu prazer à patroa e não a ela. Quem lhes manda pedir bebida aos fregueses são as patroas, a quem isso traz lucro.

— "Eis o moinho..." — cantou o estudante de Belas-Artes. — "Está em ruínas..."

Chegando à casa seguinte, os amigos apenas ficaram um pouco na antessala. Assim como na primeira casa, um vulto

---

[3] Qualidade de cerveja preta e forte.

Uma crise

de sobrecasaca e rosto sonolento de lacaio levantou-se ali de um divã. Olhando esse criado, o seu rosto e a sobrecasaca puída, Vassíliev pensou: "Quanto não deve sofrer um homem russo simples, comum, antes que o destino o jogue aqui, para ser criado? Onde esteve antes e o que fazia? O que o espera? É casado? Onde está sua mãe, e sabe, porventura, que ele é criado aqui?". E a partir de então, em cada uma das casas, Vassíliev involuntariamente dirigiu em primeiro lugar a atenção para o criado. Numa delas, parece que a quarta, o criado era miúdo, doentio, seco, com uma correntinha sobre o colete. Estava lendo a *Folha Pequena*[4] e não prestou qualquer atenção aos recém-chegados. Olhando o seu rosto, Vassíliev pensou, sem saber o motivo, que um homem com semelhante rosto podia roubar, matar e até cometer perjúrio. Realmente, aquele rosto era interessante: testa grande, olhos cinzentos, nariz pequeno e achatado, lábios miúdos, apertados, e uma expressão embotada e, ao mesmo tempo, insolente, como a de um jovem cão de corrida, quando alcança a lebre. Vassíliev pensou que seria bom tocar os cabelos daquele criado: eram ásperos ou macios? Provavelmente ásperos como os de um cachorro.

III

Depois de beber dois copos de *porter*, o estudante de Belas-Artes de repente ficou bêbado e mais vivo do que seria natural.

— Vamos a outra casa! — comandou, agitando os braços. — Vou levá-los à melhor de todas!

Tendo conduzido os amigos à casa que, na sua opinião, era a melhor de todas, manifestou uma vontade insistente de

---

[4] *Listók*, periódico da época.

dançar quadrilha. O estudante de Medicina resmungou, protestando contra o fato de se tornar assim necessário pagar um rublo aos músicos, mas concordou em ser *vis-à-vis*.[5] Começaram a dançar.

A melhor de todas era tão ruim como a pior. Havia ali os mesmos espelhos e quadros, as mesmas roupas e penteados. Examinando a decoração e os trajes, Vassíliev compreendia já que não era mau gosto, mas que aquilo constituía algo que se podia chamar de gosto e mesmo de estilo do Beco de S... e que era impossível encontrar em outra parte, algo uno em sua deformidade, não casual, mas elaborado pelo tempo. Depois de ter estado em oito casas, não o espantavam mais as cores dos vestidos, as caudas compridas, os laços de fita vistosos, as roupas de marinheiro, a densa pintura violeta nas faces; ele compreendia que tudo isso era indispensável ali, e que se ao menos uma das mulheres se vestisse como gente ou se pendurassem na parede uma gravura razoável, isso prejudicaria o tom geral do beco.

"Com que incompetência elas se vendem!", pensou. "Será que elas não conseguem compreender que o vício é sedutor somente quando é belo e se esconde, quando usa uma camada de virtude? Os vestidos pretos e modestos, os rostos pálidos, os sorrisos tristonhos e as trevas agem com mais força que estes ouropéis de fancaria. Gente estúpida! Se elas mesmas não compreendem isso, os visitantes deveriam instruí-las..."

Uma jovem com traje nacional polaco, provido de orla branca de pele, acercou-se dele e sentou-se ao seu lado.

— Meu moreno simpático, por que não dança? — perguntou. — Por que está com este ar aborrecido?

— Porque estou aborrecido.

— Mande então servir Lafitte. Isso vai enxotar a chatice.

---

[5] Em francês no original. No caso, a palavra designa participante de uma dança a dois.

Uma crise

Vassíliev não respondeu. Passou algum tempo calado e perguntou:

— A que hora vocês vão dormir?

— Depois das cinco.

— E a que hora se levantam?

— Umas vezes às duas, outras às três.

— E depois de se levantar, o que fazem?

— Tomamos café, antes das sete jantamos.

— E o que jantam?

— Geralmente... sopa ou *schi*,[6] bife, sobremesa. A nossa madame trata bem as moças. Mas para que pergunta tudo isso?

— À toa, para conversar...

Vassíliev quis falar de muita coisa com a moça. Sentia um desejo forte de saber onde ela nascera, se tinha pais vivos e se sabiam que ela estava ali, como fora parar nessa casa, se estava contente e alegre, ou triste e sob o jugo de pensamentos sombrios, se esperava sair um dia da sua condição atual... Mas não atinava por onde começar e que forma dar à pergunta, para não parecer indiscreto. Passou muito tempo pensando e perguntou:

— Quantos anos tem?

— Oitenta — gracejou a moça, rindo e olhando os trejeitos que o estudante de Belas-Artes, dançando, fazia com as pernas e os braços.

De repente, algo lhe provocou uma gargalhada e ela disse alto, de modo a ser ouvida por todos, uma longa frase cínica. Vassíliev ficou estupefato e, não sabendo que expressão dar ao rosto, sorriu contrafeito. Foi o único a sorrir, pois todos os demais — os seus amigos, os músicos e as mulheres — nem olharam a sua vizinha, como se não tivessem ouvido.

— Mande servir Lafitte! — tornou a dizer a vizinha.

---

[6] Espécie de sopa de repolho.

Vassíliev sentiu asco pela sua orla branca e pela voz, e afastou-se dela. Tinha já uma sensação de calor, de sufocação, e o coração começava a bater-lhe devagar, mas com força, como um martelo: um! dois! três!

— Vamos embora! — disse, dando um puxão na manga do estudante de Belas-Artes.

— Espere, deixe terminar.

Enquanto os seus companheiros terminavam a quadrilha, Vassíliev, que procurava não olhar as mulheres, examinava os músicos. O pianista era um velho de ar venerável, de óculos, cujo rosto lembrava o Marechal Bazaine;[7] o violinista, um jovem de barbicha ruça, trajado segundo a moda mais recente. O rapaz tinha um rosto que não era estúpido, nem macilento, mas, pelo contrário, inteligente, moço, fresco. Trajava-se realmente com imaginação e gosto, tocava com sentimento. Um problema: como foi que ele e esse velho decente, de ar venerável, tinham ido parar ali? Por que não se envergonhavam de permanecer naquele lugar? O que pensavam eles, quando olhavam as mulheres?

Se quem tocava piano e violino fosse gente esfarrapada, faminta, sombria, bêbada, de rostos macilentos ou embotados, a sua presença talvez fosse compreensível. Mas, agora, Vassíliev não compreendia nada. Lembrava-se de uma história de mulher decaída, que lera um dia, e achava agora que aquele semblante humano, com um sorriso de culpa, não tinha nada em comum com o que via. Tinha a impressão de que não via mulheres decaídas, mas um mundo diferente, bem específico, que lhe era estranho e incompreensível; se antes ele tivesse visto esse mundo no palco ou lido sobre ele num livro, não acreditaria...

A mulher de orla branca no vestido deu nova gargalhada e proferiu alto uma frase ignóbil. Apoderou-se dele um sentimento de repugnância, corou e saiu.

[7] O marechal de França Achille Bazaine (1811-1888).

Uma crise

— Espere, nós vamos também! — gritou-lhe o estudante de Belas-Artes.

IV

— Há pouquinho, tive uma conversa com a minha dama, enquanto dançávamos — contou o estudante de Medicina, quando os três saíram para a rua. — Falamos do seu primeiro romance. Ele, o herói, é um guarda-livros de Smolensk, com mulher e cinco meninos. Ela, uma moça de dezessete, vivia então com papai e mamãe, que comerciavam com sabão e velas.

— Mas com o que foi que ele conquistou o seu coração? — perguntou Vassíliev.

— Comprando-lhe cinquenta rublos de roupa. É revoltante, diabo!

"Bem que ele soube obter da sua dama a história do seu romance", pensou Vassíliev, "mas eu não sei..."

— Vou para casa, meus senhores! — disse ele.

— Por quê?

— Porque eu não sei comportar-me aqui. Além disso, estou sentindo aborrecimento e nojo. O que há de alegre neste lugar? Ainda se houvesse gente, mas são todos uns selvagens, uns animais. Vou-me embora, se não se importam.

— Ora, Gricha,[8] Grigóri, meu caro... — disse com voz chorosa o estudante de Belas-Artes, apertando-se contra Vassíliev. — Vamos! Vamos até mais uma só, e sejam eles malditos... Por favor! Grigoriantz!

Vassíliev deixou-se convencer e foi conduzido escada acima. No tapete e no corrimão dourado, no porteiro que lhes abriu a porta e no painel que enfeitava a antessala, sen-

[8] Diminutivo de Grigóri.

tia-se sempre o mesmo estilo do Beco de S..., mas aperfeiçoado, de causar impressão.

— Realmente, vou para casa! — disse Vassíliev, tirando o sobretudo.

— Ora, ora, meu caro... — disse o estudante de Belas-Artes, e beijou-lhe o pescoço. — Não faça fita... Gri-Gri, seja companheiro! Chegamos juntos e juntos vamos sair daqui. Você é uma verdadeira cavalgadura, palavra.

— Posso esperar vocês na rua. Juro por Deus, sinto nojo aqui!

— Ora, ora, Gricha... Tem nojo, mas vá observando! Compreende? Vá observando!

— É preciso encarar as coisas com objetividade — disse sério o estudante de Medicina.

Vassíliev entrou na sala e sentou-se. Havia ali muitos outros frequentadores: dois oficiais da Infantaria, um senhor grisalho e calvo de óculos dourados, dois estudantes sem bigodes, do Instituto de Agrimensura, e um homem muito embriagado, com rosto de ator. Todas as moças estavam ocupadas com esses visitantes e não prestaram qualquer atenção a Vassíliev. Apenas uma delas, vestida de Aída, olhou-o de viés, sorriu por algum motivo e disse com um bocejo:

— Chegou o moreno...

O coração de Vassíliev dava marteladas, tinha o rosto em fogo. Estava envergonhado perante os visitantes por estar ali, e ao mesmo tempo sentia asco, tortura interior. Atormentava-o o pensamento de que ele, uma pessoa de bem, imbuída de amor (assim se considerara até então), odiava aquelas mulheres e não sentia em relação a elas nada a não ser repugnância. Não tinha pena das mulheres, nem dos músicos, nem dos criados.

"Isto acontece porque não me esforço em compreendê-las", pensou. "Todas elas se parecem mais com bichos do que com gente, mas, apesar de tudo, são gente, possuem alma. É preciso compreendê-las e só depois julgar..."

Uma crise

— Gricha, não vá embora, espere por nós! — gritou-lhe o estudante de Belas-Artes e desapareceu em alguma parte.

Pouco depois, desaparecia também o de Medicina.

"Sim, tenho que me esforçar por compreender, assim não se pode...", continuou pensando Vassíliev.

E ele se pôs a examinar, tenso, o rosto de cada mulher, procurando um sorriso de culpa. Mas — quer porque ele não soubesse ler rostos, quer porque nenhuma daquelas mulheres se sentisse culpada — viu em cada rosto apenas uma expressão embotada de enfado e saciedade cotidianos, vulgares. Olhos estúpidos, sorrisos estúpidos, vozes ríspidas, estúpidos movimentos abjetos, e nada mais. Cada uma delas, parecia, tivera no passado um romance com um guarda-livros e roupas no valor de cinquenta rublos, e no presente não tinham outro encanto na vida além do café, do jantar com três pratos, do vinho, da quadrilha e do sono dormido até as duas da tarde...

Não tendo encontrado nenhum sorriso de culpa, Vassíliev pôs-se a procurar algum rosto inteligente. E a sua atenção fixou-se num semblante pálido, cansado, um pouco sonolento... Era uma morena já entrada em anos, de vestido salpicado de lantejoulas; sentada numa poltrona, olhava o chão, pensando em algo. Vassíliev caminhou de um canto a outro e, como que por acaso, sentou-se ao seu lado.

"Deve-se começar com algo vulgar", pensou, "e depois passar pouco a pouco a um assunto sério..."

— Que roupa bonitinha a sua! — disse ele e tocou com o dedo a franja dourada do seu lenço de cabeça.

— Tem-se o que se pode... — disse desanimada a morena.

— A senhora vem de que região?

— Eu? De longe... da região de Tchernigov.

— Boa terra. Lá é bom.

— É bom onde não estamos.[9]

[9] Provérbio russo.

"Pena que eu não saiba descrever a natureza", pensou Vassíliev. "Poderia comovê-la com descrições da natureza de Tchernigov. Certamente gostaria, pois nasceu lá."

— A senhora se aborrece aqui? — perguntou ele.

— Claro que sim.

— Nesse caso, por que não deixa este lugar?

— Ir para onde? Pedir esmola, não?

— É mais fácil pedir esmola que viver aqui.

— E como é que o senhor sabe? Já pediu alguma vez?

— Pedi quando não tive com que pagar os estudos. Ou, mesmo que não tenha pedido, isso é fácil de compreender. Apesar de tudo, um mendigo é sempre um homem livre, e a senhora é uma escrava.

A morena espreguiçou-se e acompanhou com olhos sonolentos o criado que passava carregando uma bandeja com gasosa e copos.

— Mande servir *porter* — disse ela, tornando a bocejar.

"*Porter...*", pensou Vassíliev. "E que tal se agora entrasse aqui o teu irmão ou tua mãe? O que dirias então? E o que diriam eles? Imagino o *porter* que então teríamos aqui..."

De repente, ouviu-se um choro. Do quarto vizinho, para onde o criado levara a gasosa, saiu depressa um rapaz louro, de rosto rubicundo e olhos zangados. Seguiu-o a patroa, alta, corpulenta, gritando com voz esganiçada.

— Ninguém lhe permitiu bater na face das moças! Recebemos aqui visitas melhores que o senhor, e não brigam! Charlatão!

Levantou-se uma zoada. Vassíliev assustou-se e empalideceu. No quarto vizinho, alguém chorava aos soluços, sinceramente, como chora gente ofendida. E ele compreendeu que ali de fato vivia gente, gente de verdade, que, a exemplo do que ocorre em toda parte, se ofende, sofre, chora, pede socorro... O ódio pesado e o asco cederam lugar a um sentimento agudo de compaixão e raiva do ofensor. Correu para o quarto de onde vinha o choro; por entre as fileiras de gar-

Uma crise

rafas dispostas sobre o mármore da mesa, distinguiu um rosto sofredor, molhado em lágrimas, estendeu para ele os braços, deu um passo em direção à mesa, mas no mesmo instante pulou para trás horrorizado. A mulher que chorava estava bêbada.

Esgueirando-se entre a multidão barulhenta, que se aglomerava em torno do rapaz louro, ele perdeu o ânimo, assustou-se como um menino, e teve a impressão de que nesse mundo estranho, incompreensível para ele, alguém queria persegui-lo, bater nele, cobri-lo de palavras sujas... Arrancou o seu sobretudo do cabide e desceu a escada às carreiras.

V

Ficou parado junto à casa, encostado ao muro, esperando a saída dos companheiros. Os sons de piano e de violino, alegres, desenfreados, ignóbeis e dolentes, misturavam-se no ar, fundindo-se num caos, e, como antes, essa confusão lembrava uma orquestra invisível que estivesse sendo afinada na treva, por cima dos telhados. Se se olhasse para o alto, para essa treva, ver-se-ia que todo o fundo negro estava polvilhado de pontos brancos movediços: era neve caindo. Os seus flocos, ao penetrar na área iluminada, rodopiavam preguiçosos no ar, que nem lanugem, e ainda mais preguiçosamente caíam ao solo. Os flocos de neve giravam em multidão junto a Vassíliev e ficavam pendentes da sua barba, das pestanas, das sobrancelhas... Estavam brancos os cocheiros, os cavalos e os transeuntes.

"E como pode a neve cair neste beco?!", pensou Vassíliev. "Sejam malditas estas casas!"

Tendo descido a escada às carreiras, as suas pernas dobravam-se de cansaço; estava ofegante, como se tivesse escalado uma montanha, o coração batia-lhe com tanta força que se tornava audível. Torturava-o o desejo de sair o quanto antes do beco e ir para casa, mas era ainda mais intensa a vontade de esperar os companheiros e descarregar sobre eles o seu sentimento penoso.

Deixou de compreender muita coisa naquelas casas, as almas das mulheres em processo de perdição continuaram sendo para ele um mistério, mas via claramente que a situação era muito pior do que parecia. Se se chamava de perdida uma mulher culpada que se envenenara, era difícil encontrar uma palavra conveniente para definir todas aquelas mulheres que dançavam agora, acompanhando a confusão sonora, e que diziam longas frases ignóbeis. Não eram mulheres em processo de perdição, mas já perdidas.

"Existe vício", pensou ele, "mas não há consciência da culpa, nem esperança de salvação. Elas são vendidas, compradas, afogadas em vinho e em porcarias, mas são embotadas e indiferentes como ovelhas e não compreendem. Meu Deus, meu Deus!"

Era igualmente claro para ele que tudo aquilo que se chama dignidade humana, personalidade, imagem e semelhança de Deus, fora ali sujado até a base, "caco a caco", como dizem os bêbados, e que os culpados não eram apenas o beco e as mulheres embotadas.

Passou por ele uma turba de estudantes brancos de neve, conversando alto e rindo. Um deles, alto e magro, deteve-se, espiou o rosto de Vassíliev e disse com voz de ébrio:

— É dos nossos! Encheu-se da branquinha, irmão? Aí-í, irmão! Não faz mal, toca em frente! Farra é farra! Nada de tristeza, titio!

Agarrou Vassíliev pelos ombros e encostou-lhe à face os bigodes molhados e frios, depois escorregou, cambaleou, levantou num repente os braços e gritou:

— Segure-se! Não caia!

E, largando a rir, correu atrás dos companheiros.

Ouviu-se em meio ao barulho a voz do estudante de Belas-Artes:

Uma crise

— Não se atrevam a bater nas mulheres! Eu não vou deixar, diabo que os carregue! Canalhas!

O estudante de Medicina apareceu à porta. Olhou para os lados e, vendo Vassíliev, disse alarmado:

— Você está aqui? Ouça, juro por Deus, decididamente não se pode ir com Iegor a parte alguma! Não compreendo que espécie de homem ele é! Arranjou aí um escândalo! Você está ouvindo? Iegor! — gritou pela porta. — Iegor!

— Eu não deixarei que vocês batam nas mulheres! — ressoou em cima a voz penetrante do estudante de Belas-Artes.

Algo pesado e volumoso rolou escada abaixo. Era o estudante despencando-se como um pião. Provavelmente, empurraram-no para fora.

Levantou-se, sacudiu o chapéu, fez para cima um gesto ameaçador com o punho, o rosto indignado, e gritou:

— Canalhas! Carrascos! Vampiros! Eu não deixarei que batam! Que batam numa mulher fraca, embriagada! Ah, vocês...

— Iegor... Vamos, Iegor... — pôs-se a implorar-lhe o estudante de Medicina. — Dou a minha palavra de honra de que nunca mais virei aqui com você. Palavra de honra!

O de Belas-Artes acalmou-se pouco a pouco, e os amigos foram para casa.

— "Arrasta-me uma força ignota" — cantou o estudante de Medicina — "para estas plagas tão tristonhas..."

— "Eis o moinho..." — arrastou um pouco depois o de Belas-Artes. — "Está em ruínas..." Como neva, mãe dos céus! Grischka,[10] por que você foi embora? É um medroso, uma mulherzinha e nada mais.

Vassíliev seguiu os amigos, olhando-lhes as costas e pensando:

[10] Diminutivo de Grigóri.

"Uma das duas: ou temos apenas a impressão de que a prostituição é um mal e exageramos, ou, se a prostituição é realmente um mal da gravidade que se costuma atribuir-lhe, então estes meus caros amigos são donos de escravos, violadores e assassinos, como aqueles habitantes da Síria e do Cairo, que aparecem em desenhos na *Seara*.[11] Agora, estão cantando, dão gargalhadas, fazem comentários judiciosos, mas não foram eles que ainda há pouco exploraram a fome alheia, a ignorância, a inteligência embotada? Foram eles, eu testemunhei. Para que servem então a sua humanidade, a medicina, a pintura? As ciências, as artes e os sentimentos elevados desses celerados lembram-me o toucinho da anedota. Dois salteadores esfaquearam na floresta um mendigo; começando a dividir entre si a sua roupa, encontraram no bornal um pedaço de toucinho de porco. 'Isto vem muito a calhar', disse um deles, 'façamos uma merenda.' 'Que é isso, como se pode?', horrorizou-se o outro. 'Então, você esqueceu que hoje é quarta-feira?' Desistiram, pois, de se alimentar. E, tendo esfaqueado um homem, deixaram a floresta certos de serem uns jejuadores. Assim estes aqui, tendo comprado mulheres, vão andando agora e pensam que são pintores e cientistas..."

— Escutem, vocês! — disse abruptamente e zangado. — Por que vêm aqui? Será possível, será possível que não compreendam como isto é terrível? A sua medicina diz que cada uma dessas mulheres morre precocemente de tuberculose ou de outra doença; as artes afirmam que, moralmente, ela morre ainda mais cedo. Cada uma delas morre porque, no decorrer da sua vida, recebe em média, digamos, quinhentos homens. Cada uma é, pois, assassinada por quinhentos homens. E, no número desses quinhentos, estão vocês! Agora, se vocês dois, em toda a vida, vierem a este lugar e a outros semelhantes duzentas e cinquenta vezes, isto significará que a vocês

[11] *Niva*, revista muito difundida na época.

dois caberá uma mulher assassinada! Não está claro? Não é terrível? Assassinar a dois, a três, a cinco, uma mulher estúpida, faminta! Ah, não é terrível, meu Deus?

— Eu bem sabia que isto ia terminar assim — disse o estudante de Belas-Artes com uma careta. — Não devíamos ter-nos ligado a este tolo e imbecil! Você pensa que tem agora na cabeça grandes pensamentos, ideias? Não, diabo sabe o quê, nunca ideias! Agora, está me olhando com ódio e repugnância, mas, na minha opinião, seria melhor você construir mais vinte dessas casas do que olhar assim. Neste seu olhar, há mais vício que em todo o beco! Vamos, Volódia,[12] o diabo que o carregue! Um tolo, um imbecil e nada mais...

— Nós, homens, matamo-nos mutuamente — disse o estudante de Medicina. — Claro que isso é imoral, mas não se pode ajudar a resolvê-lo com filosofia. Adeus!

Os amigos despediram-se e separaram-se na Praça Trubnaia. Ficando só, Vassíliev pôs-se a caminhar depressa pela avenida. Tinha medo da treva, medo da neve que em flocos se despencava sobre a terra e parecia querer cobrir o mundo inteiro; medo dos lampiões, que tremelicavam pálidos, através das nuvens de neve. Apossou-se da sua alma um temor inconsciente, pusilânime. De raro em raro, transeuntes apareciam-lhe ao encontro, mas ele afastava-se assustado. Tinha a impressão de que de toda parte vinham e de toda parte olhavam-no mulheres, só mulheres...

"Está começando", pensou. "Começa a minha crise."

VI

Em casa, ficou deitado na cama e dizia, estremecendo com todo o corpo:
— Vivas! Vivas! Meu Deus, elas são vivas!

[12] Diminutivo de Vladímir.

Procurava de todas as maneiras estimular a fantasia, imaginava-se ora irmão de uma mulher decaída, ora seu pai, ora a própria decaída, de faces lambuzadas de pintura, e tudo isto o horrorizava.

Por alguma razão, parecia-lhe que devia decidir a questão imediatamente, a todo custo, e não era uma questão alheia, mas que lhe dizia respeito. Concentrou as forças, venceu em si o desespero e, sentando-se na cama, envolvendo a cabeça com os braços, pôs-se a conjeturar: como salvar todas as mulheres que vira aquele dia? Na qualidade de homem de estudo, conhecia bem a ordem de resolução de quaisquer questões. E, não obstante o seu estado de exaltação, seguiu rigorosamente essa ordem. Lembrou a história do problema, a literatura sobre ele e, depois das três horas, ficou andando de um canto a outro, esforçando-se em lembrar todas as experiências que se efetuam em nossos dias para a salvação das mulheres. Tinha inúmeros bons amigos e conhecidos que viviam em quartos alugados por Valzvein, Galiáschkin, Nietcháiev, Iótchkin. Entre eles, não poucos honestos e abnegados. Alguns tentaram salvar mulheres...

"Todas essas tentativas pouco numerosas", pensou Vassíliev, "podem ser divididas em três grupos. Uns, depois de resgatar uma mulher numa espelunca, alugavam para ela um quarto, compravam máquina de costura, e ela se tornava costureira. E, voluntária ou involuntariamente, o resgatador fazia dela sua amante, depois, concluído o curso, partia da cidade e transmitia-a às mãos de um outro homem decente, como se ela fosse um objeto. E a decaída continuava decaída. Outros, efetuado o resgate, alugavam também para ela um quarto, compravam a inevitável máquina de costura, punham em ação o ensino das letras, a doutrinação, a leitura de livros. A mulher vivia e costurava, enquanto isso lhe parecia novo e interessante; depois, caceteada, começava, às escondidas dos doutrinadores, a receber homens ou fugia de volta para o lugar onde se podia dormir até as três da tarde, tomar café e jantar com fartura. Os terceiros, os mais ardorosos e abnegados, davam um passo corajoso, decisivo. Casavam-se. E quando o animal ignóbil, mimado ou obtuso, embrutecido, tornava-se esposa, dona de casa e, depois, mãe, isso virava de borco a sua vida e concepção do mundo, de modo que era difícil reconhecer na esposa e mãe a mulher decaída. Sim, o matrimônio é o melhor meio, talvez o único."

— Mas impossível! — disse Vassíliev alto e deixou-se cair na cama. — Eu seria o primeiro a não poder casar! Para isso, é preciso ser um santo, não saber odiar e não conhecer repugnância. Mas admitamos que o estudante de Medicina, o de Belas-Artes e eu vençamos a nós mesmos e nos casemos, que todas elas contraiam matrimônio. Qual é a conclusão, sim, qual a conclusão? Enquanto elas estiverem se casando aqui em Moscou, o guarda-livros de Smolensk perverterá nova fornada, que fluirá para cá, para os lugares vagos, ao mesmo tempo que as de Saratov, de Níjni-Nóvgorod, de Varsóvia... E onde meter as cem mil de Londres? Onde meter as de Hamburgo?

O lampião, cujo querosene se consumira, começou a fumegar. Vassíliev não o percebeu. Pôs-se novamente a caminhar, sempre pensando. Agora formulava o problema de outro modo: o que era preciso fazer para que as mulheres decaídas não fossem mais necessárias? Era indispensável que os homens, que as compravam e assassinavam, sentissem toda a imoralidade do seu papel de donos de escravos e se horrorizassem. Era preciso salvar os homens.

"Nada se conseguirá provavelmente com a ciência e as artes...", pensou Vassíliev. "A única solução é o apostolado."

E pôs-se a sonhar como, já na noite seguinte, ele ficaria na esquina do beco e diria a cada transeunte:

— Para onde vai o senhor? Para quê? Tema a Deus!

Dirigir-se-ia aos cocheiros indiferentes:

— Por que ficam parados aqui? Por que não se indignam, não se revoltam? Bem que os senhores acreditam em

Deus e sabem que isto é um pecado, que estes homens irão para o inferno, por que ficam calados então? É verdade que lhes são estranhos, mas também eles têm pais, irmãos, iguais aos senhores...

Um dos amigos dissera de uma feita a respeito de Vassíliev, que ele era um homem de talento. Há talentos literários, cênicos, pictóricos, mas ele tinha um talento peculiar: o talento *humano*. Possuía uma intuição sutil, magnífica, para a dor em geral. Assim como um bom ator reflete em si os movimentos e a voz alheios, Vassíliev sabia refletir em sua alma a dor alheia. À vista de lágrimas, ele chorava; ao lado de um doente, ele mesmo também ficava enfermo e gemia; se presenciava um ato de coação, tinha a impressão de que essa coação exercia-se contra ele, assustava-se como uma criança e, em seguida, corria em socorro da vítima. A dor alheia enervava-o, deixava-o exaltado, fazia-o atingir um estado de êxtase etc.

Não sei se o amigo tinha razão, mas o que sentiu Vassíliev quando o problema lhe pareceu resolvido assemelhava-se muito a inspiração. Chorava, ria, dizia alto as palavras que proferiria no dia seguinte, sentia um amor ardente pelas pessoas que o ouviriam e que se colocariam a seu lado na esquina do beco, para a pregação; sentava-se para escrever cartas, fazia juramentos a si mesmo...

Tudo isso assemelhava-se a inspiração, também pelo fato de durar pouco. Vassíliev cansou-se logo. As de Londres, de Hamburgo, de Varsóvia, comprimiam-no com a sua massa, como as montanhas comprimem a terra; aquela massa aterrorizava-o, deixava-o perplexo; lembrava-se de que não possuía o dom da palavra, que era medroso, pusilânime, que as pessoas indiferentes dificilmente quereriam ouvi-lo e compreendê-lo, a ele, um estudante do terceiro ano de Direito, homem tímido e insignificante, cujo apostolado autêntico não consiste apenas no sermão, mas também nas obras...

Depois que clareou e quando carruagens já ressoavam

Uma crise

na rua, Vassíliev ficou deitado, imóvel, no sofá, olhando para um ponto. Não estava mais pensando em mulheres, nem em homens, nem em apostolado. Toda a sua atenção dirigia-se para a dor moral que o atormentava. Uma dor surda, sem objeto, indefinida, que lembrava angústia, um medo extremo, desespero. Era capaz de indicar onde ela se localizava: no peito, sob o coração; impossível, porém, compará-la com algo. Já tivera uma forte dor de dente, pleurite e nevralgias, mas tudo isso era insignificante quando comparado com a dor moral. Tendo-se essa dor, a vida parecia abominável. A sua dissertação, trabalho excelente que já escrevera, as pessoas queridas, a salvação das mulheres em processo de perdição, tudo o que ainda ontem ele amava ou que o deixava indiferente, agora, ao lembrá-lo, irritava-o de modo idêntico ao do barulho das carruagens, da correria dos criados de plantão, da luz diurna... Se agora alguém realizasse em sua presença um feito de piedade ou um revoltante ato de coação, um e outro deixariam nele impressão igualmente abjeta. De todos os pensamentos que se revolviam preguiçosamente em sua cabeça apenas dois não o irritavam: o de que a qualquer momento ele tinha o poder de se matar e o de que a sua dor não duraria mais de três dias. O segundo ele conhecia de experiência.

Levantou-se e, torcendo as mãos, caminhou não de um canto a outro, como de costume, mas junto às paredes, acompanhando o perímetro quadrado do quarto. Olhou-se de relance no espelho. Tinha o rosto pálido, emaciado, as têmporas fundas, os olhos maiores, mais escuros, mais imóveis, como que alheios, expressando um intolerável sofrimento íntimo.

Ao meio-dia, o estudante de Belas-Artes bateu-lhe à porta.

— Grigóri, você está em casa? — perguntou.

Não recebendo resposta, ficou parado um instante, pensou um pouco e respondeu a si mesmo em ucraniano:

— Não está. Foi à universidade, o maldito rapaz.

E partiu. Vassíliev deitou-se na cama e, escondendo a cabeça sob o travesseiro, pôs-se a chorar de dor, e quanto mais abundantes eram as suas lágrimas, mais terrível se tornava a dor íntima. Quando escureceu, lembrou-se da noite de tortura que o esperava, e um desespero terrível apossou-se dele. Vestiu-se depressa, saiu correndo do quarto e, deixando a porta completamente aberta, foi para a rua sem nenhuma necessidade e sem qualquer objetivo. Não perguntando a si mesmo aonde ir, caminhou rapidamente pela Rua Sadóvaia.

Nevava fortemente, como na véspera; chegara o degelo. Escondendo as mãos nas mangas, tremendo e assustando-se com o barulho do bonde e dos transeuntes, Vassíliev percorreu a Sadóvaia até a Torre Sukhárievaia, depois até os Portões Krásnie, dali dobrou para a Basmânaia. Entrou num botequim e tomou um grande copo de vodca, mas isso não o aliviou. Chegando a Rasguliai, dobrou para a direita e caminhou por becos onde nunca estivera. Chegou até a velha ponte sob a qual esbraveja o Iausa e de onde se veem longas fileiras de luzes nas janelas do Quartel Krásni. Procurando desviar a sua dor íntima com alguma nova sensação ou com outra dor, não sabendo o que fazer, chorando e tremendo, Vassíliev desabotoou o sobretudo e o paletó e colocou o seu peito nu em contato com a neve úmida e o vento. Mas nem isto diminuiu a dor. Então ele se inclinou sobre o peitoril da ponte e olhou para baixo, para o negro e tumultuoso Iausa, e teve um desejo de se atirar para baixo, de cabeça, não por asco à vida, não para se suicidar, mas para se machucar ao menos e distrair uma dor com outra. Mas eram terríveis a água negra, as trevas, as margens desertas, cobertas de neve. Estremeceu e caminhou adiante. Passou ao longo do Quartel Krásni, depois de volta, e desceu para dentro de um bosque, tornou a ir para a ponte...

"Não, para casa, para casa!", pensou. "Em casa, parece que é mais fácil..."

E caminhou de volta. De regresso a sua casa, arrancou

de si o sobretudo molhado e o chapéu, pôs-se a caminhar ao longo das paredes, incansavelmente, até o amanhecer.

VII

Quando, na manhã seguinte, o estudante de Belas-Artes e o de Medicina chegaram a sua casa, ele agitava-se pelo quarto, a camisa rasgada e as mãos mordidas, gemendo de dor.

— Pelo amor de Deus! — soluçou, vendo os amigos. — Levem-me para onde quiserem, façam o que souberem, mas, pelo amor de Deus, salvem-me o quanto antes! Vou me matar!

O estudante de Belas-Artes empalideceu e ficou confuso. O de Medicina também por pouco não chorou, mas, supondo que os médicos devem manter o sangue-frio e a seriedade em todas as circunstâncias da vida, disse friamente:

— Você está agora com um acesso. Mas isso não é nada. Vamos já a um médico.

— Aonde quiserem, mas, pelo amor de Deus, o quanto antes!

— Não se inquiete. Deve lutar com você mesmo.

Os estudantes, as mãos trêmulas, vestiram Vassíliev e conduziram-no para a rua.

— Faz muito tempo já que Mikhail Sierguiéitch quer conhecer você — disse pelo caminho o de Medicina. — É uma pessoa muito simpática e conhece muito bem a profissão. Ele formou-se em 1882, mas já tem uma clínica muito numerosa. Trata os estudantes com camaradagem.

— Mais depressa, mais depressa... — insistia Vassíliev.

Mikhail Sierguiéitch, um médico louro, corpulento, recebeu os amigos com consideração, gravidade e frieza e sorriu com uma face apenas.

— O estudante de Belas-Artes e Meyer já me falaram da sua doença — disse ele. — Fico muito contente de ser útil. Bem, e então? Faça o favor de se sentar, peço-lhe...

Fez Vassíliev sentar-se numa poltrona junto à mesa e aproximou dele uma caixa com cigarros.

— E então? — começou, afagando os próprios joelhos. — Vamos ao caso... Quantos anos tem?

Fazia as perguntas, e o estudante de Medicina ia respondendo. Perguntou se o pai de Vassíliev sofria de alguma doença peculiar, se bebia muito, se se caracterizava pela crueldade ou por algum traço estranho. Perguntou o mesmo sobre o seu avô, sobre sua mãe, irmãs e irmãos. Ao saber que sua mãe tinha uma voz excelente e trabalhava às vezes como atriz, animou-se de repente e perguntou:

— Perdão, mas não se lembra se o teatro era para a senhora sua mãe uma paixão?

Passaram-se uns vinte minutos. Vassíliev sentiu enfado porque o médico não cessava de afagar os próprios joelhos e de falar do mesmo assunto.

— Na medida em que posso compreender as suas perguntas, doutor — disse ele —, o senhor quer saber se a minha doença é hereditária. Ela não é.

A seguir, o médico perguntou se Vassíliev tivera outrora algum vício oculto, machucadura da cabeça, paixões, estranhezas, inclinação excepcional por algo. Pode-se deixar de responder sem qualquer prejuízo para a saúde a metade das perguntas comumente formuladas pelos médicos diligentes, mas Mikhail Sierguiéitch, o estudante de Medicina e o de Belas-Artes tinham no semblante tal expressão como se tudo estivesse perdido, no caso de Vassíliev deixar de responder a uma pergunta que fosse. Recebendo as respostas, o médico por algum motivo anotava-as num papelzinho. Informado de que Vassíliev completara o curso na Faculdade de Ciências Naturais e agora estava cursando Direito, ficou pensativo...

— No ano passado, ele escreveu um trabalho excelente... — disse o estudante de Medicina.

— Com licença, não me interrompa, o senhor me impede de me concentrar — disse o médico e sorriu com uma face.

Uma crise   107

— Sim, naturalmente, e isso influi na anamnese. Um trabalho intelectual exagerado, esgotamento... Sim, sim.

— Costuma tomar vodca? — dirigiu-se ele a Vassíliev.

— Muito raro.

Passaram-se mais vinte minutos. O estudante de Medicina pôs-se a expressar a meia-voz a sua opinião sobre as causas mais recentes da crise e contou como, na antevéspera, ele, o estudante de Belas-Artes e Vassíliev tinham ido ao Beco de S...

O tom indiferente, reservado, frio, com que os seus amigos e o médico falaram das mulheres e do infausto beco pareceu a Vassíliev extremamente esquisito...

— Doutor, quero saber apenas uma coisa — disse ele, contendo-se para não ser grosseiro. — A prostituição é ou não é um mal?

— Mas, o que há para discutir, meu caro? — disse o doutor, com uma expressão como se ele tivesse resolvido havia muito em seu íntimo todos esses problemas. — Quem discute isto?

— O senhor é psiquiatra? — perguntou Vassíliev, grosseiro.

— Sim, psiquiatra.

— Talvez vocês todos tenham realmente razão! — disse Vassíliev, levantando-se e começando a caminhar de um canto o outro. — Talvez! Mas tudo isto me parece surpreendente! O fato de eu ter cursado duas faculdades é considerado uma façanha; sou elevado às nuvens por ter escrito um trabalho que será abandonado e esquecido dentro de três anos, mas, pelo fato de não poder falar das mulheres decaídas com o mesmo sangue-frio que destas cadeiras, levam-me para tratamento, chamam-me de louco, compadecem-se de mim!

Vassíliev de repente sentiu uma pena intolerável de si mesmo, dos companheiros, de todas as pessoas que vira na antevéspera e do médico, rompeu em choro e caiu na poltrona.

Os amigos olharam interrogativamente o médico. Este se aproximou de Vassíliev com uma expressão de quem compreende muito bem as lágrimas e o desespero, de quem se sente um especialista nessas questões, deu-lhe, sem nada dizer, umas gotas para beber, e, depois que ele sossegou, despiu-o e pôs-se a experimentar-lhe a sensibilidade da pele, os reflexos rotulares etc.

Vassíliev sentiu-se aliviado. Ao sair do consultório, já se envergonhava, o barulho das carruagens não lhe parecia mais irritante, e o peso sob o coração diminuía cada vez mais, como que se derretendo. Tinha nas mãos duas receitas: numa figurava brometo de potássio, na outra morfina... E ele já os tomara antes!

Parou um pouco na rua, ficou pensando, e, despedindo-se dos amigos, arrastou-se preguiçoso para a universidade.

(1888)

UMA HISTÓRIA ENFADONHA
Das memórias de um homem idoso

I

Vive na Rússia o emérito Professor Nikolai Stiepâno-vitch de Tal, conselheiro-privado;[1] ele possui tantas condecorações russas e estrangeiras que, nas ocasiões em que precisa usá-las, os estudantes chamam-no de iconóstase. As suas relações são das mais aristocráticas; pelo menos, nos últimos vinte e cinco a trinta anos, não existiu na Rússia sábio famoso com quem não mantivesse trato íntimo. Atualmente, não tem com quem manter amizade, mas, falando-se do passado, a longa lista dos seus gloriosos amigos termina com nomes como Pirogóv, Kaviélin e o poeta Niekrassov,[2] que lhe concederam a sua mais cálida e sincera amizade. É membro de todas as universidades russas e de três estrangeiras. Etcétera e etcétera. Tudo isto e muito mais que se poderia dizer constitui o que se chama o meu nome.

Este meu nome é popular. Na Rússia, ele é conhecido por toda pessoa alfabetizada e, no estrangeiro, é citado do alto das cátedras, com o acréscimo: conhecido e respeitado. Ele pertence ao número dos poucos e felizes nomes sobre os quais se considera de mau tom emitir ataques ou proferi-los em vão em público ou pela imprensa. E assim deve ser. Pois

[1] Posto hierárquico da administração civil, no regime tsarista.

[2] N. N. Pirogóv (1810-1881), cirurgião e anatomista; C. D. Kaviélin (1818-1885), historiador e jurista; N. A. Niekrassov (1821-1878).

o meu nome está intimamente ligado à noção de homem famoso, ricamente dotado e indiscutivelmente útil. Sou trabalhador e resistente como um camelo, e isto é importante, bem como talentoso, o que é mais importante ainda. Ademais, seja dito a propósito, sou educado e modesto, um tipo honrado. Nunca meti meu nariz em literatura ou política, não busquei popularidade em polêmicas com ignorantes, não proferi discursos quer em jantares, quer junto à sepultura de colegas... Em geral, o meu nome científico não tem qualquer mácula, nem do que se queixar. Ele é feliz.

O dono deste nome, isto é, eu, representa um homem de sessenta e dois anos, calvo, com dentadura postiça e tique incurável. Na mesma medida em que o nome é belo e brilhante, sou pessoalmente apagado e disforme. Minha cabeça e minhas mãos tremem de fraqueza; o pescoço, a exemplo de uma heroína de Turguêniev, parece um braço de contrabaixo, tenho o peito caído, os ombros estreitos. Quando falo ou leio, minha boca entorta-se para o lado; quando sorrio, todo o meu rosto cobre-se de rugas senis, funéreas. Não há nada de imponente em meu vulto lastimável; a não ser o seguinte: quando sou atacado de tique, aparece-me certa expressão peculiar, que suscita provavelmente em cada um que me vê um pensamento severo e imponente: "Segundo parece, este homem não tarda a morrer".

Como outrora, não falo mal; até hoje, posso prender durante duas horas a atenção do auditório. A minha paixão, a exposição literária e o meu humor tornam quase imperceptíveis os defeitos da minha voz, que é seca, abrupta e cantante como a de um beato. Mas escrevo mal. Aquele pedacinho do meu cérebro que dirige a capacidade de escritor recusou-se a servir. Minha memória enfraqueceu, os pensamentos não têm a necessária continuidade, e, quando os exponho no papel, vem-me cada vez a impressão de ter perdido o sentido da sua ligação orgânica, a construção é monótona, a frase, tímida e avara. Muitas vezes, não escrevo o que quero; quando escrevo o fim, já esqueci o princípio. Frequentemente, esqueço palavras corriqueiras, e sempre tenho que despender muita energia para evitar frases supérfluas e incisos desnecessários; ambos os fatos testemunham uma queda de atividade mental. E, o que é de admirar, quanto mais simples é o escrito, mais torturante a minha tensão. Escrevendo um artigo científico, sinto-me muito mais livre e inteligente que ao compor uma carta de parabéns ou um ofício. Mais ainda: é mais fácil para mim escrever em alemão ou inglês que em russo.

Quanto ao meu modo de vida atual, devo notar em primeiro lugar a insônia, de que sofro ultimamente. Se me perguntassem: o que constitui agora o traço principal, básico, da sua existência? — eu responderia: a insônia. Como outrora, seguindo o costume, eu me dispo exatamente à meia-noite e deito-me no leito. Adormeço depressa, mas acordo depois da uma, com a sensação de não ter dormido absolutamente nada. Torna-se necessário erguer-me da cama e acender a lâmpada. Passo uma hora ou duas andando de um canto a outro do quarto e examino quadros e fotografias há muito conhecidos. Quando enjoo de andar, sento-me à mesa. Permaneço ali imóvel, sem pensar em nada e não sentindo qualquer desejo; se tenho um livro na frente, aproximo-o maquinalmente de mim e leio-o sem qualquer interesse. Assim, não faz muito tempo, li maquinalmente um romance inteiro, com o estranho nome: *Aquilo sobre o que cantava a andorinha*.[3] Ora, procurando ocupar a minha atenção, obrigo-me a contar até mil, ora imagino o rosto de algum dos meus amigos e ponho-me a recordar: em que ano e em que circunstâncias ele ingressou no funcionalismo. Gosto de prestar atenção aos sons. A dois quartos de mim, a minha filha Lisa[4] profere algo rapidamente, delirando, minha mulher atravessa a sala de

[3] Romance alemão de F. Spielhagen (1829-1911).

[4] Diminutivo de Ielisavieta (Elisabete).

Uma história enfadonha

vela na mão e invariavelmente deixa cair uma caixa de fósforos, range um armário ressecado ou inesperadamente o pavio da lamparina passa a zunir — e todos estes sons por alguma razão me perturbam.

Não dormir de noite significa ter consciência, a cada momento, de ser anormal, e por isso espero com impaciência a manhã e o dia, quando tenho direito de não dormir. Passa um longo período de tempo penoso, antes que um galo cante no pátio. É o meu primeiro anunciador de boas-novas. Apenas ele acaba de gritar, já sei que uma hora depois, embaixo, o porteiro há de acordar e, tossindo zangado, irá escada acima buscar algo. Depois, além das janelas, o ar começará pouco a pouco a empalidecer, vozes ressoarão na rua...

O meu dia começa com a vinda de minha mulher. Entra em meu quarto de saiote, despenteada, mas já depois de se lavar, cheirando a água-de-colônia de flores, com um ar de quem entrou sem querer, e diz sempre o mesmo:

— Desculpe, venho por um instantinho... Você não dormiu de novo?

Em seguida, apaga a lâmpada, senta-se junto à mesa e começa a falar. Não sou profeta, mas sei de antemão qual será o assunto. Todas as manhãs, é o mesmo. Geralmente, depois das perguntas alarmadas sobre a minha saúde, ela se lembra de repente de nosso filho, oficial servindo em Varsóvia. Depois do dia 20 de cada mês, nós lhe enviamos cinquenta rublos: isto constitui o tema principal da nossa conversa.

— Claro que nos pesa — suspira minha mulher —, mas, enquanto ele não se tornar de todo independente, temos obrigação de ajudá-lo. O menino está em país estranho, o soldo é pequeno... Aliás, se você quer, no mês que vem, vamos mandar-lhe não cinquenta, mas quarenta. O que acha?

A experiência cotidiana podia ter convencido minha mulher de que as despesas não diminuem, pelo fato de conversarmos com frequência sobre o assunto, mas ela não reconhece a experiência e, todas as manhãs, fala meticulosamente do nosso oficial, de que o pão, graças a Deus, ficou mais barato, enquanto o açúcar encareceu de dois copeques, e tudo isso como se me comunicasse uma novidade.

Ouço, dou maquinalmente sinais de concordar e, provavelmente por não ter dormido de noite, pensamentos estranhos, desnecessários, tomam conta de mim. Olho para minha mulher e espanto-me como uma criança. Perplexo, pergunto aos meus botões: será possível que esta mulher velha, muito corpulenta, desajeitada, com uma expressão embotada de preocupação mesquinha e de temor pelo pedaço de pão, de olhar embaçado pelos pensamentos constantes sobre dívidas e pobreza, que sabe falar apenas de despesas e sorrir unicamente aos preços baixos, será possível que esta mulher já foi um dia aquela mesma Vária[5] fininha, que eu amei apaixonadamente pela sua inteligência lúcida e boa, pela alma pura, pela beleza e, como Otelo a Desdêmona, pela "compaixão" em relação à minha ciência? Será esta a minha esposa, a minha Vária, que um dia deu à luz o meu filho?

Empenho-me em examinar o rosto da velha rude, desajeitada, procuro nela a minha Vária, mas o que ela conserva do passado é apenas o temor pela minha saúde, e ainda o seu jeito de chamar o meu ordenado de nosso ordenado, o meu chapéu de nosso chapéu. Dói-me olhar para ela e, procurando consolá-la ao menos um pouco, permito-lhe dizer o que bem entenda, e até me calo quando ela emite juízos injustos a respeito das pessoas, ou censura-me porque me ocupo de clínica e não publico manuais.

A nossa conversa acaba sempre do mesmo jeito. Ela se lembra de repente de que ainda não tomei chá e se assusta.

— Por que estou aqui sentada? — diz, erguendo-se. — Faz muito tempo que o samovar está na mesa, e eu fico, aqui, tagarelando. Tornei-me tão desmemoriada, meu Deus!

---

[5] Diminutivo de Varvara.

Caminha depressa e detém-se à porta, dizendo:

— Estamos devendo cinco meses ao Iegor. Você sabia? Quantas vezes eu já disse que não se deve deixar de pagar aos criados?! Pagar dez rublos por mês é muito mais fácil que entregar de uma vez cinquenta!

Passando pela porta, detém-se novamente e diz:

— De ninguém tenho tanta pena como da nossa pobre Lisa. A menina estuda no conservatório, está sempre em boa sociedade, e veste-se Deus sabe como. A peliça dá até vergonha de aparecer na rua. Se fosse filha de outro qualquer, ainda não faria mal, mas todos sabem que o pai é um professor famoso, um conselheiro-privado!

E, tendo-me lançado ao rosto o meu nome e posto, deixa-me finalmente. Assim começa o meu dia. Mas a continuação não é melhor.

Quando estou tomando chá, entra a minha Lisa, de peliça, de chapeuzinho e carregando notas de música, pronta para ir ao conservatório. Tem vinte e dois anos. Parece mais jovem, é bonita e lembra um pouco a minha mulher quando moça. Beija-me com ternura as têmporas e a mão, dizendo:

— Bom dia, papaizinho. Está bem de saúde?

Em criança, gostava muito de sorvete, e eu tinha que levá-la com frequência à confeitaria. O sorvete constituía para ela a medida de tudo o que era belo. Se queria elogiar-me, dizia: "Você é de creme, papai". Chamava um dedinho de pistache, outro de creme, o terceiro de framboesa etc. Geralmente, quando ela vinha de manhã dizer-me bom-dia, eu sentava-a nos meus joelhos e, beijando-lhe os dedinhos, dizia:

— De creme... de pistache... de limão...

Também agora, por um velho hábito, beijo os dedos de Lisa e murmuro: "de pistache... de creme... de limão", mas o que sai é completamente diverso. Estou frio como sorvete e tenho vergonha. Quando minha filha entra no meu quarto e encosta os lábios na minha têmpora, estremeço como se uma abelha me picasse ali, sorrio tenso e viro o rosto. Desde que sofro de insônia, há em meu cérebro uma pergunta fincada como um prego: minha filha vê com frequência como eu, velho, um homem célebre, enrubesço de amargura, por estar em dívida com o criado; ela vê quantas vezes a preocupação com dívidas miúdas obriga-me a deixar o trabalho e caminhar horas a fio de um canto a outro, pensativo, mas por que nenhuma vez ela veio às escondidas da mãe ao meu quarto, para murmurar: "Pai, aí estão o meu relógio, pulseiras, brincos, vestidos... Empenhe tudo isso, você precisa de dinheiro..."? Por que, vendo como eu e sua mãe, cedendo a um sentimento falso, procuramos ocultar das pessoas a nossa pobreza, por que ela não renuncia ao dispendioso prazer de estudar música? Eu não teria aceito o relógio, nem os braceletes, nem quaisquer outros sacrifícios, Deus me livre, não é disso que preciso.

A propósito, lembro-me também do meu filho, o oficial de Varsóvia. É um homem inteligente, lúcido, honesto. Mas isto não me basta. Penso que se eu tivesse um pai velho e soubesse haver momentos em que ele se envergonha da sua pobreza, passaria a outro o meu posto de oficial, e me tornaria operário. Tais pensamentos sobre os meus filhos me deixam envenenado. Mas, o que adianta? Somente um homem estreito ou enfurecido pode ocultar em si um sentimento mau contra gente comum, pelo fato de não serem heróis. Mas basta sobre isso.

A um quarto para as dez, devo ir dar aula aos meus queridos meninos. Visto-me e sigo pelo caminho que me é conhecido há trinta anos e que possui para mim uma história. Aí está o casarão cinzento com uma farmácia; aí existia outrora uma casinhola, onde havia uma cervejaria; nesta, eu ficava pensando em minha tese e foi ali que escrevi a primeira carta de amor a Vária. Escrevi-a a lápis, numa folha com o cabeçalho *"Historia morbi"*.[6] Ali está a venda de secos e

---

[6] Em latim, histórico da doença, anamnese.

molhados; antigamente, pertencia a um judeuzinho, que me vendia fiado cigarros, depois a uma mulher gorda, que gostava dos estudantes porque "cada um deles tem mãe"; agora, ali está sentado um comerciante ruivo, um homem muito indiferente, que toma chá de uma chaleira de cobre. E aí está o portão sombrio, há muito não reformado, da universidade; o zelador de *tulup*,[7] que se aborrece, uma vassoura, montículos de neve... Semelhante portão não pode causar uma impressão saudável a um menino novato, recém-chegado do interior e que imagina o templo da ciência como um templo de verdade. E em geral, a velhice dos edifícios universitários, o sombrio dos corredores, a fuligem das paredes, a luz insuficiente, o aspecto merencório dos degraus, cabides e bancos ocupam na história do pessimismo russo um dos primeiros lugares, ao lado das causas predisponentes... E eis o nosso jardim. Parece que não está melhor nem pior que no meu tempo de estudante. Não gosto dele. Seria muito mais inteligente se, em lugar das tuberculosas tílias, das acácias amarelas e dos lilases ralos, aparados, crescessem aqui altos pinheiros e bons carvalhos. O estudante, cuja disposição se forma, em geral, pelo ambiente, deve encontrar a cada passo, no lugar onde estuda, apenas algo elevado, forte, elegante... Deus o livre das árvores esquálidas, das janelas quebradas, das paredes cinzentas e das portas forradas de linóleo esfarrapado.

Quando me aproximo da minha entrada, a porta abre-se de par em par e sou recebido pelo meu companheiro de trabalho, da mesma idade e xará, o porteiro Nikolai. Deixando-me entrar, funga e diz:

— Que frio, Vossa Excelência!

Em seguida, corre na frente e abre todas as portas no meu caminho. No gabinete, tira-me cautelosamente a peliça e, nesse ínterim, já consegue comunicar-me alguma notícia da

---

[7] Peliça de carneiro, com os pelos para dentro.

A. P. Tchekhov

universidade. Graças às íntimas relações existentes entre os porteiros e guardas do estabelecimento, ele conhece tudo o que se passa nas quatro faculdades, na secretaria, no gabinete do reitor, na biblioteca. O que não sabe ele! Quando a sensação do dia, em nosso meio, é, por exemplo, a demissão do reitor ou do deão, ouço como ele, conversando com os guardas jovens, diz os nomes dos candidatos e, no mesmo instante, explica que este não será aprovado pelo ministro, aquele se recusará, depois entra em minúcias fantásticas sobre certos documentos misteriosos, recebidos na secretaria, sobre uma conversa secreta que teria ocorrido entre o ministro e o curador etc. Excetuando-se essas minúcias, ele quase sempre acaba tendo razão. A caracterização que faz de cada candidato é peculiar, mas igualmente exata. Se você precisa saber em que ano determinada pessoa defendeu tese, ingressou no serviço público, aposentou-se ou morreu, chame em seu auxílio a memória descomunal deste soldado, e ele não só dirá o ano, o mês e o dia, mas também comunicará pequenos fatos que acompanharam esta ou aquela circunstância. Somente quem ama pode lembrar assim.

Ele é o guardião das tradições universitárias. Recebeu como herança dos porteiros seus predecessores inúmeras lendas da vida universitária, acrescentou a esse cabedal muitos bens acumulados por ele mesmo no decorrer do seu tempo de serviço, e, se você quiser, ele há de contar-lhe muitas histórias compridas e curtas. É capaz de falar sobre os sábios extraordinários, que sabiam *tudo*, sobre admiráveis trabalhadores, que não dormiam semanas a fio, sobre os numerosos mártires e vítimas da ciência; no que conta, o bem sempre triunfa sobre o mal, o fraco vence o forte, o sábio o estúpido, o modesto o presunçoso, o jovem o velho... Não é necessário tomar todas essas lendas e fábulas por moeda sonante, mas filtre-as e você há de ter, como resíduo, o que é necessário: as nossas boas tradições e os nomes dos heróis autênticos, reconhecidos por todos.

Uma história enfadonha

Em nossa sociedade, todas as informações sobre o mundo dos cientistas esgotam-se com anedotas sobre a distração inusitada dos velhos professores e com duas ou três frases de espírito, atribuídas ora a Gruber[8] ora a mim, ora a Babúkhin.[9] É pouco para a sociedade instruída. Mas, se ela amasse a ciência, os cientistas e os estudantes como Nikolai os ama, a sua literatura possuiria há muito sobre esse tema verdadeiras epopeias, lendas e hagiológios, que infelizmente ela não tem agora.

Comunicando-me uma novidade, Nikolai imprime ao rosto uma expressão severa, e então iniciamos uma conversa prática. Se nessa hora algum estranho ouvisse como Nikolai usa livremente a terminologia especializada, poderia pensar que é um cientista disfarçado em soldado. Devo, porém, dizer, a propósito, que os comentários sobre a sabedoria dos guardas universitários são grandemente exagerados. É verdade, Nikolai conhece mais de cem nomes latinos, sabe compor um esqueleto, pode às vezes fazer uma preparação anatômica ou provocar o riso dos estudantes com alguma citação sábia e comprida, mas, por exemplo, a singela teoria da circulação é para ele tão obscura hoje como há vinte anos.

À mesa do gabinete, muito curvado sobre um livro ou uma preparação, está sentado o meu anátomo-patologista Piotr Ignátievitch, homem operoso, modesto, mas sem sorte, de uns trinta e cinco anos, já calvo e barrigudo. Trabalha de manhã à noite, lê tremendamente e lembra tudo muito bem; neste sentido, não é uma pessoa, mas ouro em pó; em tudo o mais, porém, é um cavalo de carga ou, como se diz também, um sábio obtuso. Eis os traços que diferenciam um cavalo de carga de um homem de talento: o seu campo visual é acanhado, limitado abruptamente pela especialização; fora da espe-

[8] V. L. Gruber (1814-1890), anatomista.

[9] A. I. Babúkhin (1835-1891), histólogo e fisiologista.

cialidade, ele é ingênuo como uma criança. Lembro-me, certa manhã eu entrei no gabinete e disse:

— Imagine que desgraça! Dizem que Skóbielev[10] morreu.

Nikolai persignou-se, mas Piotr Ignátievitch virou-se para mim e perguntou:

— Que Skóbielev?

De outra feita, algum tempo antes, anunciei que morrera o Professor Pieróv.[11] O simpaticíssimo Piotr Ignátievitch perguntou:

— O que foi que ele lecionou?

Provavelmente, a Patti[12] podia cantar-lhe bem junto ao ouvido, a Rússia ser invadida por exércitos chineses, ocorrer um terremoto, e ele não moveria um membro sequer, continuando calmamente a olhar em seu microscópio, o olho entrecerrado. Numa palavra, não tem nada a ver com Hécuba. Eu pagaria caro para ver como este pão torrado dorme com a mulher.

Outra característica: uma crença fanática na infalibilidade da ciência e, principalmente, de tudo o que escrevem os alemães. Ele está certo de si mesmo, das suas preparações anatômicas, conhece a finalidade da vida e ignora totalmente as dúvidas e decepções, que fazem embranquecer o cabelo dos homens de talento. Uma veneração servil pelas autoridades científicas e ausência da necessidade de pensar por si. É difícil tirar-lhe alguma das convicções, discutir com ele é impossível. Experimente discutir com um homem profundamente convicto de que a medicina é a melhor das ciências, os mé-

---

[10] M. D. Skóbielev (1843-1882), general muito popular em virtude da sua atuação na Guerra Russo-Turca de 1877-78.

[11] V. G. Pieróv (1834-1882), pintor, famoso igualmente como didata.

[12] A cantora italiana Adelina Patti (1843-1919) era muito admirada na Rússia, onde estivera na década de 1860.

dicos os melhores homens, e as tradições médicas, as melhores existentes. Apenas uma tradição subsiste do infausto passado da medicina: a gravata branca que usam os nossos médicos; para o cientista e para o homem culto em geral, só podem existir tradições universitárias em bloco, sem qualquer divisão em medicinais, jurídicas etc., mas Piotr Ignátievitch dificilmente se conforma com isso, e ele está pronto a discutir com você até o Juízo Final.

Imagino nitidamente o seu futuro. Em toda a sua vida, há de preparar algumas centenas de peças anatômicas de extraordinária pureza, escreverá muitos relatórios áridos, bem aceitáveis, fará uma dezena de traduções conscienciosas, mas não inventará a pólvora. Para a pólvora, é preciso ter imaginação, capacidade inventiva, espírito divinatório, e Piotr Ignátievitch não possui nada no gênero. Em suma, não é um patrão em ciência, mas um operário.

Piotr Ignátievitch, Nikolai e eu falamos a meia-voz. Estamos um tanto constrangidos. Sente-se algo peculiar, quando, além da porta, o auditório ruge como o mar. Em trinta anos, não me acostumei a este sentimento, e experimento-o todas as manhãs. Abotoo nervoso a casaca, faço perguntas supérfluas a Nikolai, irrito-me... Dá a impressão de que eu esteja com medo, mas não é medo, e sim algo diverso, que sou incapaz de nomear ou descrever.

Sem qualquer necessidade, olho para o relógio e digo:
— E então? Temos que ir.

Desfilamos na seguinte ordem: na frente, vai Nikolai com as peças ou os atlas, seguido por mim, vindo por fim o cavalo de carga, a cabeça modestamente baixa; ou então, sendo preciso, carregam na frente um cadáver, numa padiola, depois vem Nikolai etc. Quando apareço, os estudantes levantam-se, depois se sentam, o barulho do mar silencia de repente. Sobrevém a calmaria...

Eu sei o que hei de expor, mas não como vou fazê-lo, por onde começarei e como irei terminar. Na cabeça, não há uma frase pronta sequer. Mas basta-me passar os olhos pelo auditório (a sala é em anfiteatro) e proferir o estereotipado: "Na aula passada, paramos no...", e as frases voam-me da alma numa longa fieira, e lá vai matéria! Falo com incoercível rapidez, apaixonado, e, parece, não há força capaz de interromper a torrente do meu discurso. Para discorrer bem, isto é, de modo não enfadonho e com proveito para os ouvintes, é preciso ter, além de talento, habilidade e experiência, deve-se possuir a noção mais nítida sobre as próprias forças, sobre aqueles a quem se dá a aula e sobre o objeto do discurso. Ademais, é preciso saber o que se pretende e vigiar tudo atiladamente, não perdendo por um instante sequer o campo visual.

Um bom regente de orquestra, ao transmitir o pensamento do compositor, executa simultaneamente vinte tarefas: lê a partitura, agita a batuta, observa o cantor, faz um movimento ora na direção do bombo, ora do corne-inglês etc. O mesmo faço eu, dando aula. Tenho na frente cento e cinquenta rostos, que não se parecem entre si, e trezentos olhos que me encaram bem de frente. O meu objetivo é vencer esta hidra de muitas cabeças. Se em cada momento da minha aula tenho uma noção nítida do grau da sua atenção e da intensidade da sua aprendizagem, ela está em meu poder. O meu outro inimigo aloja-se em mim mesmo. É a variedade infindável de formas, fenômenos e leis e o grande número de pensamentos meus e alheios por eles condicionados. A cada momento, devo ter a agilidade de arrancar deste material imenso o que é mais importante e necessário e, com a mesma velocidade com que ocorre o meu discurso, revestir o meu pensamento de uma forma que seja acessível à compreensão da hidra e que desperte a sua atenção, sendo então necessário vigiar com muita perspicácia para que os pensamentos se transmitam não na medida do seu acúmulo, mas numa ordem determinada, indispensável à correta composição do quadro que eu quero pintar. Em seguida, procuro fazer com que o meu discurso tenha estilo elevado, as definições sejam breves e exatas, a frase, se possível, singela e bonita. A cada momento, devo frear-me e lembrar que tenho à disposição apenas uma hora e quarenta minutos. Numa palavra, não falta trabalho. Ao mesmo tempo, é preciso fazer de si um cientista, um pedagogo, um orador, e as coisas vão mal se o orador vence o pedagogo e o cientista, ou vice-versa.

Discorre-se um quarto de hora, meia hora, e eis que, observa-se, os estudantes começam a olhar para o teto, para Piotr Ignátievitch, um apanha o lenço, outro procura sentar-se mais comodamente, um terceiro sorri aos próprios pensamentos... Isto significa que a atenção está cansada. É preciso tomar medidas. Aproveitando a primeira oportunidade, digo algum trocadilho. Todos os cento e cinquenta rostos sorriem largamente, os olhos brilham alegres, ouve-se por um curto tempo o rugir do mar... Rio também. A atenção se refrescou, e eu posso continuar.

Nenhuma discussão, nenhum jogo ou divertimento me proporcionaram jamais o prazer que me dão as minhas aulas. Somente na aula eu podia entregar-me plenamente à paixão e compreendia que a inspiração não é uma invenção de poetas, mas que existe de fato. E eu penso que Hércules, após a mais picante das suas proezas, não sentiu tão doce langor como o que eu experimentava depois de cada aula.

Isto foi outrora. Mas agora, nas aulas, eu experimento apenas tortura. Antes que passe meia hora, começo a sentir uma fraqueza invencível nas pernas e nos ombros; sento-me na poltrona, mas não estou acostumado a dar aula sentado; levanto-me um minuto depois, discorro em pé, torno a sentar-me. Minha boca se resseca, a voz enrouquece, a cabeça gira... Para ocultar dos alunos o meu estado, a todo momento bebo água, tusso, assoo-me com frequência, como se um resfriado me incomodasse, digo trocadilhos fora de propósito e, finalmente, inicio o intervalo antes do tempo regulamentar. Mas, sobretudo, sinto vergonha.

A razão e a consciência dizem-me que o melhor que eu poderia fazer agora seria dar aos meninos a aula de despedida, dizer-lhes uma derradeira palavra, abençoá-los e ceder o lugar a um homem mais moço e mais forte que eu. Mas que Deus me julgue, não tenho a hombridade de agir conforme a consciência.

Infelizmente, não sou filósofo nem teólogo. Sei perfeitamente que não tenho mais de meio ano de vida; agora, parece, deveriam ocupar-me particularmente questões sobre as trevas de além-túmulo e sobre as visões que hão de visitar o meu sono sepulcral. Mas, por algum motivo, minha alma não quer saber dessas questões, embora a razão compreenda toda a sua importância. A exemplo de vinte e trinta anos atrás, agora, diante da morte, só me interessa a ciência. Emitindo o suspiro derradeiro, ainda hei de crer que a ciência constitui o mais importante, o mais belo, o mais necessário na vida do homem, que ela sempre foi e será a manifestação mais elevada do amor, e que somente por meio dela o homem vencerá a natureza e a si mesmo. Esta fé talvez seja ingênua e injusta em seu fundamento, mas eu não tenho culpa se creio assim e não de outra maneira; sou incapaz de vencer em mim esta fé.

Mas não é disso que se trata. Peço apenas que se tenha condescendência com a minha fraqueza e compreenda-se que arrancar da cátedra e dos alunos um homem mais interessado nos destinos da medula óssea que no objetivo final do cosmo é o mesmo que encafuá-lo num caixão, sem esperar que ele morra.

Algo estranho acontece comigo, em consequência da insônia e da tensão e luta com a crescente fraqueza. Em meio à aula, lágrimas me vêm de repente à garganta, os olhos começam a comichar, e eu sinto uma vontade apaixonada, histérica, de estender as mãos para frente e queixar-me alto. Quero gritar com voz sonora que eu, um homem célebre, fui condenado pelo destino à pena de morte, e que, passado cerca de meio ano, o patrão desta sala já será um outro. Quero gritar que estou envenenado; novos pensamentos, que eu não conhecera antes, envenenaram os últimos dias da minha vida e continuam a picar-me o cérebro, qual mosquitos. Nessas ocasiões, o meu estado me aparece tão terrível que dá vontade de que todos os meus ouvintes se horrorizem, ergam-se num salto e, presas de pânico, se lancem com um grito desesperado para a saída.

Não é fácil sofrer tais momentos.

II

Depois da aula, fico sentado em casa, trabalhando. Leio revistas, teses, ou preparo a aula seguinte, às vezes escrevo. Trabalho com interrupções, porque se torna necessário receber gente.

Ouve-se a campainha. É um colega que veio tratar de um caso. Entra com chapéu e bengala e, estendendo-me ambos, diz:

— É por um instante, por um instante! Fique sentado, *collega*.[13] Duas palavras apenas!

Em primeiro lugar, procuramos mostrar um ao outro que somos extraordinariamente delicados e que estamos muito contentes de nos ver. Faço-o sentar-se na poltrona, e ele por sua vez faz com que me sente; enquanto isso, afagamos cautelosamente um ao outro a região da cintura, tocamos os botões, e é como se nos apalpássemos, temendo queimar-nos. Rimos, embora não tenhamos dito nada de engraçado. Sentando-nos, inclinamos um para o outro a cabeça e começamos a falar a meia-voz. Por mais que, no íntimo, estejamos maldispostos um para com o outro, não podemos deixar de

[13] Em latim no original.

dourar a nossa conversa com chinesices no gênero de: "Você observou com muita justeza", ou: "Conforme já tive a honra de lhe dizer", não podemos deixar de dar gargalhadas se um de nós graceja, ainda que de modo canhestro. Tendo acabado de falar sobre um caso, o colega levanta-se num arranco e, agitando o chapéu na direção do meu trabalho, começa a despedir-se. Apalpamo-nos novamente e rimos. Acompanho-o à antessala; ajudo o colega a vestir a peliça, mas ele procura por todos os meios escapar a essa alta honra. Em seguida, quando Iegor abre a porta, o colega me assegura que vou ficar resfriado, e eu finjo que estou pronto a segui-lo mesmo na rua. E quando, finalmente, volto para o escritório, o meu rosto continua a sorrir, provavelmente por inércia.

Um pouco depois, outro toque de campainha. Alguém entra na antessala, passa muito tempo tirando o sobretudo e tosse. Iegor anuncia que chegou um estudante. Digo: "Mande entrar". Um instante depois, entra um jovem de aparência agradável. Faz um ano que estamos de relações tensas: ele me responde de modo detestável nos exames, e eu lhe dou notas 1.[14] Todos os anos, tenho uns sete rapagões no gênero, e que eu, para me expressar em linguagem estudantil, faço suar ou levar bomba. Geralmente, aqueles que são reprovados por incapacidade ou doença carregam a sua cruz com resignação e não entram em regateio comigo; os que o fazem e vêm a minha casa são exclusivamente tipos sanguíneos, temperamentos com largueza, aos quais uma reprovação em exame estraga o apetite e impede de frequentar ópera com assiduidade. Com os primeiros eu sou condescendente, mas aos segundos faço suar o ano inteiro.

— Sente-se — digo ao visitante. — O que me conta?

— Desculpe-me, professor, o incômodo... — começa ele, gaguejando e sem me olhar o rosto. — Eu não me atreveria

---

[14] A nota máxima era 5.

a vir incomodá-lo, se não fosse... Já fiz exame com o senhor cinco vezes e... e levei pau. Peço-lhe, seja bondoso, me dê uma nota mínima, porque...

O argumento que todos os preguiçosos trazem em seu auxílio é sempre o mesmo: eles se saíram admiravelmente em todas as matérias e levaram bomba somente na minha, o que é tanto mais surpreendente, pois eles estudaram sempre a minha matéria com grande aplicação e sabem-na muito bem; e a bomba é a consequência de um equívoco incompreensível.

— Perdoe-me, meu amigo — digo ao visitante —, mas não posso dar-lhe a nota. Estude mais um pouco e volte. Então veremos.

Pausa. Vem-me uma vontade de atormentar um pouco o estudante porque ele ama a cerveja e a ópera mais que a ciência, e digo-lhe com um suspiro:

— A meu ver, o melhor que tem a fazer agora é deixar de uma vez a Faculdade de Medicina. Se, com a sua capacidade, não consegue passar no exame, provavelmente não tem vontade nem vocação para médico.

O rosto do sanguíneo se distende.

— Desculpe, professor — sorri ele —, mas isto seria pelo menos estranho da minha parte. Estudar cinco anos e, de repente... ir embora!

— Pois sim! É melhor perder cinco anos que passar depois a vida inteira ocupando-se com uma profissão à qual não se tem amor.

Mas logo passo a ter pena dele, e apresso-me a dizer:

— Bem, faça como quiser. Então, estude mais um pouco e volte.

— Quando? — pergunta surdamente o vadio.

— Quando quiser. Mesmo amanhã.

Leio nos seus olhos bondosos: "Posso voltar, mas você, animal, vai mandar-me novamente embora!".

— Naturalmente — digo — o senhor não vai tornar-se mais sábio pelo fato de ter sido examinado por mim mais quinze vezes, mas isso há de educar o seu caráter. E também isto é de se agradecer.

Segue-se um silêncio. Levanto-me, espero que o visitante se vá, mas ele fica parado, olha para a janela, puxa um pouco a barbicha e pensa.

A voz do sanguíneo é agradável, cheia, os olhos inteligentes, zombeteiros, o rosto bonachão, um pouco amassado pelo uso frequente de cerveja e pelas longas horas deitado no sofá; provavelmente, ele poderia contar-me muito de interessante sobre a ópera, sobre as suas aventuras amorosas, sobre os colegas de que ele gosta, mas, infelizmente, não se costuma falar sobre isso. No entanto, eu escutaria de bom grado.

— Professor! Dou-lhe a minha palavra de honra que, se o senhor me der a nota, eu...

Logo que o caso chegou à "palavra de honra", sacudo os braços e sento-me à mesa. O estudante pensa mais um pouco e diz com desalento:

— Neste caso, adeus... Desculpe.

— Desculpe, meu amigo. Desejo-lhe saúde.

Vai indeciso para a antessala, veste vagaroso o sobretudo e, saindo para a rua, provavelmente fica de novo e por muito tempo pensativo; não tendo inventado a meu respeito nada além de "velho diabo", vai a um restaurante ordinário jantar e tomar cerveja, e depois para casa dormir. Repouse em paz, honesto trabalhador!

Terceiro toque de campainha. Entra um jovem médico, de terno preto e novo, óculos de ouro e, naturalmente, gravata branca. Apresenta-se. Peço-lhe que se sente e pergunto o que deseja. Não sem perturbação, o jovem sacerdote da ciência começa a dizer-me que, este ano, ele passou no exame de doutorado e que, no momento, só lhe falta escrever a tese. Gostaria de trabalhar comigo, sob a minha orientação, e eu o deixaria muito grato se lhe desse o tema para a tese.

— Gostaria muito de lhe ser útil, colega — digo —, mas, em primeiro lugar, vamos acertar os ponteiros sobre o que é

Uma história enfadonha

129

uma tese. Com esta palavra, designa-se comumente uma composição que constitui produto de um trabalho pessoal. Não é mesmo? Quanto a um trabalho escrito sobre tema alheio e sob orientação alheia, recebe outro nome...

O doutorando se cala. Eu me abraso e levanto-me de um salto.

— Não compreendo por que vocês todos vêm a minha casa — grito zangado. — Pensam que isto aqui é uma venda? Eu não faço comércio de temas! Pela milésima primeira vez, peço a vocês todos que me deixem em paz! Desculpe a indelicadeza, mas finalmente estou enjoado disso!

O doutorando se cala, e somente uma cor ligeira aparece-lhe junto às maçãs do rosto. Este expressa um profundo respeito pelo meu nome famoso, pela minha ciência, mas nos seus olhos eu vejo que ele despreza a minha voz, a minha lamentável figura e a gesticulação nervosa. Enfurecido como estou, pareço-lhe um tipo original.

— Isto aqui não é uma venda! — irrito-me. — E, coisa surpreendente! Por que vocês não querem ser independentes? Por que a liberdade lhes repugna tanto?

Falo muito, e ele continua calado. Por fim, aquieto-me pouco a pouco e, naturalmente, me rendo. O doutorando receberá de mim um tema, que valerá vintém, escreverá sob as minhas vistas uma tese de que ninguém precisa, passará com dignidade numa inquirição cacete e receberá um título científico desnecessário para ele.

Os toques de campainha podem seguir-se infindavelmente, mas eu me limitarei aqui a quatro apenas. Eis o quarto, e eu ouço passos conhecidos, um fru-fru de vestido, uma voz querida...

Dezoito anos atrás, morreu-me um amigo oculista, deixando uma filha de sete anos, Kátia,[15] e uns sessenta mil ru-

---

[15] Diminutivo de Iecatierina (Catarina).

blos. No testamento, ele me nomeou tutor. Até os dez, Kátia viveu com a minha família, depois foi para um internato, passando em minha casa somente os meses de verão, nas férias. Eu não tinha tempo de me ocupar com a sua educação, observava-a apenas de quando em vez e, por isso, posso dizer muito pouco sobre a sua infância.

A primeira coisa que lembro e amo nessas recordações é a confiança extraordinária com que entrou em minha casa, com que se deixava tratar pelos médicos, e que sempre luzia em seu rostinho. Acontecia ficar sentada em algum canto, a face com um pano amarrado, invariavelmente olhando algo com atenção; se me via então escrever e folhear livros, a minha mulher afanar-se, a cozinheira limpar batata na cozinha ou um cachorro brincando, os seus olhos expressavam sempre o mesmo: "Tudo o que se faz neste mundo é belo e inteligente".

Era curiosa e gostava muito de conversar comigo. Acontecia ficar sentada à mesa, na minha frente, acompanhar os meus movimentos e fazer-me perguntas. Interessava-se pelo que eu lia, pelo que fazia na universidade, se não tinha medo de cadáveres, onde ia parar o meu ordenado.

— Os estudantes brigam na universidade? — perguntava ela.

— Brigam, querida.

— E o senhor manda ficarem de joelhos?

— Mando.

Achava graça em que os estudantes brigassem e eu os mandasse ficar de joelhos, e ria. Era uma criança dócil, paciente, bondosa. Não raro, eu tinha que ver como lhe tiravam algo, como a castigavam sem motivo ou não satisfaziam a sua curiosidade; nessas ocasiões, a constante expressão de confiança era acrescida em seu rosto de tristeza, mais nada. Eu não sabia interceder por ela; apenas, ao ver aquela tristeza, vinha-me uma vontade de atraí-la para mim, e compadecer-me dela num tom de velha babá: "Minha órfã querida!".

Uma história enfadonha

Lembro-me também, ela gostava de vestir-se bem e de se perfumar. Neste sentido, parecia-se comigo. Também eu gosto de roupas bonitas e de bons perfumes.

Lamento não ter tido tempo e vontade de observar o início e o desenvolvimento da paixão que já se apossara completamente de Kátia, aos catorze ou quinze anos. Refiro-me ao seu amor apaixonado pelo teatro. Quando vinha passar conosco as férias, não falava de nada com tamanho prazer e ardor como de peças e atores. Ela cansava-nos com as suas conversas contínuas sobre teatro. Minha mulher e meus filhos não a ouviam. Somente eu não tinha coragem de recusar-lhe atenção. Quando lhe vinha vontade de partilhar os seus entusiasmos com outrem, entrava no meu escritório e dizia, súplice:

— Nikolai Stiepânitch, deixe-me conversar com o senhor sobre teatro!

Eu mostrava-lhe o relógio, dizendo:

— Dou-lhe meia hora. Comece.

Mais tarde, passou a trazer nas férias retratos de atores e atrizes às dúzias, para os quais rezava; depois, tentou algumas vezes participar de espetáculos de amadores e, por fim, terminado o curso, declarou-me que nascera para atriz.

Nunca partilhei os arrebatamentos teatrais de Kátia. A meu ver, se uma peça é boa, não há necessidade de causar trabalho aos atores, para que ela provoque a necessária impressão; basta a leitura. E se uma peça é ruim, nenhum desempenho de ator há de torná-la boa.

Na mocidade, eu frequentara muitas vezes o teatro, e agora, umas duas vezes por ano, minha família compra um camarote e me leva "para ventilar". Está claro, não basta para que se tenha o direito de emitir juízo sobre teatro, mas vou tratar dele um pouco. A meu ver, o teatro não se tornou melhor do que era trinta ou quarenta anos atrás. Como outrora, nem nos corredores nem no *foyer* eu consigo encontrar um copo de água limpa. Como outrora, os criados me impõem uma multa de vinte copeques pela minha peliça, embora não haja nada de condenável no fato de se usar roupa quente no inverno. Como outrora, nos intervalos, há música sem qualquer necessidade, e que acrescenta, à impressão causada pela peça, outra que não se pediu. Como outrora, nos intervalos, os homens vão ao bufete ingerir bebidas alcoólicas. Se não se vê progresso nas coisas miúdas, eu o procuraria em vão também nas graúdas. Quando um ator, enredado da cabeça aos pés nas tradições e preconceitos teatrais, procura ler o singelo, o comum monólogo "Ser ou não ser", não simplesmente, mas por alguma razão infalivelmente com um sibilar e com convulsões por todo o corpo, ou quando ele procura convencer-me a todo custo de que Tchátzki, que conversava muito com imbecis e amava uma imbecil, era um homem muito inteligente e que *A desgraça de ter espírito*[16] não é uma peça cacete, sopra sobre mim do palco aquela mesma rotina, que me enfadava quarenta anos atrás, quando me ofereciam um ulular clássico, acompanhado de um bater de mão no peito. E cada vez, saio do teatro mais conservador que ao entrar.

Pode-se convencer a multidão sentimental e confiante de que o teatro, em sua forma atual, é uma escola. Mas não se pode fisgar com esse anzol aquele que conhece a escola em seu sentido autêntico. Não sei o que será daqui a cinquenta ou cem anos, mas nas condições atuais o teatro só pode servir de divertimento. Todavia, esse prazer é demasiado caro para que se continue a aproveitá-lo. Ele tira ao país milhares de homens e mulheres jovens, sadios e talentosos, que, se não se devotassem ao teatro, poderiam ser bons médicos, plantadores de trigo, professoras, oficiais do Exército; ele tira ao público as horas do anoitecer, as melhores para o trabalho

---

[16] A peça mais importante de A. S. Griboiédov (1795-1829), na qual Tchátzki é a personagem principal.

intelectual e as conversas amigas. Isto não se falando nos gastos em dinheiro e nos prejuízos morais que sofre o espectador, quando vê no palco o assassínio, o adultério ou a calúnia, tratados impropriamente.

Mas Kátia era de opinião totalmente diversa. Ela me assegurava que o teatro, mesmo na sua forma atual, estava acima da sala de aulas e dos livros, acima de tudo no mundo. O teatro era a força que reunia em si todas as artes, e os atores, uns missionários. Nenhuma arte e nenhuma ciência, isoladamente, era capaz de atuar tão forte e radicalmente sobre a alma humana como o teatro, e não era, portanto, em vão que um ator de importância média desfrutava no país uma popularidade muito superior à do melhor cientista ou pintor. E nenhuma atividade pública podia trazer tão grande prazer e satisfação como a teatral.

E um belo dia, Kátia ingressou numa companhia e partiu se não me engano para Ufá, levando muito dinheiro, uma infinidade de radiosas esperanças e pontos de vista aristocráticos sobre o seu ofício.

As primeiras cartas que escreveu em viagem foram surpreendentes. Lendo-as, eu ficava simplesmente perplexo como pequenas folhas de papel podiam conter tanta mocidade, pureza de alma, santa ingenuidade e, ao mesmo tempo, tantas observações sutis, coerentes, que fariam honra a um bom cérebro masculino. Ela não descrevia, mas cantava o Volga, a natureza, as cidades que visitara, os colegas, os seus êxitos e insucessos; cada linha respirava a confiança que eu me habituara a ver-lhe no rosto — e tudo isto com uma infinidade de erros gramaticais e ausência quase completa de sinais de pontuação.

Antes de passar meio ano, recebi uma carta altamente eufórica e poética, começando com as palavras: "Estou apaixonada". Com a carta, vinha a fotografia de um jovem de rosto barbeado, chapéu de abas largas e uma capa escocesa atirada ao ombro. As cartas que se seguiram eram igualmente magníficas, mas já apareciam nelas sinais de pontuação, desapareceram os erros gramaticais, e começaram a exalar forte cheiro masculino. Kátia passou a escrever-me que seria bom construir em alguma cidade do Volga um grande teatro, em base de sociedade anônima, e atrair para a empresa comerciantes ricos e armadores; as receitas seriam enormes, os atores teriam participação nos lucros... É possível que tudo isso seja realmente bom, mas tenho a impressão de que semelhantes projetos só podem provir de uma cabeça masculina.

Em todo caso, tudo pareceu correr bem um ano e meio ou dois: Kátia estava amando, acreditava em seu trabalho e era feliz; mas, depois, comecei a perceber nas cartas sinais evidentes de depressão. Para começar, Kátia queixou-se dos seus colegas: é o primeiro sintoma, o mais sinistro; se um jovem cientista ou literato inicia a sua atividade queixando-se amargamente de outros cientistas ou literatos, isto quer dizer que ele já se extenuou e não serve para o trabalho. Kátia escrevia-me que os seus colegas faltavam aos ensaios e nunca sabiam os papéis; na apresentação de peças absurdas e na maneira de se portar no palco, via-se em cada um deles um desrespeito absoluto pelo público; no interesse da bilheteria, de que sempre falavam, as atrizes dramáticas rebaixavam-se a entoar canções de bulevar; os trágicos cantavam quadras em que riam de maridos chifrudos e da gravidez de mulheres infiéis etc. Em geral, devia causar surpresa o fato de que até então ainda não tivessem fracassado totalmente as empresas teatrais de província e que elas conseguissem manter-se suspensas por um fiozinho tão fino e tão pobre.

Em resposta, enviei a Kátia uma carta comprida e, devo confessar, muito cacete. Entre outras coisas, escrevi: "Não raro, tive ocasião de conversar com velhos atores, gente muito nobre, que me premiou com a sua benevolência; conversando com eles, pude compreender que a sua atividade era dirigida não tanto pela sua própria razão e liberdade quanto pela moda e pela disposição da sociedade; mesmo os melho-

Uma história enfadonha

res tiveram que trabalhar em tragédias, operetas, farsas parisienses, espetáculos feéricos, e invariavelmente tinham a impressão de que estavam seguindo o caminho certo e que traziam proveito. Como vê, isto quer dizer que se deve procurar a causa do mal não nos artistas, mas, mais profundamente, na própria arte e na relação de toda a sociedade com ela". Esta minha carta apenas irritou Kátia. Respondeu-me: "Estamos cantando óperas diferentes. Eu não lhe escrevi sobre gente muito nobre, que premiou o senhor com a sua benevolência, mas sobre uma súcia de aventureiros, que não têm nada de nobreza. É uma cáfila de selvagens, que foram parar no palco unicamente porque não seriam aceitos em nenhum outro lugar, e que se denominam artistas unicamente por serem desavergonhados. Nenhuma pessoa de talento, mas inúmeras mediocridades, bêbados, intrigantes e linguarudos. Não consigo expressar para o senhor a amargura que sinto, vendo a arte que amo tanto nas mãos de gente que odeio; é triste que os homens melhores somente vejam o mal de longe, não queiram aproximar-se e, em lugar de entrar na luta, escrevam lugares-comuns num estilo pesado e preguem uma moral de que ninguém precisa..." e assim por diante, tudo no mesmo gênero.

Passado mais algum tempo, recebi uma carta assim: "Fui desumanamente enganada. Não posso mais viver. Faça com o meu dinheiro o que achar necessário. Eu o amei como a um pai, como o meu único amigo. Perdoe-me".

Na realidade, também *ele* pertencia à "cáfila de selvagens". Mais tarde, por algumas alusões pude perceber que ocorrera uma tentativa de suicídio. Parece que estivera depois muito doente, pois recebi as cartas seguintes de Ialta, para onde provavelmente a enviaram os médicos. A última carta continha um pedido de enviar-lhe o quanto antes mil rublos para Ialta e terminava assim: "Desculpe o sombrio desta carta. Enterrei ontem o meu filho". Depois de passar perto de um ano na Crimeia, regressou para casa.

Viajara quase quatro anos, e, todo esse tempo, devo confessar, desempenhei em relação a ela um papel bastante estranho e pouco invejável. Quando, antes disso, ela me declarara que ia ser atriz, quando me escreveu sobre o seu amor, quando era presa periodicamente do espírito de dissipação, e eu precisava enviar-lhe, a seu pedido, ora mil ora dois mil rublos, quando me escreveu sobre a sua intenção de morrer e, depois, sobre a morte da criança, eu cada vez me perdia, e toda a minha participação em seu destino se manifestava unicamente no fato de eu pensar muito e redigir cartas compridas, maçantes, que podia muito bem ter deixado de escrever. E, no entanto, eu substituía para ela o próprio pai e amava-a como uma filha!

Atualmente, Kátia vive a meia versta de minha casa. Alugou um apartamento de cinco peças, instalando-se com bastante conforto e com o gosto que lhe é inerente. Se alguém se propusesse representar o ambiente em sua casa, o estado de espírito dominante no quadro seria a preguiça. Sofás macios e macios tamboretes para o corpo preguiçoso; tapetes para os pés preguiçosos; cores esmaecidas, lívidas, foscas, para a vista preguiçosa; para a alma preguiçosa, abundância nas paredes de leques baratos e quadros insignificantes, em que a originalidade da composição predomina sobre o conteúdo, um excesso de mesinhas e prateleirinhas, abarrotadas de objetos completamente desnecessários e sem valor, trapos disformes em lugar de cortinas... Tudo isso, a par do temor às cores vivas, à simetria e aos espaços amplos, testemunha, além da preguiça de espírito, uma deformação do gosto natural. Kátia passa dias inteiros deitada no sofá, lendo livros, na maioria romances e novelas. Sai de casa apenas uma vez, depois do meio-dia, para me ver.

Fico trabalhando, e Kátia, sentada perto, no divã, mantém-se calada e enrola-se num xale, como se estivesse com frio. Quer porque ela me seja simpática, quer porque eu me tenha habituado às suas frequentes visitas desde menina, a

Uma história enfadonha

sua presença não me impede de me concentrar. De raro em raro, faço-lhe maquinalmente alguma pergunta, ela me dá uma resposta muito lacônica; ou, para descansar um instantinho, volto-me na sua direção e fico olhando como, pensativa, ela folheia algum jornal ou revista médica. E então percebo que no seu rosto não existe mais a anterior expressão de confiança. A expressão atual é fria, indiferente, distraída, como a dos passageiros que precisam esperar muito tempo o trem. Como antes, veste-se com elegância e simplicidade, mas agora também com desleixo; vê-se que a roupa e o penteado sofrem bastante nos sofás e cadeiras de balanço em que ela se estira dias a fio. E agora, não possui a curiosidade de outrora. Não me faz mais perguntas, parece ter já experimentado tudo na vida e não esperar ouvir nada de novo.

Por volta das quatro, começa um movimento na sala maior e na de visitas. É Lisa que chegou do conservatório, com algumas amigas. Ouve-se tocarem piano, experimentarem as vozes, darem gargalhadas; na sala de jantar, Iegor está pondo a mesa e faz ruído com os pratos.

— Até logo — diz Kátia. — Hoje, não irei ver os seus. Que me desculpem. Não tenho tempo. Apareça lá em casa.

Quando a acompanho até a antessala, examina-me com severidade da cabeça aos pés e diz, magoada:

— Está emagrecendo sempre! Por que não se trata? Vou procurar Sierguéi Fiódorovitch e pedir que o examine.

— Não precisa, Kátia.

— Não compreendo como a sua família não percebe! Boa gente, pode-se dizer.

Veste a peliça com gesto brusco, e então dois ou três grampos caem infalivelmente do seu penteado feito com desleixo. Tem preguiça e não há tempo de corrigir o penteado; desajeitada, esconde sob o chapeuzinho as mechas que se escaparam e sai.

Quando entro na sala de jantar, minha mulher me pergunta:

— Kátia esteve com você há pouco? Mas por que ela não veio nos ver? É esquisito até...

— Mamãe! — diz Lisa com censura. — Se ela não quer, que vá com Deus. Não vamos ficar de joelhos.

— De qualquer maneira, significa desprezo. Passar no escritório três horas e não se lembrar de nós. Bem, que faça como quiser.

Tanto Vária como Lisa odeiam Kátia. Esse ódio me é incompreensível e, provavelmente, para compreendê-lo, é preciso ser mulher. Garanto com a minha cabeça que entre os cento e cinquenta jovens que eu vejo quase diariamente no anfiteatro, e a centena de homens maduros que tenho de encontrar semanalmente, a custo se encontrará pelo menos um que saiba compreender esse ódio e repugnância pelo passado de Kátia, isto é, pela sua gravidez extramatrimonial e pelo filho ilegítimo; e ao mesmo tempo, não consigo de modo algum lembrar uma mulher ou moça conhecida que não alimente tais sentimentos, instintiva ou conscientemente. E isto não porque a mulher seja mais virtuosa e pura que o homem: bem que a virtude e a pureza pouco diferem do vício, se elas não são isentas de um sentimento mau. Eu explico isto simplesmente pelo atraso das mulheres. O sentimento merencório de compaixão e a dor de consciência, que experimenta o homem contemporâneo ao ver uma infelicidade, falam-me muito mais de cultura e crescimento moral que o ódio e a repulsa. A mulher moderna é tão chorosa e rude de coração como na Idade Média. E a meu ver, agem bem sensatamente os que lhe aconselham educar-se como os homens.

Minha mulher não gosta de Kátia ainda porque ela foi atriz, pela ingratidão, pelo orgulho, pela excentricidade e por todos os numerosos vícios que uma mulher sempre sabe encontrar em outra.

Além de mim e da minha família, jantam em nossa casa duas ou três amigas de minha filha e Aleksandr Adólfovitch Hnekker, admirador de Lisa e pretendente à sua mão. É um jovem louro, que não tem mais de trinta anos, de estatura média, muito corpulento, de ombros largos, com suíças ruivas junto às orelhas e bigodinho pintado, que dá ao seu rosto cheio e liso um quê de brinquedo. Veste paletó muito curto, colete colorido, calças de xadrez graúdo, muito largas em cima e muito estreitas embaixo, e usa sapatos amarelos, sem salto. Tem olhos esbugalhados, de lagosta, a gravata lembra pescoço de lagosta e até, parece-me, todo esse moço exala um cheiro de sopa de lagosta. Vem diariamente a nossa casa, mas ninguém de minha família sabe qual a sua origem, onde estudou e quais os seus meios de vida. Não toca nem canta, mas tem não sei que relação com música e canto, vende em alguma parte pianos de não sei quem, frequenta muito o conservatório, conhece todas as celebridades e dá ordens nos concertos; emite juízos sobre música, com grande autoridade e, eu notei, os demais concordam com ele de bom grado.

As pessoas ricas têm sempre parasitas junto a si; as ciências e as artes também. Ao que parece, não existe no mundo uma arte ou ciência que estejam livres da presença de "corpos estranhos" no gênero deste Sr. Hnekker. Não sou músico e talvez me engane em relação a Hnekker, que ademais conheço pouco. Mas parecem-me demasiado suspeitas a autoridade e aquela dignidade com que ele fica parado junto ao piano de cauda, ouvindo quando alguém toca ou canta.

Você pode ser cem vezes cavalheiro e conselheiro-privado, mas, se tem uma filha, nada o garantirá contra o que há de pequeno-burguês naquilo que o ato de cortejar, de pedir a mão e o casamento introduzem em sua casa e na sua disposição. Eu, por exemplo, não posso de modo algum conformar-me com a expressão triunfal que aparece em minha mulher sempre que Hnekker está em nossa casa, não posso também conformar-me com as garrafas de Lafitte, vinho do Porto e xerez, postas na mesa unicamente em sua intenção, para que se convença com seus próprios olhos como vivemos farta e luxuosamente. Não suporto também o riso sacudido de Lisa, que ela aprendeu no conservatório, e o seu jeito de entrecerrar os olhos, quando há homens em nossa casa. E, sobretudo, não consigo de modo algum compreender por que vem diariamente a minha casa e diariamente janta comigo um ser completamente alheio aos meus hábitos, à minha ciência, a todo o ramerrão da minha vida, um ser que em nada se parece com as pessoas que eu amo. Minha mulher e os criados murmuram misteriosamente que "é o noivo", mas assim mesmo não compreendo a sua presença; ela desperta em mim a mesma perplexidade que se fizessem um zulu sentar-se à mesa comigo. E parece-me estranho também que a minha filha, que me acostumei a considerar uma criança, goste dessa gravata, desses olhos, dessas faces macias...

Antes, eu gostava do jantar ou era indiferente a ele, mas agora não desperta em mim nada a não ser enfado e irritação. Desde que me tornei Excelência e fui por algum tempo deão de faculdade, a minha família considerou por algum motivo necessário modificar completamente o nosso cardápio e o processamento do jantar. Em lugar dos três pratos simples, com que me acostumara quando estudante e depois clínico, alimentam-me agora com uma sopa creme, em que boiam certos caramelos brancos, e com rins em vinho madeira. O posto de general[17] e a fama privaram-me para sempre do *schi*, dos saborosos bolos de carne, do ganso com maçãs e da brema com trigo-sarraceno. Eles tiraram-me também a criada Agacha,[18] velhota faladeira e de riso fácil, em lugar da qual o jantar é agora servido por Iegor, um tipo obtuso e altivo, a mão direita com luva branca. Os intervalos entre os pratos são curtos, mas parecem desmesuradamente compridos, porque não há com que enchê-los. Não existem a alegria de antes, as conversas desembaraçadas, os gracejos, os risos,

[17] Havia correspondência entre a hierarquia militar e a civil.

[18] Diminutivo de Agrafiena.

Uma história enfadonha   141

não há mais carinhos mútuos nem aquele contentamento que perturbava as crianças, minha mulher e a mim, quando nos reuníamos na sala de jantar; para mim, homem ocupado, o jantar era um tempo de descanso e de encontro, e para a mulher e os filhos, uma festa, breve, é verdade, mas luminosa e alegre, quando sabiam que eu, por meia hora, não pertencia mais à ciência, nem aos estudantes, mas unicamente a eles. Não existe mais a capacidade de se embriagar com um só cálice, não existem Agacha, nem brema com trigo-sarraceno, nem aquele barulho com que sempre se acolhiam os pequenos escândalos do jantar, como uma briga do cachorro e do gato debaixo da mesa ou a queda do lenço amarrado na face de Kátia para dentro do prato de sopa.

Descrever o jantar atual traz um gosto tão desagradável quanto comê-lo. O rosto de minha mulher reflete solenidade, uma imponência postiça e a costumeira preocupação. Ela olha inquieta para os nossos pratos, dizendo: "Vejo que você não gosta da carne assada... Diga-me: não gosta mesmo?". E eu tenho que responder: "Faz mal em preocupar-se, querida, a carne assada está muito gostosa". E ela: "Você sempre me protege, Nikolai Stiepânitch, e nunca diz a verdade. E por que Aleksandr Adólfovitch comeu tão pouco?". E tudo nesse gênero, no decorrer de todo o jantar. Lisa dá uma gargalhada sacudida e entrecerra os olhos. Observo-as e somente agora, durante este jantar, torna-se absolutamente nítido para mim que a vida interior de ambas já escapou há muito da minha observação. Tenho a impressão de que um dia vivi em casa, com a família de verdade, e agora estou jantando como visita, em casa de uma esposa que não é a verdadeira, e vejo uma Lisa também inautêntica. Passou-se em ambas uma mudança brusca, eu não percebi o processo prolongado segundo o qual essa mudança se processou, e não é de se estranhar que não compreenda nada. Por que se deu essa mudança? Não sei. Talvez toda a desgraça esteja em que Deus não deu a minha mulher e minha filha a mesma força que a mim. Desde criança, eu me acostumei a opor-me às influências estranhas, o que me temperou bastante; catástrofes da vida como a fama, o posto de general, a passagem de uma existência em fartura para outra acima dos meus meios pecuniários, as relações com a alta sociedade etc., mal me atingiram, e não me fizeram mal; mas tudo isso desabou como um grande bloco de neve sobre minha mulher e Lisa, fracas, não temperadas, e comprimiu-as.

As moças e Hnekker falam de fugas, contrapontos, cantores e pianistas, de Bach e Brahms, e minha mulher, temerosa de que suspeitem nela ignorância musical, sorri-lhes com simpatia, murmurando: "Isto é encantador... Será possível? Diga-me...". Hnekker alimenta-se com gravidade, graceja com gravidade também e ouve com ar condescendente as observações das moças. De raro em raro, surge-lhe a vontade de falar um francês arrevesado, e então julga necessário, por alguma razão, tratar-me de *Votre Excellence*.

Estou taciturno. Vê-se que eu os deixo constrangidos e que eles me constrangem também. Jamais conheci de perto o antagonismo entre as camadas sociais, mas agora me atormenta justamente algo no gênero. Esforço-me em encontrar em Hnekker apenas traços maus, encontro-os em pouco tempo e amarguro-me pelo fato de que o seu lugar de noivo esteja ocupado por uma pessoa não do meu meio. A sua presença exerce uma influência maligna sobre mim, ainda num outro sentido. Geralmente, quando fico a sós comigo mesmo ou estou em meio de pessoas do meu agrado, nunca penso nos meus méritos, mas se me ponho a pensar neles, parecem-me tão insignificantes como se apenas ontem me tivesse tornado um cientista; mas, em presença de gente como Hnekker, os meus méritos parecem-me uma montanha altíssima, cujo cume desaparece nas nuvens e ao pé da qual se movem uns Hnekker quase imperceptíveis.

Depois do jantar, vou para o meu escritório, e acendo ali o meu cachimbinho, o único que eu fumo durante todo o

Uma história enfadonha

143

dia, e que subsiste do meu antigo e mau hábito de ficar fumegando de manhã à noite. Enquanto fumo, minha mulher entra e senta-se para conversar comigo. Assim como aconteceu de manhã, sei de antemão o assunto da nossa conversa.

— Preciso conversar seriamente com você, Nikolai Stiepânitch — começa ela. — É a respeito de Lisa... Por que você não presta atenção?

— Em quê?

— Você finge não notar nada, mas isso não está bem. Não se pode ser descuidado... Hnekker tem certas intenções em relação a Lisa... O que me diz?

— Não posso dizer que ele seja uma pessoa má, pois não o conheço, mas já disse a você mil vezes que não me agrada.

— Mas assim não se pode... não se pode...

Levanta-se e caminha perturbada.

— Não se pode encarar assim um passo sério... — diz ela. — Quando se trata da felicidade da filha, deve-se deixar de lado tudo o que é pessoal. Sei que ele não agrada a você... Está bem... Se nós lhe dermos agora uma resposta negativa, se anularmos tudo, você pode garantir que Lisa não se queixará de nós a vida inteira? Os noivos não aparecem em penca hoje em dia, e pode acontecer que não surja outro partido... Ele gosta muito de Lisa e parece agradar a ela... É claro que ele não tem uma posição definida, mas, que fazer? Com a graça de Deus, há de se empregar em alguma parte. Ele é rico, de boa família.

— Como sabe?

— Ele me disse. O pai tem em Khárkov uma casa boa e uma propriedade rural nos arredores. Em suma, Nikolai Stiepânitch, você deve sem falta fazer uma viagem a Khárkov.

— Para quê?

— Para se informar... Você tem lá professores conhecidos, eles vão ajudar. Eu viajaria sozinha, mas sou mulher. Não posso...

— Não irei a Khárkov — digo, taciturno.

Minha mulher se assusta, uma expressão de dor torturante aparece-lhe no rosto.

— Pelo amor de Deus, Nikolai Stiepânitch! — implora-me soluçando. — Pelo amor de Deus, tire de mim este peso! Eu estou sofrendo!

Olhá-la torna-se doloroso para mim.

— Está bem, Vária — digo, carinhoso. — Se você quer, vá lá, irei a Khárkov e farei tudo o que você quiser.

Ela aperta um lenço contra os olhos e vai chorar no seu quarto. Fico sozinho.

Pouco depois, trazem-me a luz. As poltronas e a tampa do abajur deitam sobre as paredes e o soalho sombras conhecidas e que me enjoaram há muito, e, olhando-as, tenho a impressão de que já é noite e que já está começando a minha maldita insônia. Deito-me na cama, levanto-me, caminho pelo quarto, torno a deitar-me... Geralmente, depois do jantar, à tardinha, a minha excitação nervosa atinge o máximo. Começo a chorar sem motivo e escondo a cabeça debaixo do travesseiro. Nessas ocasiões, temo que alguém entre, tenho medo de morrer de repente, envergonho-me das minhas lágrimas e, de modo geral, acontece em meu íntimo algo intolerável. Sinto que não posso mais ver o meu abajur, os meus livros, as sombras sobre o soalho, não posso ouvir as vozes que ressoam na sala de visitas. Certa força invisível e incompreensível empurra-me rudemente para fora de minha casa. Levanto-me de um salto, visto-me às pressas, tomando cuidado para que os meus não o percebam, e saio para a rua. Aonde ir?

Há muito, a resposta a esta pergunta já está em meu cérebro: à casa de Kátia.

Uma história enfadonha

III

Geralmente, ela está lendo, deitada no divã turco ou no sofá. Vendo-me, ergue preguiçosamente a cabeça e estende-me a mão.

— E você está sempre deitada — digo-lhe, depois de um silêncio e tendo descansado um pouco. — Isto faz mal à saúde. Você deveria ocupar-se de alguma coisa.

— Hem?

— Digo que deveria arranjar uma ocupação.

— Arranjar o quê? Uma mulher só pode ser operária ou atriz.

— E então? Se não pode ser operária, vá para o teatro. Cala-se.

— Ou então se case — digo, meio gracejando.

— Não há com quem. E não há motivo.

— Não se pode viver assim.

— Sem marido? Grande coisa! Há homens à vontade, basta querer.

— Isto não é bonito, Kátia.

— O que não é bonito?

— Isto que você acabou de dizer.

Percebendo que estou magoado, e querendo anular a má impressão, Kátia diz:

— Vamos. Venha cá. Assim.

Acompanha-me a uma saleta muito aconchegante e diz, mostrando uma escrivaninha:

— Isto aqui... Preparei para o senhor. Vai estudar aqui. Venha todos os dias e traga o seu trabalho. Pois lá em sua casa somente o atrapalham. Vai trabalhar aqui? Quer?

Para não magoá-la com uma recusa, respondo-lhe que vou trabalhar em sua casa e que o quarto me agrada muito. A seguir, sentamo-nos na saleta aconchegante e começamos a conversar.

A tepidez, o aconchego do ambiente e a presença de uma

pessoa simpática despertam-me agora não mais um sentimento de prazer, como outrora, mas uma tendência acentuada para as queixas e os resmungos. Tenho, não sei por quê, a impressão de que, se me queixar e lamentar, vou me sentir aliviado.

— As coisas vão mal, minha querida! — começo, com um suspiro. — Muito mal...

— O quê?

— Veja do que se trata, minha amiga. O melhor e mais sagrado direito dos reis é o direito de perdoar. E eu sempre me senti rei, pois usei ilimitadamente esse direito. Nunca julguei os demais, era condescendente, perdoava de bom grado a todos. Onde outros protestavam e indignavam-se, eu apenas aconselhava e procurava convencer. A vida inteira, esforcei-me apenas para que a minha companhia fosse tolerável para a família, os estudantes, os colegas, os criados. E esta minha relação com as pessoas, eu sei, educava a todos os que se aproximavam de mim. Mas agora não sou mais rei. Dentro de mim, está acontecendo algo que só é decente para os escravos: pensamentos maus fermentam-me na cabeça dia e noite, e sentimentos que eu não conhecia trançaram seu ninho em minha alma. Eu odeio, desprezo, indigno-me, fico furioso, temo. Tornei-me desmedidamente severo, exigente, irritadiço, descortês, desconfiado. Mesmo aquilo que, em outros tempos, dava-me apenas a oportunidade de dizer mais um trocadilho e rir com bonacheirice desperta-me agora um sentimento penoso. Mudou em mim também a minha lógica: antes, eu desprezava apenas o dinheiro, mas agora tenho um sentimento mau não em relação ao dinheiro, mas aos ricos, como se eles tivessem culpa; antes, eu odiava a coação e o desmando, mas agora odeio os homens que empregam a coação, como se eles fossem os únicos culpados, e não todos nós que não sabemos educar-nos mutuamente. O que significa isto? Se os pensamentos e sentimentos novos resultaram da mudança de convicções, de onde pode ter surgido essa mudança? Teria o mundo se tornado pior, e eu melhor, ou antes eu era cego e indiferente? Mas se essa mudança ocorreu em virtude da queda geral das minhas forças físicas e intelectuais (bem que eu estou doente e perco peso todos os dias), a minha condição é lastimável: quer dizer que os meus novos pensamentos são anormais, mórbidos, devo envergonhar-me deles e considerá-los insignificantes...

— A doença não tem nada a ver com o caso — interrompe-me Kátia. — O senhor simplesmente abriu os olhos; eis tudo. Viu aquilo que antes, por alguma razão, não queria perceber. A meu ver, antes de mais nada, precisa romper definitivamente com a família e ir embora.

— Você diz uns absurdos.

— O senhor não os ama agora, para que fingir? E será isso uma família? Que nulidades! Se eles morressem hoje, já amanhã ninguém notaria a sua falta.

Kátia despreza minha mulher e minha filha com a mesma intensidade com que elas a odeiam. Mal se pode em nossos dias falar do direito dos homens de desprezar uns aos outros. Mas, se nos colocarmos na posição de Kátia e reconhecermos tal direito como existente, mesmo assim veremos que ela tem o mesmo direito de desprezar minha mulher e Lisa que estas de odiá-la.

— Nulidades! — repete ela. — O senhor jantou hoje? Como foi que elas não se esqueceram de chamá-lo para a sala? Como é que se lembram até agora da sua existência?

— Kátia — digo com severidade —, peço-lhe que se cale.

— E o senhor pensa que me é agradável falar a respeito delas? Ficaria contente de não as ter conhecido nunca. Pois bem, ouça o que lhe digo, meu querido: deixe tudo e vá embora. Viaje para o estrangeiro. Quanto mais cedo, melhor.

— Que absurdo! E a universidade?

— A universidade também. O que ela representa para o senhor? De qualquer modo, não traz nenhum resultado. Há trinta anos já que dá as suas aulas, e onde estão os seus alunos? Tem, entre eles, muitos cientistas famosos? Experimente enumerar! E para multiplicar esses médicos que exploram a ignorância alheia e acumulam centenas de milhares, não é preciso ser um homem bom, talentoso. O senhor está sobrando.

— Meu Deus, como você é rude! — horrorizo-me. — Como é rude! Cale-se ou irei embora daqui! Não sei responder à sua rudeza!

Entra a criada e chama-nos para tomar chá. Junto ao samovar, a nossa conversa, graças a Deus, muda de rumo. Depois que me queixei, vem-me uma vontade de dar largas a uma outra das minhas fraquezas senis: as reminiscências. Falo a Kátia do meu passado, e, para minha grande surpresa, comunico-lhe pormenores tais que nem suspeitava existirem íntegros na minha memória. Ela me ouve comovida, orgulhosa, a respiração suspensa. Gosto particularmente de contar-lhe como estudei num seminário e como então sonhava ingressar na universidade.

— Acontecia-me ficar passeando no jardim do nosso seminário... — conto-lhe. — O vento trazia de algum botequim distante o rechinar de uma sanfona e uma canção, ou então uma troica com guizos passava a toda velocidade junto ao muro do seminário, e isso já bastava inteiramente para que um sentimento de felicidade me enchesse de súbito não só o peito, mas até o estômago, as pernas, os braços... Ouvia a sanfona ou os guizos cujo som se perdia, e imaginava-me já médico, esboçava quadros, um melhor que o outro. E como você vê, os meus sonhos se realizaram. Recebi mais do que ousara sonhar. Durante trinta anos, fui um professor amado, tive colegas excelentes, desfrutei uma fama honrosa. Amei, casei-me por paixão, tive filhos. Numa palavra, se olharmos para trás, toda a minha vida me aparece como uma composição bonita, talentosamente executada. Agora, só me resta não estragar o final. Para isso, é preciso morrer como homem. Se a morte é realmente um perigo, deve-se recebê-la como compete a um professor, cientista e súdito de um país cristão: com ânimo e de alma tranquila. Mas eu estou estragando o final. Afogo-me, fujo para a sua casa, grito por socorro, e você me diz: afogue-se, é isto mesmo que se deve fazer.

Mas eis que a campainha ressoa na antessala. Kátia e eu reconhecemos o toque e dizemos:

— Deve ser Mikhail Fiódorovitch.

E, de fato, um instante depois, entra meu colega, o filólogo Mikhail Fiódorovitch, alto, bem-proporcionado, de uns cinquenta anos, com cabelos densos e grisalhos, sobrancelhas negras e rosto barbeado. É um homem bondoso, um colega excelente. Pertence a uma antiga e nobre família, bastante feliz e talentosa, que desempenhou um papel apreciável na história da nossa literatura e da nossa instrução. Ele é inteligente, talentoso, muito instruído, mas não isento de esquisitices. Em certa medida, todos nós somos esquisitos, uns originais, mas as esquisitices dele constituem algo excepcional e não deixam de ser perigosas para os seus conhecidos. Entre estes, conheço não poucos que, por trás dessas esquisitices, não veem as suas numerosas qualidades.

Entrando, tira vagarosamente as luvas e diz com um baixo aveludado:

— Boa noite. Estão tomando chá? Isto vem muito a calhar. Está um frio do inferno.

Senta-se em seguida à mesa, apanha um copo e imediatamente se põe a falar. O mais característico na sua maneira de falar é um tom continuamente brincalhão, certa mistura de filosofia e chocarrice, como nos coveiros de Shakespeare. Fala sempre de assuntos sérios, mas nunca seriamente. Os seus juízos são invariavelmente abruptos, ásperos, mas, graças ao tom suave, igual, galhofeiro, sempre acontece que a rudeza e agressividade não machucam o ouvido, os ouvintes logo se acostumam a elas. Cada noite, traz cinco ou seis anedotas da vida universitária e é por elas geralmente que começa, quando se senta à mesa.

— Ai, meu Deus! — suspira, movendo de modo engraçado as sobrancelhas negras. — Há cada cômico neste mundo!

— O que foi? — pergunta Kátia.

— Estava voltando hoje da aula, quando encontro na escada esse velho idiota, o nosso NN. Como sempre, andava com o seu queixo cavalar estendido para frente, procurando alguém com quem se lamentar da sua enxaqueca, da mulher e dos estudantes, que não querem frequentar as suas aulas. Bem, penso eu, ele já me viu: agora, estou perdido, é caso líquido...

E assim por diante. Ou então começa do seguinte modo;

— Estive ontem na conferência pública do nosso ZZ. Fico admirado como é que a nossa *alma mater*, não é por ser de noite que a lembro, decide-se a exibir em público uns bestalhões, umas insignificâncias patenteadas, como esse ZZ. É um imbecil como não se encontrará outro em toda a Europa, mesmo procurando com uma lanterna! Imaginem, ele lê como quem chupa um rebuçado: siú-siú-siú... Assustou-se, distingue mal o próprio manuscrito, as ideiazinhas se movem nele mal e mal, com a velocidade de um arquimandrita de bicicleta, e principalmente não há jeito de perceber o que ele pretende dizer. Um enfado terrível, até as moscas morrem. Esta caceteação pode-se comparar somente com aquela que reina em nosso salão nobre, no dia da colação de grau, quando se lê o discurso tradicional, diabo que o carregue.

E logo uma passagem abrupta:

— Há uns três anos, Nikolai Stiepânovitch naturalmente se lembra, tive que ler esse discurso. Faz calor, está abafado, o uniforme aperta-me sob as axilas:[19] a morte em vida! Leio meia hora, uma hora, uma e meia, duas... "Bem", penso eu, "graças a Deus, faltam apenas dez páginas." E, no fim, eu tinha quatro páginas tais que se podia deixar de ler, e eu

---

[19] Trata-se do uniforme de gala, que os professores usavam nessa ocasião.

Uma história enfadonha   151

pretendia eliminá-las. "Por conseguinte", penso, "faltam apenas seis." Mas, imaginem, olhei de relance para a frente e vi, na primeira fileira, sentados lado a lado, não sei que general, com uma condecoração, e o nosso arcebispo. Os coitados estão entorpecidos de enfado, arregalam os olhos, para não adormecer, e ao mesmo tempo procuram dar ao rosto uma expressão atenta, fingem compreender o meu discurso, gostar dele. "Bem", penso eu, "se lhes agrada, tomem!" Por maldade! Peguei e li todas aquelas quatro páginas.

Quando fala, sorriem nele, como acontece com as pessoas zombeteiras em geral, somente os olhos e as sobrancelhas. Em seus olhos, não há nessas ocasiões nem ódio, nem raiva, porém muito espírito, e aquela peculiar esperteza vulpina, que se pode notar somente em pessoas muito observadoras. Se é para falar ainda dos seus olhos, notei neles mais uma peculiaridade. Quando ele recebe de Kátia um copo ou ouve uma observação, ou se a acompanha com o olhar, se ela sai por uns instantes do quarto, a fim de buscar qualquer coisa, noto nos olhos dele algo humilde e puro, algo que reza...

A criada tira o samovar e põe sobre a mesa um grande pedaço de queijo, frutas e uma garrafa de champanha da Crimeia, vinho bastante ordinário, do qual Kátia passou a gostar, quando lá morou. Mikhail Fiódorovitch apanha na estante dois baralhos e dispõe um jogo de paciência. Segundo afirma, esse jogo exige às vezes grande sagacidade e concentração, mas, assim mesmo, arrumando-o, não para de se distrair conversando. Kátia acompanha com atenção as suas jogadas e ajuda-o mais com a mímica do que com palavras. No decorrer do nosso encontro, ela não bebe mais de dois cálices de vinho, eu bebo um quarto de copo; o resto da garrafa cabe a Mikhail Fiódorovitch, que pode beber muito e nunca se embriaga.

Durante a paciência, resolvemos diferentes questões, geralmente de ordem superior, e maltratamos, o mais das vezes, aquilo que mais amamos, isto é, a ciência.

— A ciência, graças a Deus, já viveu o que tinha de viver — diz pausadamente Mikhail Fiódorovitch. — É uma canção que já foi cantada. Sim. A humanidade está começando a sentir a necessidade de substituí-la por algo. Ela cresceu na base de preconceitos, foi alimentada por preconceitos e constitui agora uma quintessência de preconceitos, a exemplo das suas avós já falecidas: a alquimia, a metafísica e a filosofia. E, realmente, o que foi que ela deu aos homens? Entre os europeus sábios e os chineses, que não possuem nenhuma ciência, a diferença é das mais insignificantes, puramente exterior. Os chineses não conheceram a ciência, mas o que foi que eles perderam com isso?

— As moscas também não conhecem a ciência — digo eu —, mas o que se conclui disso?

— Está zangando-se sem motivo, Nikolai Stiepânitch. Eu digo isto aqui entre nós... Sou mais cauteloso do que você pensa, e não vou dizê-lo publicamente, Deus me livre! Entre as massas, vive o preconceito de que as ciências e as artes são superiores à agricultura, ao comércio, aos ofícios. A nossa seita alimenta-se desse preconceito, e não compete a mim nem a você destruí-lo. Deus me livre!

Durante a paciência, a juventude recebe também os seus petelecos.

— A nossa gente se tornou mais miúda — suspira Mikhail Fiódorovitch. — Já não falo de ideal e do mais, porém que ao menos soubessem trabalhar e pensar com acerto! Aí está: "Eu vejo com tristeza a nossa geração".[20]

— Sim, tornaram-se horrivelmente miúdos — concorda Kátia. — Diga-me, nos últimos cinco ou dez anos, viu aparecer pelo menos um que se destacasse?

— Não sei o que se passa com os demais professores, mas, entre os meus alunos, não consigo lembrar.

— Eu tive ocasião de ver muitos estudantes e muitos des-

---

[20] Verso de M. I. Liérmontov (1814-1841).

ses jovens cientistas de vocês, muitos atores... E então? Nenhuma vez me coube encontrar já não digo um herói ou um homem de talento, mas simplesmente uma pessoa interessante. Tudo é cinzento, medíocre, inflado de pretensão...

Todas essas conversas no sentido de que as pessoas se amiudaram causam-me toda vez uma impressão como se eu tivesse ouvido sem querer uma conversa má a respeito de minha filha. Magoa-me o fato de que essas acusações sejam infundadas e se baseiem em lugares-comuns batidos há muito, em tais chavões como o amesquinhamento das pessoas, a ausência de ideais e a referência ao passado esplêndido. Toda opinião, mesmo quando expressa numa sociedade feminina, deve ser formulada com a possível precisão, senão ela não é opinião, mas um reles mexerico, indigno de gente que se preza.

Sou um velho, estou há trinta anos no serviço público, mas não noto amesquinhamento nas pessoas, nem ausência de ideais, e não acho que atualmente seja pior que outrora. O meu porteiro Nikolai, cuja experiência neste caso tem o seu valor, diz que os estudantes de hoje não são melhores nem piores que os de antes.

Se alguém me perguntasse o que não me agrada nos meus alunos atuais, eu não responderia de imediato, nem em muitas palavras, mas de modo bastante concreto. Conheço os seus defeitos e, por isso, não preciso recorrer à névoa dos lugares-comuns. Não me agrada que fumem, usem bebidas alcoólicas e casem-se tarde; que sejam despreocupados e com frequência a tal ponto indiferentes que tolerem a existência de famintos em seu meio e não paguem as suas dívidas para com a caixa estudantil de auxílio mútuo. Eles não conhecem línguas estrangeiras e expressam-se mal em russo; ainda ontem, o meu colega de higiene queixou-se a mim de que precisava lecionar o dobro, porque eles conhecem mal a física e não sabem absolutamente nada de meteorologia. Deixam-se influenciar facilmente pelos escritores mais recentes, mesmo de segunda classe, mas são de todo indiferentes a clássicos como Shakespeare, Marco Aurélio, Epícteto ou Pascal, e nessa incapacidade de distinguir o grande do pequeno é que se manifesta mais que tudo a sua falta de espírito prático. Todos os problemas difíceis, de natureza mais ou menos social (por exemplo, as migrações internas),[21] são por eles resolvidos por meio de abaixo-assinados, nunca pela pesquisa científica, pela experimentação, embora esta última solução se encontre no campo da sua plena possibilidade e seja a que mais corresponde à sua destinação. Eles tornam-se de bom grado internos de hospital, assistentes, laboratoristas, externos, e estão dispostos a ocupar tais cargos até os quarenta, embora a independência, o sentimento de liberdade e a iniciativa própria não sejam menos necessários na ciência que, por exemplo, na arte ou no comércio. Tenho alunos e ouvintes, mas não auxiliares e herdeiros, e por isso eu os amo, comovo-me com eles, mas não me inspiram orgulho. Etc., etc.

Semelhantes defeitos, por mais numerosos, podem suscitar uma disposição pessimista e rabugenta somente num homem tímido e fraco. Todos eles são de natureza casual, transitória, e estão na plena dependência das condições ambientes; bastam cerca de dez anos para que desapareçam ou cedam lugar a defeitos novos, sem os quais não se poderá passar e que, por sua vez, assustarão os pusilânimes. Os pecados estudantis causaram-me frequentemente mágoa, mas esta não significa nada, em comparação com a alegria que experimento há trinta anos já, quando converso com os estudantes, dou-lhes aula, observo as suas relações e comparo-os com outra gente.

Mikhail Fiódorovitch fala com maldade, Kátia ouve-o, e ambos não percebem o profundo abismo para o qual os puxa pouco a pouco um divertimento na aparência tão inó-

---

[21] Existia na Rússia o problema do abandono das regiões mais ameaçadas pela seca e da formação de uma população seminômade.

Uma história enfadonha

cuo como a condenação do próximo. Não sentem como uma simples conversa transforma-se gradualmente em escárnio e mofa, e como ambos começam a pôr em ação até a calúnia.

— Encontram-se uns tipos muito cômicos — diz Mikhail Fiódorovitch. — Ontem, fui visitar o nosso Iegor Pietróvitch e encontrei ali um estudioso, um dos seus da Medicina, do terceiro ano, se não me engano. Um rosto... no estilo de Dobroliubov,[22] na testa o selo dos pensamentos profundos. Conversamos. "Pois é, meu jovem", digo eu. "Li que um alemão, cujo nome não recordo, obteve do cérebro humano um novo alcaloide, a idiotina." E o que pensa? Acreditou e até expressou respeito em seu rosto, como que dizendo: "Este é dos nossos!". Outro dia, fui ao teatro. Sentei-me. Justo na minha frente, na fileira seguinte, estavam sentados dois que eu não conhecia: um era "dos nossos" e, segundo parecia, estudante de Direito, o outro, desgrenhado, da Medicina. Este parecia bêbado de cair.[23] Zero de atenção para o palco. Cochilando, parecia bicar com o nariz. Mas apenas um ator começava alto um monólogo ou simplesmente erguia a voz, o meu estudante de Medicina estremecia, dava uma cotovelada no vizinho e perguntava: "O que diz ele? No-o-bre?". "É nobre", respondia o "dos nossos". "Brravo!", berrava o da Medicina. "No-o-obre. Bravo!" Esse estaferno embriagado, vejam vocês, não foi ao teatro em busca de arte, mas de nobreza. Precisa da nobreza.

Kátia ouve e ri. Tem um gargalhar estranho: a inspiração alterna-se rápida, rítmica e exatamente, com a expiração; parece tocar sanfona, e, nessas ocasiões, em seu rosto apenas as narinas dão risada. Eu perco o ânimo e não sei o que dizer. Fora de mim, incendeio-me, levanto-me num salto e grito:

[22] O crítico N. A. Dobroliubov (1836-1861), um dos principais representantes do pensamento revolucionário da época.

[23] Literalmente, bêbado como um sapateiro.

— Calem-se finalmente! Por que ficam sentados aí como duas rãs e envenenam o ar com a sua respiração? Chega!

E, sem esperar o fim da sua conversa maldosa, preparo-me a voltar para casa. E já não é sem tempo: passa das dez.

— Quanto a mim, vou ficar mais um pouquinho — diz Mikhail Fiódorovitch. — Dá licença, Iecatierina Vladímirovna?

— Dou licença, sim — responde Kátia.

— *Bene*. Neste caso, mande servir mais uma garrafinha.

Ambos me acompanham com velas à antessala, e, enquanto visto a peliça, Mikhail Fiódorovitch diz:

— Nos últimos tempos, você emagreceu e envelheceu terrivelmente, Nikolai Stiepânovitch. O que tem? Está doente?

— Sim, um pouquinho.

— E não se trata... — acrescenta Kátia, taciturna.

— Mas por que não se trata? Como se pode? Deus cuida, meu caro, de quem cuida de si. Dê lembranças aos seus e peça desculpas por mim por não aparecer lá. Por esses dias, antes de partir para o estrangeiro, irei despedir-me. Sem falta! Parto na semana que vem.

Saio da casa de Kátia irritado, assustado com as conversas sobre a minha doença e descontente comigo mesmo. Interrogo-me: realmente, não valerá a pena tratar-me com algum dos colegas? E imediatamente imagino como o colega, depois de me auscultar, irá em silêncio até a janela, pensará um pouco, depois se voltará para mim e, procurando fazer com que eu não leia a verdade em seu rosto, dirá num tom indiferente: "Por enquanto, não vejo nada de especial, mas, apesar de tudo, colega, eu lhe aconselharia suspender os trabalhos...". E isto me privará da esperança derradeira.

Quem possui esperanças? Agora, quando eu mesmo faço o meu diagnóstico e me trato sozinho, de tempos em tempos tenho a esperança de estar sendo enganado pela minha ignorância, de que eu me engane em relação à albumina e ao açúcar que encontro em mim, ao coração e ainda àqueles cor-

Uma história enfadonha
157

rimentos que já vi duas vezes, pela manhã; quando releio, com a aplicação de um hipocondríaco, os manuais de terapêutica e mudo diariamente a medicação, tenho sempre a impressão de que vou topar com algo consolador. Tudo isto é mesquinho.

Quer o céu esteja coberto de nuvens, quer brilhem nele a lua e as estrelas, sempre olho para ele ao regressar para casa, e penso que em breve a morte há de me levar. Parece que, nessas ocasiões, os meus pensamentos deveriam ser profundos como o céu, coloridos, surpreendentes... Mas não! Penso em mim mesmo, na minha mulher, em Lisa, em Hnekker, nos estudantes e nas pessoas em geral; penso de maneira má, mesquinha, trapaceio comigo mesmo, e então a minha visão do mundo pode ser resumida nas palavras do famoso Araktchéiev[24] numa das suas cartas íntimas: "Tudo o que há de bom no mundo não pode existir sem o ruim, e há sempre mais coisas ruins que boas". Quer dizer, tudo é mau, não há para que viver, e os sessenta e dois anos que já vivi devem ser considerados como perdidos. Pilho-me com estes pensamentos e procuro convencer-me de que eles são casuais, temporários e não estão arraigados em mim profundamente, mas no mesmo instante penso:

"Se assim é, por que toda noite você é atraído para a companhia daquelas duas rãs?"

Faço a mim mesmo o juramento de nunca mais ir à casa de Kátia, embora saiba que irei procurá-la amanhã mesmo.

Puxando o cordão da campainha, junto à minha porta, e a seguir subindo a escada, sinto que não tenho mais família, nem vontade de refazê-la. Está claro que os pensamentos novos, araktcheievianos, não estão em mim casualmente, nem são temporários, mas que dominam todo o meu ser.

---

[24] A. A. Araktchéiev (1769-1834), ministro da Guerra no reinado de Alexandre I, famoso pelo regime de despotismo policial que instaurou no país.

De consciência doente, tristonho, preguiçoso, movendo mal os membros, como se meu peso tivesse sido aumentado de mil *puds*,[25] deito-me e pouco depois adormeço.

Em seguida, a insônia...

IV

Chega o verão, e a vida se modifica.

Uma bela manhã, Lisa entra no meu quarto e diz, brincalhona:

— Vamos, Vossa Excelência. Pronto.

Levam a minha excelência para a rua, sentam-na num carro de aluguel, transportam-na. Deixo-me levar e, não tendo o que fazer, leio as inscrições à direita e à esquerda. A palavra "traktir"[26] transforma-se em "ritkart". Isto serviria para um sobrenome de baronia: a baronesa de Ritkart. Em seguida, sigo pelo campo, passando pelo cemitério, que não me causa absolutamente nenhuma impressão, embora em breve eu me deite nele; passo depois por um bosque e atravesso novamente o campo. Nada de interessante. Depois de duas horas de viagem, levam minha excelência para o andar térreo de uma casa de campo e acomodam-me num quartinho muito alegre, forrado de papel azul-celeste.

De noite, continua a insônia, mas, de manhã, não me faço mais de valente, não desobedeço à minha mulher e permaneço na cama. Não durmo, mas atravesso um estado de sonolência, de semi-inconsciência, quando se sabe que não se está dormindo, mas se veem sonhos. Levanto-me ao meio-dia e sento-me, como de costume, à minha mesa, mas não trabalho mais, e divirto-me com livros franceses de capa ama-

---

[25] Antiga medida russa correspondente a 16,38 quilos.

[26] Taverna.

Uma história enfadonha

rela, que me são enviados por Kátia. Naturalmente, seria mais patriótico ler autores russos, mas confesso que não sinto por eles particular simpatia. Com exceção de dois ou três velhos, toda a nossa literatura atual me parece não literatura, mas uma espécie de ofício artesanal, que existe para que o estimulem, mas usem de má vontade os seus produtos. Não se pode chamar de admirável mesmo a melhor das produções artesanais e não se pode elogiá-la sinceramente, sem um mas; o mesmo se deve dizer de todas as novidades literárias que eu li nos últimos dez ou quinze anos: nenhuma admirável, e não se pode evitar um mas. É inteligente, nobre, mas sem talento; talentoso, nobre, mas não inteligente; ou, por fim, talentoso, inteligente, mas sem nobreza.

Não direi que os livros franceses sejam talentosos, inteligentes e nobres. Também eles não me satisfazem. Mas não são tão cacetes como os russos, e neles não raro se encontra o elemento principal da criação: o sentimento da liberdade individual, que não existe nos autores russos. Não me lembro de nenhum livro novo em que o autor não procure enredar-se, desde a primeira página, em toda espécie de convencionalismos e contratos com a própria consciência. Um teme falar do corpo desnudo, outro amarrou-se de mãos e pés com a análise psicológica, um terceiro precisa de "uma relação cálida com os homens", um quarto esparrama-se de propósito em páginas e páginas de descrições da natureza, para que não o incriminem de tendencioso... Um quer ser em suas obras, a todo custo, um pequeno-burguês, outro sem falta um fidalgo etc. Premeditação, cautela, intencionalidade, mas não há liberdade nem coragem de escrever como se queira, e por conseguinte não há criação.

Tudo isso se refere igualmente às assim chamadas belas-letras.

E, quanto aos artigos sérios russos, por exemplo, sobre sociologia, arte etc., eu não leio simplesmente por temor. Na infância e juventude, tive por alguma razão medo dos porteiros e criados de teatro em geral, e esse medo conservou-se em mim até hoje. Mesmo agora, eu os temo. Dizem que nos parece terrível somente aquilo que não se compreende. E realmente, é muito difícil compreender por que os porteiros e criados de teatro são tão imponentes, altivos, tão grandiosamente indelicados. Lendo artigos sérios, sinto idêntico medo indefinido. Uma altivez extraordinária, um tom brincalhão, de general, a familiaridade nas referências a autores estrangeiros, a capacidade de manter-se no vazio com dignidade, tudo isso me é incompreensível, assusta-me, e não se parece com a modéstia, o tom cavalheiresco e tranquilo com que me habituei, lendo os nossos autores médicos e naturalistas. É penoso para mim ler não só artigos, mas até as traduções realizadas ou supervisionadas pela gente séria russa. O tom arrogante, condescendente, dos prefácios, a abundância das notas do tradutor, que me impedem de me concentrar, os pontos de interrogação e os *sic* entre parênteses, espalhados pelo generoso tradutor por todo o livro ou artigo, parecem-me um atentado quer contra a personalidade do autor, quer contra a minha independência de leitor.

De uma feita, fui convidado como perito para os trabalhos de um tribunal de distrito; no intervalo, um dos meus colegas peritos chamou a minha atenção para a maneira rude como o promotor tratava os acusados, entre os quais havia duas mulheres cultas. Parece-me que eu não exagerei nem um pouco, respondendo ao meu colega que esse tratamento não era mais rude que o vigente entre os autores de artigos sérios. De fato, as relações entre estes são tão grosseiras que delas só se pode falar com um sentimento penoso. Eles se tratam entre si e aos escritores que criticam ora com demasiada deferência, sem poupar a sua própria dignidade, ora, pelo contrário, tratam-nos com muito maior ousadia que eu, nestas memórias e pensamentos, ao meu futuro genro Hnekker. Acusações de irresponsabilidade, de intenções impuras e, mesmo, de toda espécie de transgressões do código penal constituem enfeite habitual de artigos sérios. E isso, como gostam de se expressar os jovens médicos em seus artiguetes, já constitui a *ultima ratio*![27] Semelhantes relações devem indefectivelmente refletir-se nos costumes da nova geração dos que escrevem e, por isso, eu não me espanto nem um pouco pelo fato de que, nas novidades que adquiriram nos últimos dez ou quinze anos as nossas belas-letras, os heróis bebam muita vodca e as heroínas não sejam suficientemente castas.

Leio livros franceses e lanço olhadelas à janela aberta; vejo o muro ameado do meu jardim, duas ou três arvorezinhas esquálidas, e, além do muro, uma estrada, um campo, depois a faixa larga da mata de coníferas. Frequentemente, extasio-me vendo um menino e uma menina, ambos esfarrapados e de cabelos muito claros, treparem no muro do jardim e rirem da minha calva. Leio nos seus olhos brilhantes: "Veja, um careca!". São quase as únicas pessoas que nada têm a ver com a minha fama nem com o meu posto.

Os visitantes agora não vêm todos os dias. Lembrarei apenas as visitas de Nikolai e de Piotr Ignátievitch. Nikolai aparece geralmente nos feriados, como que para tratar de serviço, mas principalmente para me ver. Vem bastante embriagado, o que nunca lhe acontece no inverno.

— O que me diz? — pergunto, saindo para encontrá-lo no corredor.

— Vossa Excelência! — diz, apertando a mão ao coração e olhando-me com o êxtase de um apaixonado. — Vossa Excelência! Que Deus me castigue! Que um raio me fulmine aqui mesmo! *Gaudeamus igitur juvenestus*![28]

E beija-me avidamente os ombros, as mangas, os botões.

[27] Em latim, "o último argumento".

[28] Trecho deformado de uma antiga canção estudantil: *Gaudeamus igitur, juvenes dum sumus*! (Portanto alegremo-nos, enquanto somos jovens!).

— Está tudo em ordem lá na faculdade? — pergunto-lhe.

— Vossa Excelência! Como diante do verdadeiro...

Não para de citar o nome de Deus sem nenhuma necessidade, em pouco tempo ele me aborrece, e eu mando-o para a cozinha, onde lhe servem o jantar. Piotr Ignátievitch vem ver-me também em dias feriados, especialmente para verificar como estou passando e partilhar comigo os seus pensamentos. Fica sentado geralmente junto à mesa, modesto, limpinho, judicioso, não ousando cruzar as pernas ou debruçar-se sobre a mesa; e o tempo todo, conta-me de modo livresco, com a sua voz suave e regular, toda espécie de notícias, a seu ver muito interessantes e picantes, lidas por ele em livros e revistas. Todas essas notícias se parecem e podem ser reduzidas ao seguinte tipo: um francês fez uma descoberta, outro, um alemão, pilhou-o em flagrante, demonstrando que essa descoberta já fora feita em 1870 por certo americano, e um terceiro, igualmente alemão, foi mais esperto que ambos, demonstrando-lhes que eles cometeram uma gafe, confundindo, sob o microscópio, bolinhas de ar com o pigmento escuro. Mesmo quando quer fazer-me rir, Piotr Ignátievitch narra longa e minuciosamente, como quem defende uma tese, com a relação meticulosa das fontes usadas, procurando não se enganar quer nas datas, quer nos números das revistas, nem nos nomes, e diz não simplesmente Petit, mas indefectivelmente Jean-Jacques Petit. Acontece ficar para jantar conosco, e então, no decorrer de todo o repasto, narra as mesmas histórias picantes, e elas caceteiam todos os presentes. Se Hnekker e Lisa iniciam em sua presença uma conversa sobre fugas e contrapontos, sobre Brahms e Bach, ele baixa modestamente os olhos e fica encabulado; envergonha-se de que se fale de tais vulgaridades na presença de gente tão séria como eu e ele.

Com a minha disposição atual, bastam cinco minutos para que ele me enjoe como se eu o tivesse visto e ouvido durante uma eternidade. Odeio esse infeliz. A sua voz suave, regular, e a sua linguagem livresca fazem-me estiolar, as suas histórias tornam-me obtuso... Nutre por mim os melhores sentimentos e conversa comigo unicamente para me dar prazer, e eu lhe pago com o seguinte: olho para ele fixamente, como se quisesse hipnotizá-lo, e penso: "Vá embora, vá embora, vá embora...". Mas ele não se submete à sugestão mental e fica sentado, sentado, sentado...

Enquanto permanece sentado comigo, não posso de modo algum livrar-me do pensamento: "É muito possível que, depois da minha morte, ele seja nomeado para o meu lugar", o meu pobre anfiteatro aparece-me como um oásis cujo riacho secou, e então me torno pouco amável com Piotr Ignátievitch, calado, sombrio, como se ele fosse o culpado de tais pensamentos, e não eu mesmo. Quando ele começa, como de costume, a exaltar os cientistas alemães, eu não brinco mais bonachão, como antes, mas balbucio taciturno:

— Estes seus alemães são uns burros...

Isto já se parece com o seguinte: um dia, o falecido Professor Nikita Krilóv[29] banhava-se em companhia de Pirogóv em Revel e, irritando-se com a água que estava muito fria, xingou: "Alemães canalhas!". Eu me porto mal em relação a Piotr Ignátievitch e somente depois que ele vai embora e quando vejo aparecer no quadro da janela, além do muro do jardim, o seu chapéu cinzento, tenho vontade de chamá-lo e dizer: "Perdoe-me, meu caro!".

O nosso jantar decorre de modo mais cacete que no inverno. O mesmo Hnekker, que eu agora odeio e desprezo, janta quase todos os dias em minha casa. Antes, eu tolerava a sua presença calado, mas agora dirijo-lhe alfinetadas, que obrigam minha mulher e Lisa a enrubescer. Deixando-me levar pelo sentimento mau, digo com frequência simplesmente tolices e não sei por que as digo. Assim aconteceu um dia,

---

[29] O jurista N. I. Krilóv (1807-1879).

passei muito tempo olhando Hnekker com desdém e de repente, sem mais nem menos, soltei:

— "Sucede às águias descer mais que as galinhas.
Mas estas nunca hão de subir às nuvens..."[30]

E o mais lamentável de tudo é que a galinha Hnekker seja muito mais inteligente que o professor-águia. Sabendo que minha mulher e minha filha estão do seu lado, ele segue a tática seguinte: responde às minhas alfinetadas com um silêncio condescendente (o velho perdeu o juízo — para que conversar com ele?), ou então escarnece um pouco de mim, com bonacheirice. Devemos admirar-nos de que um homem possa amesquinhar-se a tal ponto. Sou capaz de passar o tempo todo do jantar sonhando que Hnekker vai se revelar um aventureiro, que Lisa e minha mulher compreenderão o seu erro e que eu vou caçoar delas; e esses sonhos ridículos me vêm quando já estou com um pé no túmulo!

Ocorrem agora também equívocos de que antigamente eu tinha noção apenas de outiva. Por mais que me envergonhe, vou descrever um que aconteceu há dias, depois do jantar.

Estou sentado no quarto, fumando meu cachimbinho. Minha mulher entra como de costume, senta-se e põe-se a falar que seria bom agora, enquanto está quente e há tempo livre, viajar a Khárkov, a fim de verificar ali que tipo de gente é o nosso Hnekker.

— Está bem, irei... — concordo.

Minha mulher está satisfeita comigo, levanta-se e dirige-se para a porta, mas no mesmo instante volta, dizendo:

— E agora, mais um pedido. Eu sei que você vai ficar zangado, mas a minha obrigação é preveni-lo... Desculpe, Nikolai Stiepânitch, mas todos os nossos conhecidos e vizinhos já começaram a comentar que você vai à casa de Kátia com muita frequência. É uma mulher inteligente, culta, não

---

[30] Da fábula *A águia e as galinhas*, de I. A. Krilóv (1769-1844).

nego, é agradável passar o tempo com ela, mas na sua idade e com a posição social de que você desfruta é um tanto esquisito, você sabe, encontrar prazer na sua companhia... Além disso, ela tem uma tal reputação que...

De repente, todo o sangue me reflui do cérebro, fagulhas desprendem-se dos meus olhos, dou um pulo e, agarrando a cabeça, batendo os pés, grito com uma voz que não é a minha:

— Deixem-me! Deixem-me!

Provavelmente, o meu rosto está terrível, a voz estranha, pois minha mulher de súbito empalidece e solta um grito alto, com uma voz desesperada, que igualmente não é a sua. Aos nossos gritos, acorrem Lisa, Hnekker, depois Iegor...

— Deixem-me! — grito. — Vão embora! Deixem-me!

As minhas pernas se insensibilizam, como se nem existissem, sinto-me cair nos braços de alguém, depois ouço por pouco tempo um choro e mergulho num desmaio, que dura duas ou três horas.

E agora, a respeito de Kátia. Ela vem ver-me todos os dias à tardinha, e naturalmente tanto os vizinhos como os conhecidos não podem deixar de notá-lo. Vem por um instante e leva-me para passear. Tem cavalo próprio e uma carruagem novinha, comprada este verão. Em geral, ela vive à larga: alugou um palacete com um grande jardim e transportou para lá toda a sua mobília da cidade, tem duas criadas, um cocheiro... Pergunto-lhe com frequência:

— Kátia, com o que você vai viver quando esbanjar o dinheiro da herança de seu pai?

— Então vamos ver.

— Esse dinheiro, minha amiga, merece ser encarado com mais seriedade. Foi ganho por um homem de bem, por meio de trabalho honesto.

— O senhor já me disse isto. Eu sei.

A princípio, vamos pelo campo, depois atravessamos a mata de coníferas que se vê da minha janela. A natureza me parece bela como sempre, embora o Demônio me murmure que todos estes abetos e pinheiros, pássaros e nuvens brancas no céu, não notarão a minha ausência daqui a três ou quatro meses, depois que eu morrer. Kátia gosta de dirigir o cavalo e lhe é agradável o fato de que o tempo esteja bonito e eu sentado com ela. Está bem disposta e não diz asperezas.

— O senhor, Nikolai Stiepânitch, é uma pessoa muito boa. É um exemplar raro, e não existe um ator que possa representá-lo. Eu, ou por exemplo Mikhail Fiódorovitch, podemos ser representados mesmo por atores ruins, mas o senhor por ninguém. E eu o invejo, invejo-o terrivelmente! Pois o que represento eu? O quê?

Fica um instante pensativa e pergunta-me:

— Nikolai Stiepânitch, eu sou um fenômeno negativo? Sou?

— É — respondo eu.

— Hum... O que devo fazer?

O que responder? É fácil dizer "trabalha", ou "distribui os teus bens entre os pobres", ou "conhece-te a ti mesmo", e, justamente por ser tão fácil dizer isso, não sei o que responder.

Os meus colegas terapeutas, quando ensinam os processos de tratamento, aconselham a "individualizar cada caso particular". É preciso seguir este conselho, para se convencer de que os meios recomendados nos manuais como os melhores e plenamente satisfatórios para o caso-padrão revelam-se de todo ineficientes em casos isolados. O mesmo se dá com os males morais.

Mas é preciso responder algo, e eu digo:

— Você, minha amiga, tem horas vagas demais. Precisa sem falta encontrar uma ocupação. Realmente, por que não vai ser novamente atriz, já que tem vocação?

— Não posso.

— Tem um tom e umas maneiras de vítima. Isto não me agrada, minha amiga. Você mesma é culpada. Lembre-se, você começou por zangar-se com os homens e os costumes, mas

Uma história enfadonha   167

não fez nada para que uns e outros se tornassem melhores. Você não lutou com o mal, mas cansou-se, tornando-se uma vítima não da luta, mas da sua própria impotência. Bem, está claro, você era jovem então, inexperiente, agora tudo pode ser diverso. Realmente, aja! Você vai trabalhar, servir a arte sagrada...

— Não seja malicioso, Nikolai Stiepânitch — interrompe-me Kátia. — Vamos combinar de uma vez por todas: falemos de atores, atrizes, escritores, mas deixemos a arte em paz. O senhor é uma pessoa admirável, rara, mas não compreende a arte, a ponto de conscienciosamente considerá-la sagrada. Não tem sensibilidade, não tem ouvido para a arte. Esteve ocupado a vida inteira e não teve tempo de adquirir esta sensibilidade. E em geral... eu não gosto dessas conversas sobre arte! — continua nervosa. — Não gosto! E já a banalizaram tanto, muito obrigada!

— Quem a banalizou?

— Uns a banalizaram com a bebedeira, os jornais, com o trato familiar, as pessoas inteligentes, com a filosofia.

— A filosofia não tem nada a ver no caso.

— Tem, sim. Se alguém filosofa, quer dizer que não compreende.

Para não chegarmos a rudezas, apresso-me a mudar a conversa e, depois, passo muito tempo em silêncio. Somente quando saímos da mata e dirigimo-nos para a casa de Kátia, volto à conversa de antes e pergunto:

— Mas você não me respondeu ainda: por que não quer ser atriz?

— Nikolai Stiepânitch, isto já é uma crueldade! — exclama ela e, de repente, fica toda vermelha. — Quer que eu diga a verdade em voz alta? Pois bem, se isto... se isto lhe dá prazer! Não tenho talento! Não tenho talento e... e tenho muito amor-próprio! Aí está!

Fazendo esta confissão, ela vira a cabeça e, procurando ocultar o tremor das mãos, puxa com força as rédeas.

Acercando-nos da sua casa de campo, ainda de longe vemos Mikhail Fiódorovitch, que passeia junto ao portão, esperando-nos com impaciência.

— De novo este Mikhail Fiódorovitch! — diz Kátia com desagrado. — Tire-o de perto de mim, por favor! Estou enjoada, ele já se evaporou... Como cansa!

Faz muito tempo já que Mikhail Fiódorovitch devia ter viajado para o estrangeiro, mas ele adia a partida cada semana. Nos últimos tempos, aconteceram-lhe certas alterações: parece mais acabado, passou a embriagar-se com o vinho, o que antes nunca lhe acontecera, e as suas sobrancelhas negras estão começando a branquear. Quando a nossa carruagem para junto ao portão, ele não esconde sua alegria e impaciência. Agitando-se, ajuda Kátia e a mim a descer do carro, apressa-se a fazer perguntas, ri, esfrega as mãos, e o que há de humildade, puro, de reza, que eu já notara apenas em seu olhar, espraia-se agora por todo o seu rosto. Alegra-se e, ao mesmo tempo, envergonha-se da sua alegria, envergonha-se desse costume de ir à casa de Kátia todas as noites, e julga necessário motivar a sua vinda com algum contrassenso evidente, no gênero de: "Estava passando por aqui, a serviço, e pensei: vamos entrar um instantinho".

Entramos em casa os três; a princípio, tomamos chá, depois aparecem sobre a mesa os dois baralhos que eu conheço há muito, um grande pedaço de queijo, frutas e uma garrafa de champanha da Crimeia. Os assuntos das nossas conversas não são novos, são os mesmos do inverno. Sofrem a universidade, os estudantes, a literatura, o teatro; em consequência das falas maldosas, o ar torna-se mais denso, mais abafado, envenenado agora pela respiração não de duas rãs, como no inverno, mas de todas as três. Além do riso aveludado, de barítono, e da gargalhada que parece toque de sanfona, a criada que nos serve ouve ainda um riso desagradável, tilintante, com o qual riem os generais nos *vaudevilles*: he-he-he...

Uma história enfadonha   169

V

Há noites terríveis, com trovoada, raios, chuva e vento, e que o povo chama de noites de pardal. Em minha vida pessoal, aconteceu uma noite de pardal exatamente desse tipo...

Acordo depois de meia-noite e ergo-me de chofre da cama. Não sei por quê, tenho a impressão de que vou morrer no mesmo instante. Por que esta impressão? No corpo, não há nenhuma sensação que indique um fim próximo, mas a minha alma está opressa por tamanho horror como se eu tivesse visto de repente o reflexo sinistro e enorme de um incêndio.

Acendo depressa a luz, tomo água diretamente da jarra, depois dirijo-me apressado para a janela aberta. Está um tempo magnífico. Cheira a feno e a algo mais, muito agradável. Vejo as estacas da cerca, as arvorezinhas sonolentas e esquálidas junto à janela, a estrada, a faixa escura da mata; no céu, há uma lua tranquila, muito brilhante, e nenhuma nuvem. Quietude, não se move nenhuma folha. Tenho a impressão de que tudo me olha e presta atenção, à espera de que eu comece a morrer...

Dá medo. Fecho a janela e corro para o leito. Apalpo o pulso e, não o encontrando no braço, procuro-o nas têmporas, depois no queixo e novamente no braço, e todas estas minhas partes estão frias, pegajosas de suor. A respiração torna-se cada vez mais rápida, o corpo me treme, todas as entranhas estão em movimento, no rosto e na calva há uma impressão como se uma teia de aranha pousasse sobre eles.

Que fazer? Chamar a família? Não, não é preciso. Não compreendo o que farão minha mulher e Lisa, quando entrarem no meu quarto.

Escondo a cabeça sob o travesseiro, fecho os olhos e espero, espero... Meu dorso está com frio, ele como que é puxado para dentro, e eu tenho o sentimento de que a morte vai acercar-se de mim sem falta por trás, devagarinho...

— Kivi-kivi! — ressoa de repente um pio na quietude noturna, e eu não sei se isto se dá no meu peito ou na rua.

— Kivi-kivi!

Meu Deus, que medo! Eu tomaria mais água, mas agora dá medo abrir os olhos, e eu temo levantar a cabeça. O meu terror é inconsciente, animal, e não posso de modo algum compreender por que tenho medo: será porque eu quero viver, ou porque me espera uma dor nova, ainda não experimentada?

Acima do teto, alguém está gemendo ou rindo... Presto atenção. Decorrido um tempo, passos ressoam na escada. Alguém vai apressadamente para baixo, depois novamente para cima. Pouco depois, os passos tornam a ressoar embaixo; alguém para junto à minha porta e fica à escuta.

— Quem é? — grito.

Abre-se a porta, descerro valentemente os olhos e vejo minha mulher. Tem o rosto pálido, os olhos de choro.

— Você não dorme, Nikolai Stiepânitch? — pergunta ela.

— O que você tem?

— Pelo amor de Deus, vá ver Lisa. Está lhe acontecendo alguma coisa...

— Está bem... irei com prazer... — balbucio, muito contente por não estar mais sozinho. — Está bem... Nesse instante.

Sigo a minha mulher, ouço o que ela me diz e, perturbado, não compreendo nada. Nos degraus da escada, pulam as manchas claras da sua vela, tremem as nossas pernas compridas, as minhas se enredam nas abas do roupão, sufoco e tenho a impressão de que algo me persegue e quer agarrar-me pelos ombros. "Vou morrer neste instante, aqui na escada", penso. "Neste instante..." Mas eis que percorremos a escada, depois o corredor escuro, com uma janela italiana, e entramos no quarto de Lisa. Está sentada na cama, só de camisola, as pernas descalças e penduradas, e geme.

— Ah, meu Deus... ah, meu Deus! — balbucia, entre-

Uma história enfadonha

171

cerrando os olhos por causa da nossa vela. — Não posso, não posso...

— Lisa, minha filha — digo. — O que você tem?

Vendo-me, solta um grito e atira-se ao meu pescoço.

— Meu bondoso papai... — soluça —, meu bom papai... Meu pequenino, meu querido... Não sei o que há comigo... É penoso!

Abraça-me, beija-me e murmura palavras carinhosas, que eu lhe ouvi quando era ainda criança.

— Acalme-se, minha filha, Deus está com você — digo-lhe. — Não precisa chorar. Também eu tenho um sentimento penoso.

Procuro cobri-la, minha mulher dá-lhe de beber, e ambos ficamos acotovelando-nos junto ao leito; o meu ombro empurra o seu, e nesse momento vem-me à memória como outrora demos banho, juntos, aos nossos filhos.

— Mas ajude-a, ajude-a! — implora minha mulher. — Faça alguma coisa!

O que posso fazer? Nada. A menina tem algum peso na alma, mas eu não compreendo nada, não sei, e só posso balbuciar:

— Não é nada, não é nada... Isto vai passar... Durma, durma...

Como que de propósito, ressoa de repente em nosso pátio um uivo de cão, a princípio suave e indeciso, depois sonoro, a duas vozes. Nunca dei importância a tais augúrios como um uivar de cão ou um pio de coruja, mas agora o meu coração comprime-se numa tortura, e eu procuro explicar a mim mesmo esses uivos.

"Bobagem...", penso eu, "influência de um organismo sobre outro. A minha acentuada tensão nervosa transmitiu-se a minha mulher, a Lisa, ao cachorro, eis tudo. Essa transmissão explica os pressentimentos, as profecias..."

Quando, um pouco depois, volto ao meu quarto, a fim de escrever a receita para Lisa, não penso mais em que hei de morrer em breve, mas simplesmente sinto um peso na alma, um enfado, de modo que até lamento não ter morrido de repente. Fico muito tempo imóvel no meio do quarto e invento o que receitar para Lisa, mas os gemidos acima do teto silenciam, decido não receitar nada e, apesar de tudo, permaneço parado...

Um silêncio de morte, um silêncio tal que, segundo se expressou certo escritor, até zune nos ouvidos. O tempo passa devagar, as faixas de luar sobre o parapeito da janela não mudam de posição, como que petrificadas... Ainda falta muito para o amanhecer.

Mas eis que range o portão do jardim, alguém se esgueira ali e, quebrando um ramo de uma das arvorezinhas esquálidas, bate com ele cautelosamente na janela.

— Nikolai Stiepânitch! — ouço um murmúrio. — Nikolai Stiepânitch!

Abro a janela e tenho a impressão de estar vendo um sonho: embaixo, apertada contra a parede, está uma mulher de negro, fortemente iluminada pelo luar, e dirige para mim os olhos grandes. Tem o rosto pálido, severo e fantástico devido ao luar, como que de mármore, treme-lhe o queixo.

— Sou eu... — diz ela. — Eu... Kátia!

Ao luar, todos os olhos de mulher parecem grandes e negros, as pessoas, mais altas e mais pálidas, e provavelmente por isto não a reconheci no primeiro instante.

— O que você quer?

— Desculpe — diz ela. — De repente, não sei por quê, tive um sentimento intoleravelmente penoso... Não pude suportar e vim para cá... Havia luz na sua janela, e... eu resolvi chamá-lo... Desculpe... Ah, se o senhor soubesse como era penoso o que senti! O que está fazendo agora?

— Nada... Insônia.

— Tive não sei que pressentimento. Aliás, é bobagem.

As suas sobrancelhas se levantam, brilham-lhe os olhos de lágrimas, e todo o seu rosto se ilumina, como que por uma

Uma história enfadonha

luz, por uma expressão conhecida, há muito não vista, de confiança.

— Nikolai Stiepânitch! — diz ela súplice, estendendo para mim ambas as mãos. — Meu querido, peço-lhe... imploro... Se não despreza a minha amizade e o meu respeito pelo senhor, aceda ao meu pedido!

— O que é?

— Aceite dinheiro de mim!

— Ora, o que inventou! Para que preciso do seu dinheiro?

— O senhor vai tratar-se em alguma parte... O senhor precisa tratar-se. Vai aceitar? Sim? Meu querido, sim?

Fita avidamente o meu rosto e repete:

— Sim? Vai aceitar?

— Não, minha amiga, não vou aceitar... — digo eu. — Obrigado.

Volta-me as costas e baixa a cabeça. Provavelmente, expressei a minha recusa num tom que não admitia mais conversas sobre dinheiro.

— Vá para casa dormir — digo. — Vamos ver-nos amanhã.

— Desculpe... — diz ela, baixando a voz toda uma oitava. — Eu compreendo o senhor... Ficar devendo a uma pessoa como eu... uma atriz aposentada... Bem, adeus...

E ela se afasta com tamanha pressa que não consigo sequer dizer-lhe também o meu adeus.

VI

Estou em Khárkov.

Visto que seria inútil lutar com a minha disposição atual, e está acima das minhas forças, decidi que os últimos dias da minha vida serão inatacáveis mesmo pelo lado formal; se não estou com a razão relativamente a minha família, o que compreendo plenamente, vou esforçar-me em agir como ela quer. Se é para viajar para Khárkov, viajemos. Ademais, absolutamente tanto faz para onde viajar, para Khárkov, Paris ou Bierditchev.

Cheguei aqui por volta de meio-dia e instalei-me no hotel próximo à catedral. No vagão, fiquei tonto com o balanço, transido pelas correntes de ar, e agora estou sentado na cama, segurando a cabeça e esperando o tique. Precisaria procurar hoje mesmo os professores meus conhecidos, mas não tenho vontade nem forças.

Entra um velho criado, que está de plantão no meu andar, e pergunta se eu trouxe roupa de cama. Retenho-o uns cinco minutos e faço-lhe algumas perguntas a respeito de Hnekker, por causa de quem vim até aqui. O criado é natural de Khárkov, conhece a cidade como os seus cinco dedos, mas não se lembra de nenhuma família com o sobrenome de Hnekker. Interrogo-o sobre as propriedades rurais na vizinhança: mesmo resultado.

O relógio do corredor bate uma hora, depois duas, três... Os meses derradeiros da minha vida, enquanto espero a morte, parecem-me bem mais compridos que toda a minha existência anterior. E, antes, eu nunca soube conformar-me como agora com a lentidão do tempo. Outrora, esperando o trem numa estação ou sentado fazendo exame, um quarto de hora parecia uma eternidade, mas agora sou capaz de passar a noite inteira imóvel na cama e pensar com absoluta indiferença que, amanhã, haverá uma noite igualmente comprida, incolor, e depois de amanhã...

No corredor, batem cinco horas, seis, sete... Sobrevém o escuro.

Uma dor embotada na face: é o início do tique. Para me ocupar com pensamentos, coloco-me no meu ponto de vista anterior, quando não era indiferente a tudo, e pergunto: para que eu, um homem famoso, conselheiro-privado, estou sentado neste pequeno quarto de hotel, sobre esta cama, com

Uma história enfadonha   175

um cobertor cinzento que não é meu? Por que olho para este lavatório barato de lata e ouço tilintar no corredor um relógio ordinário? Será tudo isso digno da minha glória e da minha elevada posição entre as pessoas? Respondo a estas perguntas com um sorriso de zombaria, dirigido a mim mesmo. Parece-me ridícula a ingenuidade com que, quando moço, eu exagerava a importância da fama e da condição excepcional de que desfrutariam as celebridades. Sou célebre, o meu nome é proferido com veneração, o meu retrato já foi publicado tanto na *Seara* como na *Ilustração Internacional*,[31] li a minha biografia até numa revista alemã — mas com que proveito? Estou sentado sozinho numa cidade estranha, sobre uma cama estranha, e esfrego com a palma da mão a minha face doente... Os mexericos de família, a impiedade dos credores, a grosseria da criadagem no trem, os incômodos pelo controle dos passaportes, a comida cara e insalubre nas estações, a ignorância generalizada e a rudeza, tudo isso e muito mais, que seria demasiado longo enumerar, não me atinge menos que a qualquer pequeno-burguês, conhecido apenas no beco em que mora. Em que se manifesta então o caráter excepcional da minha condição? Admitamos que sou mil vezes famoso, que sou um herói de quem a minha pátria se orgulha; em todos os jornais, publicam-se boletins sobre a minha doença, o correio me traz mensagens de simpatia de colegas, alunos e do público em geral, mas nada disso me impedirá de morrer numa cama alheia, angustiado e completamente só... Naturalmente, ninguém é culpado disso, mas, pecador que sou, não gosto do meu nome tão popular. Tenho a impressão de que fui enganado por ele.

Adormeço por volta das dez horas e, não obstante o tique, durmo profundamente, e dormiria muito tempo se não me acordassem. Pouco depois da uma, ressoa de repente uma batida na porta.

[31] *Niva* e *Vsiemírnaia Iliustrátzia*, revistas muito populares na época.

— Quem é?

— Telegrama!

— Poderia entregar-me amanhã — zango-me, quando o criado de plantão no corredor me entrega o telegrama. — Agora, não vou tornar a dormir.

— Desculpe. O senhor está de luz acesa, e eu pensei que não estivesse dormindo.

Abro o telegrama e, em primeiro lugar, olho a assinatura: é da minha mulher. O que ela quer?

"Ontem Hnekker casou-se secretamente com Lisa. Volte."

Leio o telegrama e me assusto por um breve lapso de tempo. O que me assusta não é o ato de Lisa e Hnekker, mas a indiferença com que recebo a notícia do casamento. Dizem que os filósofos e os sábios autênticos são indiferentes. Não é verdade, a indiferença constitui uma paralisia da alma, a morte prematura...

Torno a deitar-me e começo a conjeturar sobre os pensamentos com que poderia ocupar-me. Pensar em quê? Parece que já pensei em tudo e que não há nada capaz de suscitar agora o meu pensamento.

Quando amanhece, estou sentado na cama, abraçando os joelhos, e, não tendo o que fazer, procuro conhecer a mim mesmo. "Conhece-te a ti mesmo" — eis um belo e útil conselho; dá pena, porém, que os antigos não tenham adivinhado como indicar o meio de utilizá-lo.

Quando, em outros tempos, dava-me na veneta compreender alguém ou a mim mesmo, eu examinava não as ações, em que tudo é convencionado, mas os desejos. Dize-me o que desejas, dir-te-ei quem és.

Também agora, faço um exame a mim mesmo: o que eu quero?

Quero que nossas esposas, filhos, amigos, alunos, amem em nós não o nome, a firma, a etiqueta, mas a pessoa comum. E o que mais? Eu gostaria de ter auxiliares e herdeiros. E o

Uma história enfadonha

que mais? Gostaria de acordar daqui a uns cem anos e espiar, ao menos com um olho, o que será da ciência. Gostaria de viver mais uns dez anos... E mais o quê?

Mais nada. Penso, fico muito tempo pensando, e não consigo inventar nada mais. E por mais que eu pense, onde quer que se espalhem os meus pensamentos, é evidente para mim que em meus desejos falta algo essencial, algo muito importante. No meu fraco pela ciência, no meu desejo de viver, neste ato de ficar sentado numa cama alheia e na ânsia de conhecer a mim mesmo, em todos os pensamentos, sentimentos e concepções, que eu formo a respeito de tudo, não existe algo geral, que una tudo isso num todo. Cada sentimento e cada pensamento vivem em mim isolados, e em todos os meus juízos sobre a ciência, o teatro, a literatura, os alunos, em todos os quadrinhos que desenha a minha imaginação, mesmo o analista mais hábil não encontrará o que se chama uma ideia geral, isto é, o deus do homem vivo.

E, se não existe isso, quer dizer que não existe nada.

Com semelhante indigência, bastaram uma doença séria, o medo da morte, a ação das circunstâncias e das pessoas, para que tudo o que eu considerava antes a minha concepção do mundo e em que eu via o sentido e a alegria da minha vida se emborcasse e desfizesse em fiapos. Por conseguinte, não há nada de surpreendente no fato de eu ter ensombrecido os meses derradeiros da minha vida com pensamentos e sentimentos dignos de um escravo e bárbaro, que eu seja agora indiferente e não note o amanhecer. Quando não existe num homem aquilo que é superior e mais forte que todas as influências externas, realmente, basta-lhe um forte resfriado para que perca o equilíbrio e comece a ver em cada ave uma coruja e ouça em cada som um uivar de cães. E todo o seu pessimismo, com os seus pensamentos grandes e pequenos, tem nessas ocasiões apenas a importância de um sintoma e nada mais.

Estou vencido. Se assim é, não há motivo para continuar

a pensar, para conversar. Vou ficar sentado, esperando em silêncio o que há de acontecer.

De manhã, o criado me traz chá e o jornal da cidade. Leio maquinalmente os anúncios na primeira página, o artigo de fundo, a resenha de jornais e revistas, o noticiário... Encontro a seguinte notícia, entre outras: "Ontem, chegou a Khárkov pelo trem expresso o nosso célebre cientista, o emérito Professor Nikolai Stiepânovitch de Tal, que se hospedou no Hotel...".

Segundo parece, os nomes sonoros são criados para viverem independentes, sem ligação com quem os usa. Agora, o meu nome passeia tranquilamente por Khárkov; daqui a uns três meses, gravado em letras de ouro sobre a tumba, ele há de brilhar como o próprio sol, e isso quando eu já estiver coberto de musgo...

Uma batida leve na porta. Alguém precisa de mim.

— Quem está aí? Entre!

Abre-se a porta e, surpreso, dou um passo para trás e apresso-me a juntar as abas do roupão. Quem está diante de mim é Kátia.

— Bom dia — diz ela, respirando pesado, em consequência da escada. — Não me esperava? Também eu... também eu vim para cá.

Senta-se e prossegue, gaguejando e sem me olhar:

— Por que não me diz bom-dia? Eu também cheguei... hoje... Soube que o senhor estava neste hotel e vim vê-lo.

— Estou muito contente de ver você — digo, dando de ombros —, mas estou surpreendido... Você como que caiu do céu. Para quê está aqui?

— Eu? Assim... simplesmente, peguei e vim.

Silêncio. De repente, ela se ergue num arranco e caminha na minha direção.

— Nikolai Stiepânitch! — diz, empalidecendo e apertando as mãos sobre o peito — Nikolai Stiepânitch! Não posso mais viver assim! Não posso! Pelo amor do Deus verdadeiro, diga-me o quanto antes, já: o que devo fazer? Diga-me, o que fazer?

— O que posso dizer? — fico perplexo. — Não posso nada.

— Mas fale, eu lhe imploro! — continua ela, ofegante, o corpo todo trêmulo. — Juro-lhe que não posso mais viver assim! Não tenho mais forças!

Cai sobre uma cadeira e põe-se a soluçar. Jogou a cabeça para trás, estrala os dedos, bate os pés; o chapeuzinho caiu-lhe da cabeça e balança-se sobre o elástico, o penteado está desfeito.

— Ajude-me! Ajude-me! — implora. — Eu não posso mais!

Tira da sua bolsinha de viagem um lenço e, com ele, algumas cartas que lhe caem dos joelhos para o chão. Levanto-as, reconheço numa delas a letra de Mikhail Fiódorovitch e, sem querer, leio o fragmento de uma palavra: "apaixonad...".

— Não posso dizer nada a você, Kátia.

— Ajude-me! — soluça ela, agarrando-me a mão e beijando-a. — O senhor é meu pai, o meu único amigo! É inteligente, culto, viveu muito! Foi professor! Diga-me: o que devo fazer?

— Pela minha consciência, Kátia: não sei...

Estou perplexo, confuso, comovido por aqueles soluços, e mal me seguro sobre as pernas.

— Vamos almoçar, Kátia — digo, sorrindo tenso. — Chega de chorar!

E logo acrescento, a voz caída:

— Em breve, eu vou deixar de existir, Kátia...

— Ao menos uma palavra, ao menos uma palavra! — chora ela, estendendo-me os braços. — O que fazer?

— Que mulher esquisita, realmente... — balbucio. — Não compreendo! Tão inteligente, mas num átimo — aí está! — caiu em pranto...

Segue-se um silêncio. Kátia ajeita o penteado, põe o chapéu, depois amassa as cartas e enfia-as na bolsinha — e tudo isso em silêncio, sem se apressar. Tem o rosto, o peito e as luvas molhados de lágrimas, mas a expressão do seu rosto já é seca, severa... Olhando-a, tenho vergonha de ser mais feliz que ela. Foi somente pouco antes da morte, no ocaso dos meus dias, que notei em mim a ausência daquilo que os meus colegas filósofos denominam uma ideia geral, mas a alma dessa infeliz não conheceu e não há de conhecer abrigo a vida toda, toda!

— Vamos almoçar, Kátia — digo.

— Não, obrigada — responde ela com frieza.

Mais um minuto de silêncio.

— Não gosto de Khárkov — digo. — Há muita cor cinza. Uma cidade cinzenta.

— Sim, realmente... É feia... Vou passar pouco tempo aqui... Estou de passagem. Parto hoje mesmo.

— Para onde?

— Para a Crimeia... quer dizer, para o Cáucaso.

— Bem, por muito tempo?

— Não sei.

Kátia levanta-se e, tendo sorrido com frieza, estende-me a mão sem me olhar.

Tenho vontade de perguntar: "Quer dizer que não virá ao meu enterro?". Mas ela não me olha, tem a mão fria, como que alheia. Acompanho-a calado até a porta... Ei-la que saiu do meu quarto e caminha pelo corredor comprido, sem olhar para trás. Sabe que a sigo com os olhos, e, provavelmente, vai voltar-se na curva.

Não, não se voltou. O seu vestido negro apareceu pela última vez, não se ouviram mais os seus passos... Adeus, meu tesouro!

(1889)

ENFERMARIA Nº 6

I

No pátio do hospital, fica um pequeno pavilhão, rodeado por verdadeira floresta de bardanas, urtigas e cânhamo selvagem. Tem um telhado enferrujado, a chaminé está meio desabada, os degraus da entrada, apodrecidos e cobertos de capim, e sobram apenas vestígios do reboco das paredes. A face fronteira está voltada para o hospital, a de trás, para o campo, do qual é separado por um muro cinzento coberto de pregos. Esses pregos, de pontas para cima, o muro e o próprio pavilhão têm o aspecto tristonho e maldito que em nosso meio é exclusivo dos edifícios hospitalares e carcerários.

Se você não teme queimar-se nas urtigas, tomemos a vereda estreita que leva ao pavilhão, e vejamos o que sucede em seu interior. Abrindo a primeira porta, passamos à sala de entrada. Aqui, há verdadeiras montanhas de trastes hospitalares, empilhados junto às paredes e à estufa. Colchões, roupões velhos e esfarrapados, calças, camisas de listras azuis, sapatos muito gastos, completamente imprestáveis, todos esses molambos estão jogados em pilhas, amassados, misturaram-se, apodrecem e emitem um cheiro sufocante.

O guarda Nikita, velho soldado reformado, de dragonas que adquiriram uma cor ruiva, fica deitado sobre essa tralha, sempre com um cachimbo entre os lábios. Tem rosto severo, macilento, sobrancelhas caídas, que imprimem a esse rosto uma expressão de cão pastor da estepe, e nariz vermelho; não é alto, parece de compleição seca e fibrosa, mas tem o ar imponente e punhos robustos. Pertence ao número das pessoas ingênuas, positivas, eficientes e embotadas, que amam a ordem acima de tudo no mundo e, por isso, estão convencidas de que devem bater nos demais. Ele bate no rosto, no peito, nas costas, em qualquer parte, e está certo de que, de outro modo, não haveria ordem ali.

Depois, você entra numa sala espaçosa, que ocupa todo o pavilhão, com exceção da entrada. Suas paredes estão enlambuzadas de tinta de um azul-claro sujo, o teto está enfumaçado como numa isbá sem chaminé: é evidente que, no inverno, as estufas soltam fumaça, que impregna o ar. As janelas foram enfeadas interiormente por grades de ferro. O soalho é cinzento, soltando lascas. Há um odor fétido de chucrute, pavios queimados, percevejos e amoníaco, e, nos primeiros instantes, esse cheiro dá a você a impressão de ter entrado num jardim zoológico.

Há na sala camas aparafusadas ao soalho. Nelas estão sentadas ou deitadas pessoas de roupão hospitalar azul e de barrete de dormir, à antiga. São dementes.

Ao todo, há cinco internados. Somente um é de condição nobre, os demais são pequeno-burgueses. O primeiro a partir da porta é alto, magricela, de bigodes ruivos, brilhantes, e olhos de choro, fica sentado, apoiando a cabeça, e olha para um ponto determinado. Entristecido de manhã à noite, balança a cabeça, suspira e sorri amargamente; é raro participar das conversas e geralmente não responde às perguntas. Come e bebe maquinalmente, quando servem. A julgar pela tosse batida, torturante, pela magreza e pelo rubor das faces, está em início de tísica.

Segue-se um velho miúdo, vivo, de movimentos muito lestos, de barbicha em ponta e cabelos pretos, crespos como os de um negro. De dia, fica passeando pela enfermaria, de uma janela a outra, ou permanece sentado na cama, as pernas encolhidas à turca, e incansavelmente, como um psico-

184   A. P. Tchekhov

pata, assobia, canta baixo e solta risinhos. Manifesta uma alegria infantil e um gênio vivo mesmo de noite, quando se levanta a fim de rezar a Deus, isto é, para bater no peito com os punhos e para esgaravatar a porta com o dedo. É o abobalhado judeu Moissieika,[1] que perdeu a razão há uns vinte anos, quando se incendiou a sua oficina de chapeleiro.

De todos os inquilinos da Enfermaria nº 6, é o único autorizado a sair do pavilhão e, mesmo, ir para a rua. Goza desde muito tempo desse privilégio, provavelmente na qualidade de velho inquilino do hospital e como um idiota manso, inócuo, como um truão da cidade, que todos se acostumaram há muito a ver nas ruas, rodeado de moleques e cachorros. De roupãozinho, barrete ridículo e chinelos, às vezes descalço e mesmo sem calças, ele percorre as ruas, parando junto aos portões e às vendas, esmolando um copequezinho. Dão-lhe *kvás*,[2] pão, um copequezinho, de modo que geralmente volta ao pavilhão saciado e rico. Nikita apropria-se, porém, de tudo o que ele traz. O soldado fá-lo rudemente, arrebatado, revirando os bolsos do doente e apelando a Deus como testemunha de que nunca mais haverá de soltar o judeu para a rua, e que as infrações da ordem são para ele o que pode haver de pior no mundo.

Moissieika gosta de ser serviçal. Serve água aos companheiros, cobre-os quando dormem, oferece a cada qual um copequezinho que vai trazer da rua e um chapéu novo que vai costurar; é ele ainda quem alimenta de colher o paralítico, seu companheiro da esquerda. Age assim não por comiseração ou qualquer consideração humanitária, mas imitando e submetendo-se involuntariamente ao seu companheiro da direita, Gromov.

Ivan Dmítritch Gromov, homem de uns trinta e três anos, de condição nobre, ex-oficial de justiça e ex-amanuense pro-

[1] Diminutivo de Moissiéi (Moisés).

[2] Bebida fermentada, muito popular na Rússia.

Enfermaria nº 6

185

vincial, sofre de mania de perseguição. Ora fica deitado na cama, enroscado, ora caminha de um canto a outro, como que para fazer um exercício físico, e raramente se senta. Está sempre excitado, perturbado e tenso numa espera confusa, indefinida. Basta o menor bulício na sala de entrada ou grito no pátio para que ele erga a cabeça e ponha-se à escuta: não é gente que vem buscá-lo? Não é a ele que procuram? E o seu rosto expressa então extrema inquietação e repugnância.

Agrada-me o seu rosto largo, de maçãs salientes, sempre pálido e infeliz, que reflete, como um espelho, uma alma esgotada na luta e no temor contínuo. As suas caretas são estranhas e doentias, mas os traços finos, depositados em seu rosto por um sofrimento profundo e sincero, são sensatos, de pessoa culta, e os olhos têm um brilho cálido, sadio. Agrada-me a sua pessoa em geral: educado, serviçal e extraordinariamente delicado no trato com todos, com exceção de Nikita. Se alguém perde um botãozinho ou a colher, ele se ergue depressa da cama e levanta o objeto. Todas as manhãs, cumprimenta os companheiros com um bom-dia, indo dormir deseja-lhes boa noite.

Além do estado sempre tenso e das caretas, a sua loucura expressa-se pelo seguinte. Às vezes, ao anoitecer, fecha bem o seu roupãozinho e, tremendo com todo o corpo, batendo os dentes, põe-se a caminhar depressa de um canto a outro e entre as camas. É como se tivesse uma febre intensa. Pela maneira com que se detém de repente e lança um olhar aos companheiros, vê-se que deseja dizer algo muito importante, mas, considerando provavelmente que não vão ouvi-lo, ou que não o compreenderão, sacode impaciente a cabeça e continua a caminhada. Logo, porém, o desejo de falar sobrepuja todas as considerações, e ele se concede liberdade, passando a discorrer calorosa e apaixonadamente. A sua fala é desordenada, febril, como que num delírio, por arrancos e nem sempre compreensível, mas, em compensação, percebe-se nela, tanto na voz como nas palavras, algo extraordinariamente bom. Quando fala, você reconhece nele o louco e, ao mesmo tempo, a pessoa humana. É difícil transmitir no papel a sua fala demente. Ele trata da ignomínia dos homens, da coação, que oprime a verdade, da existência bela que, dentro de algum tempo, existirá sobre a terra, das grades nas janelas, que lhe recordam a todo momento o espírito embotado e as crueldades dos opressores. Resulta disso uma sucessão desordenada, desconexa, de velhas canções que ainda não foram cantadas até o fim.

II

Há doze ou quinze anos, vivia na principal rua da cidade, em casa própria, o funcionário Gromov, homem respeitável e de posses. Tinha dois filhos: Sierguéi e Ivan. Estando já no quarto ano da universidade, Sierguéi adoeceu de tuberculose galopante e morreu, e essa morte como que serviu de início a toda uma série de desgraças, que de repente se despencaram sobre a família dos Gromov. Uma semana depois do enterro de Sierguéi, o velho pai foi processado por fraudes e peculato e, pouco depois, morria de tifo, no hospital da prisão. A casa e todos os bens móveis foram vendidos em leilão, e Ivan Dmítritch e a mãe ficaram completamente desprovidos de recursos.

Enquanto vivia o pai, Ivan Dmítritch recebia em Petersburgo, onde estudava na universidade, sessenta a setenta rublos por mês e não tinha qualquer noção sobre dificuldades pecuniárias, mas agora precisou modificar abruptamente a sua vida. Teve que dar de manhã à noite aulas de vintém, ocupar-se de cópias e assim mesmo passar fome, pois enviava todos os seus ganhos à mãe, para o sustento. Ivan Dmítritch não suportou semelhante vida; esmoreceu, debilitou-se e, largando a universidade, viajou para casa. Aqui na cidadezinha, recebeu por meio de proteção um cargo de professor na escola distrital, mas não se deu bem com os colegas, não agradou aos alunos e não tardou a abandonar o emprego. Sua mãe morreu. Passou cerca de meio ano desempregado, alimentando-se unicamente de pão e água, em seguida aceitou um cargo de oficial de justiça. Ocupou-o até ser exonerado por motivo de doença.

Nunca, mesmo nos seus anos de universidade, dera a impressão de ter saúde. Estava sempre pálido, magro, suscetível a resfriados, comia pouco, dormia mal. Uma taça de vinho fazia-lhe girar a cabeça e originava uma crise histérica. Era sempre atraído pela companhia de gente, mas, graças à sua desconfiança e caráter irritadiço, não se tornava íntimo de ninguém e não tinha amigos. Referia-se sempre com desdém aos habitantes da cidade, dizendo que a sua ignorância crassa e a vida sonolenta e animalesca pareciam-lhe ignóbeis, repugnantes. Falava com voz de tenor, alto, exaltado, ora com indignação, ora com surpresa e entusiasmo, e sempre com sinceridade. Por mais diversos que fossem os assuntos de uma conversa, reduzia-os sempre ao mesmo: a vida na cidade era abafada, aborrecida, a sociedade ali não possuía interesses superiores e levava uma vida apagada, sem sentido, diversificando-a com a coação sobre os mais fracos, uma devassidão rude e a hipocrisia; os calhordas estavam vestidos e alimentados, enquanto as pessoas honestas alimentavam-se de migalhas; eram necessários escolas, um jornal local com orientação honesta, um teatro, leituras públicas, uma união das forças intelectuais; era preciso que a sociedade tomasse conhecimento de si mesma e ficasse horrorizada. Nos seus julgamentos sobre as pessoas, ele esparzia tintas concentradas, apenas brancas e pretas, não reconhecendo quaisquer matizes; a humanidade, no seu entender, dividia-se em gente honesta e canalhas, e não existia um meio-termo. Falava sempre apaixonadamente, com exaltação, das mulheres e do amor, mas nunca estivera apaixonado.

Apesar do seu nervosismo e das opiniões abruptas, gostavam dele na cidade e, pelas costas, chamavam-no carinhosamente de Vânia.[3] A sua delicadeza inata, a presteza em servir, os bons costumes, a pureza moral, a par da casaca pequena e puída, da aparência doentia e dos infortúnios domésticos, inspiravam um sentimento bom, cálido e dolente; ademais, ele era bem culto, tinha muita leitura, sabia, na opinião dos concidadãos, tudo e era na cidade algo semelhante a um dicionário enciclopédico ambulante.

De fato, suas leituras eram numerosas. Passava muito tempo sentado no clube, repuxando nervosamente a barbicha, folheando livros e revistas; e pelo seu rosto via-se que ele não lia propriamente, mas engolia os textos, mal tendo o tempo de os mastigar. Deve-se supor que a leitura fosse um dos seus hábitos mórbidos, pois, com igual avidez, ele se lançava sobre o que lhe caía nas mãos, até sobre os jornais e calendários do ano anterior. Em casa, lia sempre deitado.

III

Certa manhã de outono, tendo erguido a gola da capa e chapinhando na lama, Ivan Dmítritch avançava por becos e fundos de quintal na direção da casa de um pequeno-burguês, a fim de dar cumprimento a uma ação executória. Estava de ânimo sombrio, como sempre pela manhã. Num dos becos, encontrou dois presos com as respectivas grilhetas, acompanhados de quatro guardas armados. Anteriormente, Ivan Dmítritch encontrara presos com muita frequência, e sempre lhe suscitaram sentimentos de comiseração e constrangimento, mas dessa vez o encontro causou-lhe uma impressão peculiar, estranha. Por algum motivo, pareceu-lhe de repente que também ele poderia ser agrilhoado e conduzido dessa maneira, sobre a lama, para a prisão. Depois da visita ao peque-

[3] Diminutivo de Ivan.

Enfermaria nº 6

no-burguês, ao voltar para casa, encontrou junto aos Correios um agente da polícia, seu conhecido, que o cumprimentou e caminhou ao seu lado alguns passos pela rua, e por alguma razão isso lhe pareceu suspeito. Em casa, o dia todo, não lhe saíram da cabeça os presos e os soldados de fuzil, e um alarma interior, incompreensível, impediu-o de ler e de se concentrar. À noitinha, não acendeu a luz, não dormiu, não cessando de pensar em que podia ser preso, agrilhoado e encerrado numa prisão. Não sabia de nenhuma transgressão que tivesse cometido e era capaz de jurar que também no futuro jamais haveria de matar, incendiar algo ou roubar; mas é acaso difícil cometer um crime sem querer, e não são também possíveis a calúnia ou mesmo um erro judiciário? Não é por acaso que a experiência secular do povo ensina a não jurar que se estará sempre livre da prisão e da sacola do mendigo.[4] E, com o sistema judiciário moderno, um erro é bem possível e não se deve estranhar. As pessoas que têm uma relação oficial e profissional com o sofrimento alheio, por exemplo, juízes, policiais, médicos, com o correr do tempo, por força de hábito, ficam a tal ponto curtidas que, mesmo querendo, só podem tratar os seus clientes de maneira formal; por esse aspecto, não se distinguem em nada do mujique que mata carneiros e bezerros num fundo de quintal e não repara sequer no sangue. E, na ocorrência de uma relação formal, sem alma, para com a personalidade humana, um juiz, para destituir um homem inocente de todos os direitos civis e condená-lo aos trabalhos forçados, só precisa do seguinte: tempo. Apenas tempo para a execução de umas poucas formalidades, pelas quais o juiz recebe um ordenado, e a seguir tudo acaba. E vá alguém procurar depois justiça e uma defesa, nessa cidadezinha suja, a duzentas verstas da estrada de ferro! E não será ridículo cogitar de justiça, quando toda violência é recebida pela sociedade como uma necessidade razoá-

---

[4] Alusão a um provérbio russo.

vel e oportuna, e quando todo ato de piedade, por exemplo, uma sentença absolutória, provoca uma verdadeira explosão do sentimento de vingança insatisfeito?

De manhã, Ivan Dmítritch levantou-se horrorizado do leito, com um suor frio sobre a testa, já completamente certo de que podia ser preso a qualquer momento. Se os pensamentos penosos da véspera por tanto tempo não o abandonavam, pensava, isso queria dizer que tinham pelo menos uma dose de verdade. De fato, não podiam ter-lhe acudido à mente sem nenhuma razão.

Sem se apressar, um guarda-civil passou junto às suas janelas: não era em vão. Eis que duas pessoas detiveram-se caladas junto à sua casa. Por que estavam caladas?

Seguiram-se para Ivan Dmítritch dias e noites de tortura. Todos os que passavam junto às janelas ou que entravam no pátio pareciam-lhe espiões e detetives. Ao meio-dia, o delegado de polícia costumava passar pela rua, num carro puxado por dois cavalos; é que ele ia então da sua propriedade, nos arredores, para a sede da delegacia, mas Ivan Dmítritch tinha sempre a impressão de que ele ia com demasiada velocidade e que tinha certa expressão peculiar no rosto: provavelmente, apressava-se a anunciar que na cidade aparecera um criminoso muito importante. Ivan Dmítritch estremecia a todo toque de campainha e batida no portão, atormentava-se se topava em casa da senhoria uma pessoa nova; ao encontrar policiais civis ou militares, sorria e assobiava, aparentando indiferença. Passava noites a fio sem dormir, esperando ser preso, mas roncava e suspirava alto, para que a senhoria o julgasse dormindo; pois, se não dormisse, isso significaria que era atormentado pela consciência: e que prova acusatória! Os fatos e a lógica sã convenciam-no de que todos esses temores eram tolices e psicopatia, e que, encarando-se o caso de maneira mais ampla, não havia motivo para se temer a prisão, bastava ter a consciência tranquila; mas quanto mais inteligentes e lógicos eram os seus argumentos,

Enfermaria n° 6

tanto mais forte e penoso tornava-se o seu alarma interior. Isto se assemelhava ao episódio em que um eremita quis desbravar para si uma areazinha numa floresta virgem: quanto mais aplicadamente ele trabalhava com o machado, mais densa e forte crescia a mata. Vendo por fim que era inútil argumentar, Ivan Dmítritch deixou de todo de fazê-lo e entregou--se completamente ao desespero e ao medo.

Passou a isolar-se, a fugir das pessoas. Mesmo antes, o serviço lhe repugnava, mas agora tornou-se para ele insuportável. Temia que um dia viessem a enganá-lo, pondo-lhe às escondidas no bolso um dinheiro de suborno, para depois pilhá-lo em flagrante, ou ele mesmo cometesse, ao lidar com papéis oficiais, um engano correspondente a uma falsificação, ou então perdesse dinheiro alheio. É estranho que nunca, em outros tempos, o seu pensamento fosse tão ágil e inventivo como agora quando, diariamente, inventava milhares de pretextos diferentes para temer seriamente por sua liberdade e honra. Mas, em compensação, enfraquecera num grau considerável o seu interesse pelo mundo exterior, particularmente em relação aos livros, e a memória começou a traí-lo fortemente.

Na primavera, quando a neve se derreteu, encontraram numa ravina junto ao cemitério os cadáveres semiapodrecidos de uma velha e de um menino, com sinais de morte violenta. Esses cadáveres e os assassinos desconhecidos tornaram-se o tema único das conversas na cidade.

Para que ninguém suspeitasse ser ele o assassino, Ivan Dmítritch passou a andar sorrindo pelas ruas, e encontrando conhecidos, empalidecia, corava, e punha-se a convencê--los de que não havia crime mais ignóbil que o assassínio de gente fraca e indefesa. Mas essas mentiras em breve extenuaram-no e, após alguma reflexão, decidiu que, na sua situação, o melhor era esconder-se na adega da senhoria. Passou ali um dia, depois uma noite e o dia seguinte, ficou com muito frio e, tendo esperado que escurecesse, esgueirou-se como um ladrão para o seu quarto. Até o amanhecer, ficou de pé no meio deste, sem se mexer, o ouvido atento. Bem cedo, ainda antes do erguer do sol, limpa-chaminés chegaram aos compartimentos ocupados pela senhoria; Ivan Dmítritch sabia muito bem que eles haviam chegado ali para reformar o fogão na cozinha, mas o medo sugeriu-lhe que eram policiais disfarçados de limpa-chaminés. Saiu de casa às escondidas e, presa de pavor, correu pela rua sem chapéu nem casaca. Cachorros perseguiram-no latindo, um mujique gritou alhures atrás dele, o ar assobiou-lhe nos ouvidos, e Ivan Dmítritch teve a impressão de que a violência do mundo inteiro concentrara--se atrás das suas costas e perseguia-o.

Detiveram-no, conduziram-no para casa e mandaram a senhoria chamar o médico. O Dr. Andréi Iefímitch, do qual trataremos adiante, receitou compressas frias na testa e gotas de louro e cereja, balançou tristonho a cabeça e saiu, dizendo à senhoria que não voltaria mais, pois não se devia impedir as pessoas de perder o juízo. Visto que em casa não havia com que viver e tratar-se, Ivan Dmítritch foi em breve enviado para o hospital e internado na enfermaria para doenças venéreas. Não dormia de noite, fazia manha e incomodava os doentes, e, pouco depois, por determinação de Andréi Iefímitch, transferiram-no para a Enfermaria nº 6.

Um ano depois, os habitantes da cidade já tinham esquecido completamente a existência de Ivan Dmítritch, e os seus livros, amontoados pela senhoria num trenó encostado no alpendre, foram surrupiados pelos moleques.

IV

Como eu já disse, Ivan Dmítritch tinha como vizinho da esquerda o judeu Moissieika; o da direita era um mujique quase redondo, afundado em banha, com um rosto embotado, completamente inexpressivo. Um animal imóvel, guloso e nada asseado, que já perdera, havia muito, a capacidade de pensar e de sentir. Exalava continuamente um cheiro agudo, sufocante.

Nikita, que arruma a sua cama, bate nele terrivelmente, dando o máximo impulso e sem poupar os punhos; e o que há de terrível não é o fato de se bater nele — uma pessoa pode acostumar-se a isso — mas o de que esse animal embotado não responde aos golpes quer com um som, quer com um movimento, quer com uma expressão dos olhos, mas apenas se balança ligeiramente, como um barril pesado.

O quinto e último inquilino da Enfermaria nº 6 é um pequeno-burguês, que já trabalhou de classificador nos Correios, um louro miúdo, magro, de rosto bondoso, mas um tanto malicioso. A julgar pelos olhos inteligentes, tranquilos, de expressão clara e alegre, ele sabe o que quer e tem certo segredo muito importante e agradável. Esconde sob o travesseiro e sob o colchão algo que não mostra a ninguém, mas não por temor de que lhe tirem isso ou roubem, e sim de vergonha. Às vezes, acerca-se da janela e, dando as costas aos companheiros, veste alguma coisa sobre o peito e olha tudo de cabeça inclinada; se alguém se acerca nesse momento, ele encabula e arranca de cima do peito um objeto. Mas não é difícil adivinhar-lhe o segredo.

— Dê-me os parabéns — diz ele muitas vezes a Ivan Dmítritch. — Fui apontado para receber a ordem de São Estanislau de segunda classe com estrela. A segunda classe com estrela é conferida unicamente a estrangeiros, mas, não sei por quê, pretendem fazer uma exceção em minha homenagem — sorri ele, dando de ombros, surpreso. — Devo confessar que não esperava por isso!

— Eu não entendo nada desse assunto — declara Ivan Dmítritch, sombrio.

— Mas sabe o que vou conseguir cedo ou tarde? — prossegue o ex-classificador, entrecerrando com malícia os olhos. — Vou receber sem falta a Estrela Polar sueca. É uma condecoração que merece alguma correria para obtê-la. Uma cruz branca e fita preta. É muito bonita.

Provavelmente, em nenhum outro lugar a vida é tão monótona como nesse pavilhão. De manhã, os doentes, com exceção do paralítico e do mujique gordo, lavam-se na sala de entrada numa grande tina e enxugam-se com a beirada dos roupões; depois, tomam em canecas de estanho chá trazido por Nikita do edifício principal. Cada um recebe uma caneca. Ao meio-dia, comem *schi* de chucrute e *kacha*,[5] à noitinha jantam a *kacha* que sobrou do almoço. Nos intervalos, ficam deitados, dormem, espiam pelas janelas e caminham de um canto a outro. E assim todos os dias. Até o ex-classificador fala sempre das mesmas condecorações.

Raramente aparece gente nova na Enfermaria nº 6. Há muito tempo que o médico não aceita dementes novos, e não são numerosos neste mundo os que apreciam visitas a manicômios. Uma vez em dois meses, aparece ali o barbeiro Siemión Lázaritch. Não falaremos de como ele corta o cabelo dos dementes, de como Nikita o ajuda nessa operação, nem da perturbação que sempre causa aos doentes o aparecimento do barbeiro bêbado e sorridente.

Além do barbeiro, ninguém aparece no pavilhão. E os doentes estão condenados a ver todos os dias somente Nikita.

Aliás, recentemente, um boato bastante estranho espalhou-se no hospital.

Murmurou-se que a Enfermaria nº 6 passara a ser visitada pelo médico.

V

Estranho boato!
O Dr. Andréi Iefímitch Ráguin é uma pessoa admirável

[5] Espécie de papa de cereais.

em seu gênero. Dizem que, bem jovem ainda, fora muito religioso, preparara-se para a carreira eclesiástica, e que, terminado o ginásio em 1863, pretendia ingressar na Academia Teológica, mas que o seu pai, doutor em medicina e cirurgião, riu dele com sarcasmo e declarou categoricamente que não o consideraria mais seu filho, se ele fosse ser pope. Não sei a que ponto isso é verdade, mas o próprio Andréi Iefímitch confessou mais de uma vez que nunca sentira vocação para a medicina e para as ciências aplicadas em geral.

Em todo caso, terminado o curso de Medicina, ele não foi ser sacerdote. Não manifestava religiosidade e, no início da sua carreira médica, tal como agora, não lembrava em nada um eclesiástico.

Tem um físico pesado, rude, de mujique; com o seu rosto, a barba, os cabelos lisos e fortes, o corpo desengonçado, parece um taverneiro de beira de estrada, comilão, descontrolado, de caráter abrupto. Seu rosto é severo, coberto de veias azuis, os olhos miúdos, o nariz vermelho. De porte elevado e ombros largos, tem pés e mãos enormes; infunde a impressão de que, dando um soco, poria para fora os bofes da vítima. Mas tem o passo quieto, uma andadura cautelosa, de quem se esgueira sempre; ao encontrar alguém num corredor estreito, ele é invariavelmente o primeiro a deter-se, a fim de dar passagem, e diz, não com voz de baixo, como seria de esperar, mas com um tenorino suave, fino: "Perdão!". Tem no pescoço uma pequena inchação, que o impede de usar colarinhos engomados e ásperos, e por isso se apresenta sempre com uma camisa macia, de linho ou algodão. De modo geral, não se veste como um médico. Usa há uns dez anos o mesmo terno, e as peças novas de roupa que costuma comprar na loja judia parecem nele tão usadas e amassadas como as velhas; com a mesma casaca, ele recebe os pacientes, janta e faz visitas; e isso não por avareza, mas por absoluta desatenção para com a aparência.

Quando Andréi Iefímitch chegou à cidade, a fim de tomar posse do cargo, a "instituição devota" estava numa situação terrível. Um odor fétido tornava difícil a respiração nas enfermarias, nos corredores e no pátio do hospital. Os criados, as enfermeiras e seus filhos dormiam nas enfermarias junto com os doentes. Havia queixas de que as baratas, percevejos e camundongos tornavam a vida insuportável. Na seção de cirurgia, não se dava cabo da erisipela. Em todo o hospital, havia apenas dois bisturis e nenhum termômetro, guardava-se batata nas banheiras. O vigia, a roupeira e o enfermeiro roubavam os doentes, e dizia-se do velho médico, predecessor de Andréi Iefímitch, que ele se ocupara secretamente da venda do álcool hospitalar e que constituíra um verdadeiro harém de enfermeiras e internadas no estabelecimento. Na cidade, sabia-se muito bem dessas irregularidades, que eram até exageradas, mas os habitantes encaravam-nas com tranquilidade; uns justificavam-nas pelo fato de que no hospital eram internados apenas mujiques e pequeno-burgueses, que não podiam ficar descontentes, pois em casa viviam muito pior ainda; não se devia, naturalmente, alimentá-los com carne de perdiz! Outros diziam, em justificação, que a municipalidade, sem o auxílio do *ziemstvo*, não podia manter um bom hospital; graças a Deus se havia um, ainda que ruim. E o *ziemstvo*, recém-formado, não fundava um hospital, quer na cidade, quer na vizinhança, baseando-se em que a cidade já possuía um.

Tendo examinado o hospital, Andréi Iefímitch chegou à conclusão de que era uma instituição imoral e altamente nociva à saúde dos habitantes. A seu ver, o que havia de mais inteligente a fazer era soltar os doentes e fechar o hospital. Compreendeu, porém, que, para isso, não bastava a sua vontade e que seria inútil; expulsando-se a impureza física e moral de uma parte, ela passa a outra; era preciso esperar que se desfizesse por si. Ademais, se as pessoas fundaram um hospital e toleravam-no em seu meio, queria dizer que este lhes era necessário; os preconceitos e todas essas ignomínias e bai-

Enfermaria nº 6

xezas do cotidiano são necessários, pois, com o passar do tempo, transformam-se em algo consistente, como o esterco em húmus. Não existe sobre a terra nada de bom que não tenha na sua origem alguma vilania.

Tendo aceitado o emprego, Andréi Iefímitch pareceu encarar as irregularidades com bastante indiferença. Pediu apenas aos criados do hospital e às enfermeiras que não pernoitassem mais nas enfermarias e instalou dois armários com instrumentos; mas o vigia, a roupeira, o enfermeiro e a erisipela cirúrgica permaneceram nos lugares primitivos.

Andréi Iefímitch ama extraordinariamente a inteligência e a honestidade, mas faltam-lhe caráter e fé no seu direito, para organizar junto a si uma vida inteligente e honesta. Decididamente, não sabe ordenar, proibir e insistir. É como se tivesse feito a si mesmo a promessa de não elevar jamais a voz e não empregar o modo imperativo. Para ele, é difícil dizer "me dê" ou "traga"; quando quer comer, tosse indeciso e diz à cozinheira: "Eu gostaria de tomar chá..." ou "Eu gostaria de jantar". Está absolutamente acima das suas forças dizer ao vigia que deixe de roubar, enxotá-lo ou suprimir de vez esse cargo inútil, parasitário. Quando enganam Andréi Iefímitch, ou adulam-no, ou dão-lhe para assinar uma fatura reconhecidamente falsa, ele cora como uma lagosta e sente-se culpado, mas assim mesmo assina a fatura; quando os doentes queixam-se da fome ou das enfermeiras rudes, ele fica encabulado e balbucia com ar de culpado:

— Está bem, está bem, vou verificar isso depois... Deve ser algum mal-entendido...

Nos primeiros tempos, trabalhou com muito afinco. Recebia os doentes todos os dias, de manhã até a hora do jantar, operava e até se ocupava de partos. As senhoras diziam dele que era atencioso e adivinhava admiravelmente as doenças, sobretudo as de criança e as de mulher. Mas, com o passar do tempo, a ocupação evidentemente enfadou-o com a monotonia e a inutilidade flagrante. Hoje se recebem trinta doentes e, amanhã, quando menos se espera, juntam-se trinta e cinco, depois de amanhã quarenta, e assim todos os dias, de ano em ano, enquanto a mortalidade no município não diminui e os doentes não param de vir. É materialmente impossível ministrar uma ajuda séria a quarenta doentes, que vêm ao consultório desde a manhã até a hora do jantar, de modo que, mesmo sem querer, resulta disso um embuste. Num ano de exercício do cargo, recebera doze mil doentes, quer dizer, raciocinando com simplicidade, enganara doze mil pessoas. Não se podia também internar os doentes graves nas enfermarias e tratá-los de acordo com as regras da ciência, pois existiam as regras, e não a ciência; mas, no caso de se deixar de lado a filosofia e obedecer pedantemente às regras, como os demais médicos, eram necessários em primeiro lugar asseio e ventilação em vez da sujeira, uma alimentação sadia e não *schi* de chucrute fétido, e bons auxiliares em lugar de ladrões.

E para que impedir os homens de morrer, se a morte constitui o fim normal e legítimo de cada um? O que adianta a algum comerciante ou funcionário viver mais uns cinco ou dez anos? Mas, se se considera como objetivo da medicina o alívio do sofrimento, surge sem que se queira, a pergunta: para que aliviá-lo? Em primeiro lugar, dizem que os sofrimentos conduzem o homem à perfeição e, em segundo, se a humanidade aprender realmente a aliviar os seus sofrimentos por meio de gotas e pílulas, há de abandonar completamente a religião e a filosofia, nas quais até agora encontrou não só uma defesa contra todas as desgraças, mas até felicidade. Antes de morrer, Púchkin sofreu dores terríveis, o coitado do Heine passou alguns anos deitado, com paralisia; por que então não deixar sofrer algum Andréi Iefímitch ou Matriona Sávichna, cuja vida não tem sentido e seria completamente vazia, assemelhando-se à vida de uma ameba, se não fosse o sofrimento?

Oprimido por tais pensamentos, Andréi Iefímitch deixou pender os braços e parou de frequentar o hospital diariamente.

VI

Eis como passa a vida. Costuma levantar-se por volta de oito horas, veste-se então e toma chá. Em seguida, senta-se para ler em seu escritório, ou vai ao hospital. Ali, há pacientes do ambulatório, sentados num corredorzinho escuro e estreito, à espera de serem atendidos. Junto a eles, correm enfermeiras e criados batendo os tacões das botas no chão de tijolo, passam doentes esquálidos, de roupão, carregam-se cadáveres e vasilhas com excrementos, há crianças chorando, formam-se correntes de ar. Andréi Iefímitch sabe que tal ambiente é uma tortura para doentes febris, tísicos e impressionáveis em geral, mas que fazer? É recebido no consultório pelo enfermeiro Sierguéi Sierguéitch, homem miúdo, gordo, de rosto rechonchudo, barbeado e bem lavado, de gestos suaves, harmoniosos, de terno folgado e novo, e que mais parece um senador que enfermeiro. Possui na cidade uma vastíssima clientela, usa gravata branca e se considera mais competente que o médico, que não tem pacientes particulares. A um canto da sala, há uma grande imagem, num oratório, com uma pesada lâmpada votiva; ao lado, uma imagem de dobrar, coberta de pano branco; nas paredes, retratos de arcebispos, uma vista do Mosteiro de Sviatogórsk e coroas de centáureas azuis secas. Sierguéi Sierguéitch é religioso e ama as pompas do culto. A imagem foi colocada ali por sua conta; aos domingos, por sua ordem, algum dos doentes declama um acatisto, e, em seguida, o próprio Sierguéi Sierguéitch percorre todas as enfermarias com um turíbulo, esparzindo nelas incenso.

Os doentes são muitos, o tempo escasso, e, por isso, o trabalho se limita a um curto interrogatório e à entrega de algum remédio, como unguento volátil ou óleo de rícino. An-

A. P. Tchekhov

dréi Iefímitch fica sentado, a face apoiada no punho, pensativo, e formula maquinalmente as perguntas. Sierguéi Sierguéitch fica igualmente sentado, esfrega as mãozinhas e de raro em raro intervém na conversa.

— Sofremos doenças e necessidades porque — diz ele — rezamos mal a Deus misericordioso. Sim!

Nas horas de consulta, Andréi Iefímitch não realiza nenhuma operação; há muito, já se desacostumou delas, e a vista de sangue lhe dá um desassossego desagradável. Quando se torna necessário abrir a boca de uma criança, para olhar-lhe a garganta, e a criança grita e defende-se com as mãozinhas, a cabeça de Andréi Iefímitch gira por causa do barulho e lágrimas aparecem-lhe nos olhos. Apressa-se então a receitar um remédio e agita os braços, para que a mulher leve logo a criança.

Durante a consulta, não tarda a ficar aborrecido com a timidez e parvoíce dos doentes, com a proximidade do pomposo Sierguéi Sierguéitch, com os retratos nas paredes e com as suas próprias perguntas, que formula invariavelmente há mais de vinte anos. E ele se retira depois de atender a cinco ou seis doentes. Os demais são atendidos, na sua ausência, pelo enfermeiro.

Chegando em casa com o pensamento agradável de que, graças a Deus, há muito tempo não possui mais clínica particular, Andréi Iefímitch senta-se sem tardança à mesa do escritório e começa a ler. Lê muitíssimo e sempre com grande prazer. Consome a metade do ordenado na compra de livros, e dos seis cômodos do seu apartamento três estão abarrotados de livros e revistas velhas. Aprecia mais que tudo obras sobre história e filosofia; no campo da medicina, assina unicamente *O Médico*[6] que sempre começa a ler pelo fim. A leitura leva algumas horas seguidas, o que não o deixa cansado. Não lê com a mesma rapidez e impetuosidade de Ivan

---

[6] A revista *Vratch*.

Dmítritch outrora, e sim devagar, com penetração, detendo-se com frequência nas passagens que lhe agradam ou que não compreende. Junto ao livro, há sempre uma bilha de vodca e um pepino azedo ou maçã em conserva, sem prato, diretamente sobre a toalha. Cada meia hora, sem tirar os olhos do livro, ele enche um cálice de vodca e bebe, depois apalpa sem olhar o pepino e morde um pedacinho.

Às três, aproxima-se cautelosamente da porta da cozinha, tosse um pouco e diz:

— Dáriuchka,[7] eu gostaria de jantar...

Depois do jantar, bastante ordinário e pouco asseado, Andréi Iefímitch caminha pelos quartos do apartamento, as mãos cruzadas sobre o peito, e pensa. Batem quatro horas, depois cinco, e ele não para de caminhar e pensar. De raro em raro, range a porta da cozinha e aparece nela o rosto vermelho, sonolento, de Dáriuchka.

— Andréi Iefímitch, não está na sua hora de tomar cerveja? — pergunta ela, preocupada.

— Não, ainda não é hora... — responde ele. — Eu vou esperar... esperar...

À noitinha, vem geralmente o chefe dos Correios, Mikhail Avieriânitch, a única pessoa na cidade cuja companhia não pesa a Andréi Iefímitch. Mikhail Avieriânitch foi um dia proprietário rural muito rico e serviu na Cavalaria, mas ficou na miséria e, já entrado em anos, ingressou no serviço dos Correios. Tem aspecto sadio, animado, magníficas suíças grisalhas, maneiras educadas e uma voz sonora, agradável. É bondoso e sentimental, mas irritadiço. Quando nos Correios uma parte protesta, não concorda ou simplesmente se põe a argumentar, Mikhail Avieriânitch fica vermelho, treme com todo o corpo e grita numa voz de trovão: "Cale-se!", de modo que os Correios já adquiriram há muito a fama de repartição que dá medo frequentar. Mikhail Avieriânitch respeita

[7] Diminutivo de Dária.

e ama Andréi Iefímitch pela sua cultura e nobreza de espírito, mas trata os demais habitantes do alto, como se fossem seus subalternos.

— E aqui estou eu! — diz, entrando em casa de Andréi Iefímitch. — Boa tarde, meu querido! Vai ver que já lhe enjoei, hem?

— Pelo contrário, estou muito contente — responde o médico. — Estou sempre contente de vê-lo.

Os amigos sentam-se no divã do escritório e ficam algum tempo fumando em silêncio.

— Dáriuchka, gostaríamos de uma cerveja! — diz Andréi Iefímitch.

Bebem a primeira garrafa igualmente em silêncio: o médico pensativo, e Mikhail Avieriânitch com um ar alegre, vivo, como uma pessoa que tem algo muito interessante a contar. É sempre o doutor quem inicia a conversa.

— Que pena — diz ele devagar, suavemente, balançando a cabeça e sem fitar o interlocutor nos olhos (nunca encara as pessoas) —, que grande pena, meu respeitável Mikhail Avieriânitch, que na nossa cidade não haja absolutamente pessoas que saibam e gostem de manter uma conversa inteligente e interessante. Isso constitui para nós uma privação enorme. Mesmo os intelectuais de ofício não se elevam acima da vulgaridade; o grau da sua cultura, asseguro-lhe, não está de nenhum modo acima da classe inferior.

— Absolutamente certo. Estou de acordo.

— Você mesmo sabe — prossegue o médico, suave e pausadamente — que neste mundo tudo é sem importância e desinteressante, a não ser as manifestações espirituais superiores da razão humana. A inteligência traça uma fronteira nítida entre o animal e o homem, lembra a natureza divina do segundo e, de certo modo, substitui para ele a imortalidade, que não existe. Por conseguinte, a razão constitui a única fonte possível do prazer. Mas nós não vemos, não sentimos junto a nós a razão: quer dizer que estamos privados do

Enfermaria nº 6

prazer. É verdade, nós temos livros, mas isso não é de modo algum o mesmo que uma conversa viva, que o trato humano. Se me permite fazer uma comparação um tanto infeliz, os livros são as notas de música, e a conversa, o canto.

— Absolutamente certo.

Segue-se uma pausa. Dáriuchka sai da cozinha e, com uma expressão de embotada angústia, apoiando o rosto com o punhozinho, para à porta, a fim de ouvir.

— Eh! — suspira Mikhail Avieriânitch. — Você quer encontrar inteligência nas pessoas de hoje em dia!

E ele conta como outrora se vivia saudável e alegremente, de maneira interessante, que classe intelectual inteligente existiu um dia na Rússia e quão alto ela situava as noções de honra e amizade. Emprestava-se dinheiro sem nota promissória, e considerava-se uma vergonha não estender a mão, a fim de ajudar um companheiro necessitado. E que campanhas militares houve então, que aventuras e combates, que amigos, que mulheres! E que terra admirável era o Cáucaso! A mulher de um comandante de batalhão, mulher bem estranha, vestia uniforme de oficial e partia ao anoitecer para as montanhas, sem guia. Conta-se que, nos *auis*,[8] tinha um romance com certo principezinho.

— Mãe do céu, Rainha... — suspira Dáriuchka.

— E como se comia! Como se bebia! E que valorosos liberais havia então!

Andréi Iefímitch escuta-o, mas não ouve; está pensando em algo e vai bebericando a cerveja.

— Eu sonho muitas vezes com pessoas inteligentes e conversas com elas — diz ele inesperadamente, interrompendo Mikhail Avieriânitch. — Meu pai me deu uma instrução admirável, mas, influenciado pelas ideias da década de 60, obrigou-me a ser médico. Tenho a impressão de que, se lhe tivesse desobedecido então, eu estaria agora no próprio centro do

---

[8] O *aúl* é uma povoação de montanheses do Cáucaso.

movimento intelectual. Provavelmente, seria professor de alguma faculdade. Está claro que a inteligência também é passageira, mas você já sabe por que tenho por ela um fraco. A vida é uma triste armadilha. Quando um homem de pensamento alcança a idade viril e atinge uma consciência lúcida, ele se sente involuntariamente como que apanhado numa armadilha, da qual não há saída. De fato, contra a sua vontade, ele é chamado por certas casualidades do não-ser para a vida... Para quê? Ele quer conhecer o sentido e a finalidade da sua existência, e não lhe dizem nada, ou então dizem bobagens; ele bate à porta, e ninguém lhe abre; a morte chega, e é também contra a sua vontade. Pois bem, assim como na prisão os homens ligados pelo infortúnio comum sentem-se aliviados quando se reúnem, assim também na vida não se percebe a armadilha, quando as pessoas que tendem para a análise e as generalizações reúnem-se e passam o tempo na troca de ideias livres, altivas. Neste sentido, a inteligência constitui um prazer insubstituível.

— Absolutamente certo.

Não fitando o interlocutor nos olhos, doce e pausadamente, Andréi Iefímitch continua a falar das pessoas inteligentes e das conversas com elas, enquanto Mikhail Avieriânitch ouve-o com atenção e concorda: "Absolutamente certo".

— Mas você não acredita na imortalidade da alma? — pergunta-lhe de repente o chefe dos Correios.

— Não, meu respeitável Mikhail Avieriânitch, não creio e não tenho fundamento para crer.

— Também eu tenho dúvidas, confesso. Mas, é verdade, tenho o sentimento de que nunca vou morrer. Aí, penso comigo mesmo, velho traste, já é tempo de morrer! Mas, na alma, certa vozinha me diz: "Não creia, você não morrerá...".

Mikhail Avieriânitch sai pouco depois das nove. Vestindo a peliça na antessala, diz com um suspiro:

— Em que lonjuras nos atirou o destino! O mais lamentável é que será preciso também morrer aqui. Eh!...

Enfermaria nº 6

VII

Tendo acompanhado o amigo, Andréi Iefímitch senta-se à mesa e recomeça a leitura. A quietude do anoitecer e, em seguida, da noite não é interrompida por nenhum som, e o tempo, tem-se a impressão, detém-se, imobiliza-se com o médico sobre o livro, e parece não existir mais nada além desse livro e da lâmpada com abajur verde. O semblante rude, de mujique, do médico ilumina-se gradualmente com um sorriso comovido, de entusiasmo pelos movimentos da inteligência humana. "Oh, por que o homem não é imortal?", pensa ele. "Para que existem os centros cerebrais, as circunvoluções, para que a visão, a fala, a autoconsciência, o gênio, se tudo isto está destinado a ir para debaixo da terra e, por fim, esfriar junto com a crosta terrestre e depois, durante milhões de anos, girar sem sentido e sem um objetivo, com a Terra, ao redor do Sol? Para esfriar e depois girar, é de todo desnecessário retirar do nada o homem, com a sua inteligência elevada, quase divina, e depois, como que por zombaria, transformá-lo em barro."

"A troca de substâncias! Mas que covardia é consolar-se com este sucedâneo da imortalidade! Os processos inconscientes, que ocorrem na natureza, são inferiores mesmo à estupidez humana, pois na estupidez existe, apesar de tudo, consciência e vontade, e nos processos não há absolutamente nada. Apenas um covarde, que tem mais medo da morte que dignidade, pode consolar-se com o fato de que o seu corpo um dia viverá na erva, na pedra, num sapo... Ver a sua imortalidade na troca de substâncias é tão estranho como predizer um futuro brilhante à caixa de um violino caro, depois que este se quebrou e inutilizou."

Quando batem as horas, Andréi Iefímitch recosta-se sobre o espaldar da poltrona e fecha os olhos, a fim de pensar um pouco. E, sob a ação de pensamentos bons, lidos num livro, lança ao acaso um olhar sobre o seu passado e sobre o presente. O passado causa asco, é melhor não o lembrar. E no presente, é o mesmo que no passado. Ele sabe que, enquanto os seus pensamentos giram, com a Terra, ao redor do Sol, ao lado do apartamento do médico, no grande edifício, há gente padecendo doenças e sujeira física; provavelmente alguém não dorme e move guerra aos insetos, alguém se contamina de erisipela ou geme, em consequência de uma atadura apertada; talvez os doentes estejam jogando baralho com as enfermeiras e tomando vodca. Num ano, foram enganadas doze mil pessoas; todo o serviço hospitalar baseia-se, como vinte anos atrás, na roubalheira, nos fuxicos e mexericos, no comadrismo, numa charlatanice grosseira, e, como outrora, o hospital constitui uma instituição imoral, altamente nociva à saúde dos seus inquilinos. Ele sabe que, atrás das grades da Enfermaria nº 6, Nikita espanca os doentes e que Moissieika percorre diariamente a cidade, à cata de esmola.

Por outro lado, ele sabe muito bem que, nos últimos vinte e cinco anos, a medicina passou por uma transformação fantástica. Quando estudava na universidade, tinha a impressão de que a medicina teria em breve o destino da alquimia e da metafísica, mas agora, quando lê de noite, a medicina comove-o e desperta nele surpresa, êxtase até. Realmente, que brilho inesperado, que revolução! Graças à assepsia, efetuam-se operações que o grande Pirogóv considerava impossíveis mesmo *in spe*.[9] Simples médicos de distrito decidem-se a realizar a resseção da articulação da rótula, em cem operações abdominais ocorre apenas um caso mortal, e os cálculos biliares consideram-se uma bobagem, sobre a qual nem se escreve mais. A sífilis é curada radicalmente. E a teoria da hereditariedade, o hipnotismo, as descobertas de Pasteur e de Koch, a higiene, a estatística? E a nossa medicina rural russa? A psiquiatria, com os métodos de diagnose e tratamen-

---

[9] Latim: "em esperança" (no futuro).

to, com a sua atual classificação das doenças, é um verdadeiro Élborus[10] em comparação com o que existia antes. Agora, não se despeja mais água fria na cabeça dos dementes e não se vestem neles camisas de força; são mantidos em condições humanas e até, conforme se escreve nos jornais, organizam--se para eles bailes e espetáculos. Andréi Iefímitch sabe que, pelos gostos e segundo as concepções atuais, uma ignomínia como a Enfermaria nº 6 é possível unicamente a duzentas verstas da estrada de ferro, numa cidadezinha em que o prefeito e todos os conselheiros municipais são pequeno-burgueses semianalfabetos, que veem no médico um feiticeiro, em quem é preciso acreditar sem qualquer crítica, mesmo que ele despeje na boca de alguém chumbo derretido; em outro lugar, o público e os jornais já teriam há muito feito em pedaços essa pequena Bastilha.

"E então?", pergunta a si mesmo Andréi Iefímitch, abrindo os olhos. "O que se conclui? Tem-se a assepsia, Koch, Pasteur, mas a essência do problema não mudou nem um pouco. Os índices de doença e de mortalidade são os mesmos. Organizam-se espetáculos e bailes para os loucos, mas assim mesmo eles não são postos em liberdade. Quer dizer que tudo é tolice e vaidade, e, em essência, não há nenhuma diferença entre a melhor clínica vienense e o meu hospital."

Mas a aflição e um sentimento que lembra a inveja impedem que se mantenha indiferente. Isso provém, provavelmente, do cansaço. A cabeça pesada inclina-se sobre o livro, ele coloca as mãos sob o rosto, para que haja maior maciez, e pensa:

"Estou a serviço de uma causa nociva e recebo meu ordenado de gente a quem engano; sou desonesto. Mas, na realidade, por mim mesmo, não sou nada, apenas uma partícula de um mal social indispensável: todos os funcionários distritais são nocivos e recebem o ordenado em troca de nada...

[10] O ponto culminante da Cordilheira do Cáucaso (5.633 metros).

Quer dizer que não sou eu o culpado da minha desonestidade, mas o tempo... Se eu nascesse duzentos anos mais tarde, seria diferente."

Quando batem três horas, apaga a luz e vai para o quarto de dormir. Não tem sono.

VIII

Uns dois anos atrás, o *ziemstvo* se mostrou generoso e determinou a atribuição de trezentos rublos anuais de ajuda para o reforço do pessoal médico no hospital municipal, até a inauguração do hospital do *ziemstvo*, e para auxiliar Andréi Iefímitch a municipalidade convidou o médico distrital Ievguêni Fiódoritch Khóbotov. É um homem ainda muito moço — tem até menos de trinta —, um moreno alto com maçãs do rosto largas e olhinhos miúdos; provavelmente, é de ascendência estrangeira. Chegou à cidade sem um vintém, com uma pequena maleta e uma mulher jovem e feia, que ele chama de sua cozinheira. Essa mulher tem uma criança de peito. Ievguêni Fiódoritch usa boné com pala e botas altas e, no inverno, uma peliça curta. Tornou-se íntimo do enfermeiro Sierguéi Sierguéitch e do tesoureiro, e, quanto aos demais funcionários, chama-os por algum motivo de aristocratas e evita-os. Em todo o seu apartamento existe um único livro: *As mais recentes receitas da clínica vienense, no ano de 1881.* Indo visitar um doente, ele sempre leva consigo esse livro. Joga bilhar à noite, no clube, e não gosta de carteado. Aprecia muito empregar em conversa expressões como "lenga-lenga", "não tem nem ovo", "gato pardo em noite escura" etc.

Aparece no hospital duas vezes por semana, quando percorre as enfermarias e recebe os doentes. Indigna-se com a absoluta ausência de assepsia e com as ventosas, mas não introduz novos costumes, com medo de ofender assim Andréi Iefímitch. Considera o seu colega um velho espertalhão, desconfia que tenha muitas posses e inveja-o em segredo. Ocuparia de bom grado o seu lugar.

IX

De uma feita em fins de março, à noitinha, quando não havia mais neve sobre a terra e estorninhos cantavam no jardim do hospital, o doutor saiu para acompanhar até o portão o seu amigo chefe dos Correios. Justamente nesse momento, entrava no pátio o judeu Moissieika, que voltava da caça. Estava sem chapéu e com pequenas galochas nos pés descalços, tinha nas mãos um saquinho com as esmolas.

— Me dá um copequezinho! — dirigiu-se, trêmulo de frio e sorrindo, ao médico.

Andréi Iefímitch, que não sabia recusar nunca, deu-lhe um *grívenik*.[11]

"Como isso está ruim", pensou, olhando os seus pés descalços, de tornozelos vermelhos, esquálidos. "Está molhado."

E, movido por um sentimento que se assemelhava tanto à comiseração como ao asco, dirigiu-se ao pavilhão, em seguida ao judeu, olhando ora a sua calva, ora os tornozelos. Quando o médico entrou, Nikita pulou de cima de um monte de tralha e ficou em posição de sentido.

— Boa noite, Nikita — disse Andréi Iefímitch com suavidade. — Seria bom dar umas botas a esse israelita, não é verdade? Senão, é capaz de se resfriar.

— Estou ouvindo, Vossa Alta Nobreza. Vou comunicar ao vigia.

— Por favor. Peça-lhe em meu nome. Diga que eu pedi.

Estava aberta a porta da sala de entrada para a enfermaria. Deitado na cama e soerguendo-se sobre o cotovelo, Ivan Dmítrich prestava atenção, alarmado, à voz estranha, e de

---

[11] Moeda de dez copeques.

repente reconheceu o médico. Tremeu todo de furor, ergueu-se de um salto e, o rosto mau, vermelho, os olhos saltados, correu para o centro da enfermaria.

— Chegou o doutor! — gritou, soltando uma gargalhada. — Finalmente! Meus senhores, meus parabéns, o doutor nos digna com a sua visita. Maldita, imunda criatura! — gritou esganiçadamente, e, fora de si, num estado que ninguém ainda vira na enfermaria, bateu o pé. — Matar este imundo! Não, matar é pouco! Afogar numa privada!

Ouvindo isso, Andréi Iefímitch espiou da sala de entrada e perguntou com suavidade:

— Por quê?

— Por quê? — gritou Ivan Dmítritch, acercando-se dele, o ar ameaçador, e fechando convulsivamente o roupão. — Por quê? Ladrão! — disse ele com asco, movendo os lábios como se quisesse cuspir. — Charlatão! Carrasco!

— Acalme-se — replicou Andréi Iefímitch, com um sorriso culpado. — Asseguro-lhe que nunca roubei nada, e, quanto ao mais, o senhor provavelmente exagera muito. Vejo que está zangado comigo. Acalme-se, peço-lhe, se puder, e diga-me tranquilo: por que está zangado?

— E por que me segura aqui?

— Porque o senhor está doente.

— Sim, doente. Mas dezenas, centenas de loucos passeiam em liberdade, porque a ignorância de vocês é incapaz de distingui-los dos sãos. Por que então eu e estes infelizes devemos ficar aqui, por todos, como bodes expiatórios? O senhor, o enfermeiro, o vigia e toda esta canalha de hospital está, no sentido moral, muito abaixo de cada um de nós, por que então nós estamos aqui, e não vocês? Onde está a lógica?

— A relação moral e a lógica não têm nada a ver com isto. Tudo depende da casualidade. Quem foi encerrado tem que ficar aqui, e quem não foi está passeando lá fora, eis tudo. No fato de eu ser médico e o senhor um doente mental não há moralidade nem lógica, mas um mero acaso.

Enfermaria n° 6

— Não compreendo essa baboseira... — disse surdamente Ivan Dmítritch, e sentou-se na cama.

Moissieika, que Nikita se constrangera de revistar na presença do médico, espalhou sobre a sua cama pedacinhos de pão, papeizinhos e ossinhos, e, ainda trêmulo de frio, começou a dizer algo em iídiche, depressa e cantado. Provavelmente, estava imaginando ter aberto uma vendinha.

— Solte-me — disse Ivan Dmítritch, e a sua voz estremeceu.

— Não posso.

— Mas por quê? Por quê?

— Porque isso não me compete. Considere o senhor mesmo: que proveito terá se eu o soltar? Saia daqui. Será preso pelos habitantes da cidade ou pela polícia e devolvido ao hospital.

— Sim, sim, é verdade... — disse Ivan Dmítritch e esfregou a testa. — É terrível! Mas o que devo fazer? O quê?

A voz de Ivan Dmítritch e o seu rosto jovem, inteligente, que fazia caretas, agradaram a Andréi Iefímitch. Quis tratar o moço com carinho, tranquilizá-lo. Sentou-se ao seu lado na cama, pensou um pouco e disse:

— O senhor pergunta o que fazer. O melhor na sua condição seria fugir daqui. Mas, infelizmente, é inútil. Será apanhado. Quando a sociedade se isola dos criminosos, dos doentes psíquicos e da gente incômoda em geral, ela é inflexível. Só lhe resta o seguinte: acalmar-se com o pensamento de que a sua permanência aqui é indispensável.

— Ela não é necessária a ninguém.

— Se existem prisões e manicômios, alguém deve ficar neles. Se não for o senhor, serei eu, se não eu, algum terceiro. Espere, quando, num futuro distante, tiverem terminado sua existência as prisões e os manicômios, não existirão grades nas janelas, nem roupões de internados. Está claro que essa época chegará cedo ou tarde.

Ivan Dmítritch teve um sorriso de mofa.

— O senhor está brincando — disse, entrecerrando os olhos. — Cavalheiros como o senhor e o seu ajudante Nikita pouco se importam com o futuro, mas pode estar certo, meu prezado senhor, hão de chegar tempos melhores! Vá lá que eu me expresse de maneira vulgar, pode dar risada, mas há de erguer-se a aurora de uma nova existência, a verdade há de triunfar, haverá festa em nosso cantinho também! Eu não chegarei até lá, vou bater as botas antes disso, mas, em compensação, os bisnetos de alguém chegarão a vê-lo. Saúdo-os de todo o coração e alegro-me, alegro-me por eles! Para a frente! Que Deus os ajude, meus amigos!

Ivan Dmítritch levantou-se, os olhos brilhantes, e, estendendo as mãos para a janela, continuou, com emoção na voz:

— Abençoo-vos de trás destas grades! Viva a verdade! Alegro-me!

— Não vejo nenhum motivo especial para se alegrar — disse Andréi Iefímitch, a quem o movimento de Ivan Dmítritch pareceu teatral e, ao mesmo tempo, agradou muito. — Não haverá mais prisões nem manicômios, e a verdade, conforme o senhor disse, triunfará, mas a essência das coisas não vai mudar, as leis da natureza permanecerão as mesmas. Os homens hão de adoecer, envelhecer e morrer como agora. Por mais esplêndida que seja a aurora que ilumine a sua vida, apesar de tudo no final será encerrado num caixão e atirado numa fossa.

— E a imortalidade?

— Ora, mudemos de assunto!

— O senhor não acredita, bem, mas eu acredito. Numa obra de Dostoiévski ou de Voltaire alguém diz que, se Deus não existisse, seria inventado pelos homens. E eu creio profundamente que, se a imortalidade não existe, será inventada cedo ou tarde por uma grande inteligência humana.

— Disse-o muito bem — retrucou Andréi Iefímitch, sorrindo de prazer. — Ainda bem que é crente. Com semelhante fé, pode-se viver muito gostosamente, mesmo encerrado entre paredes. O senhor fez algum curso?

— Sim, estive na universidade, mas não a concluí.

— O senhor é um homem que pensa, que reflete. Em qualquer circunstância, pode encontrar em si mesmo um meio de se tranquilizar. O pensamento livre e profundo, que procura compreender racionalmente a vida, e um desprezo absoluto às vaidades estúpidas do mundo — eis os dois bens mais elevados que o homem jamais conheceu. E o senhor pode possuí-los, ainda que viva atrás de três grades. Diógenes viveu num barril, embora fosse mais feliz que todos os reis da terra.

— O seu Diógenes era um imbecil — disse Ivan Dmítritch, sombrio. — Por que o senhor me fala de Diógenes e de não sei que compreensão racional? — Ficou de repente zangado e levantou-se de um salto. — Eu amo a vida, amo-a, apaixonadamente! Tenho mania de perseguição, um medo contínuo e torturante, mas há momentos em que a sede de viver se apossa de mim, e então tenho medo de perder o juízo. Quero tremendamente viver, tremendamente!

Perturbado, caminhou pela enfermaria e disse, baixando a voz:

— Quando eu devaneio, sou visitado por fantasmas. Visita-me não sei que gente, ouço vozes, música e tenho a impressão de estar passeando por certas florestas, pelo litoral, e tenho uma vontade tão apaixonada de agitação, de ter preocupações... Diga-me, o que há de novo lá? — perguntou Ivan Dmítritch. — O que se passa por lá?

— O senhor quer saber sobre a cidade ou em geral?

— Bem, a princípio, conte-me sobre a cidade e, depois, em geral.

— E então? Na cidade, há um aborrecimento mortal... Não há com quem trocar uma palavra, não se tem a quem ouvir. Não existe gente nova. Aliás, chegou recentemente um médico moço, Khóbotov.

— Ele chegou quando eu ainda estava lá. Então, um casca-grossa?

— Sim, um homem sem cultura. É estranho, sabe... A julgar por tudo, nas nossas capitais, não há estagnação intelectual, existe movimento, quer dizer que deve haver por lá gente de verdade, mas, por algum motivo, sempre nos mandam pessoas tais que nem dá vontade de olhar. Cidade infeliz!

— Sim, cidade infeliz! — Ivan Dmítritch suspirou e riu. — E em geral, o que há? O que se escreve nos jornais e revistas?

Já estava escuro na enfermaria. O médico se pôs de pé e começou a contar o que se escrevia no estrangeiro e na Rússia, e que tendências do pensamento se notavam então. Ivan Dmítritch ouvia-o com atenção e fazia-lhe perguntas, mas, de repente, como que lembrando algo terrível, agarrou a cabeça e deitou-se na cama, de costas para o doutor.

— O que tem? — perguntou Andréi Iefímitch.

— Não ouvirá de mim nenhuma palavra mais! — disse Ivan Dmítritch com grosseria. — Deixe-me!

— Mas por quê?

— Estou dizendo: deixe-me! Que diabo!

Andréi Iefímitch deu de ombros, suspirou e saiu. Passando pela sala de entrada, disse:

— Seria bom arrumar aqui, Nikita... Há um cheiro horrivelmente pesado!

— Estou ouvindo, Vossa Alta Nobreza.

"Que moço agradável!", pensou Andréi Iefímitch, dirigindo-se para casa. "Em todo o tempo que estou vivendo aqui, parece ser o primeiro com quem se pode conversar. Sabe argumentar e interessar-se justamente por aquilo que é necessário."

Lendo e, depois, indo dormir, não cessou de pensar em Ivan Dmítritch, e, acordando na manhã seguinte, lembrou-se de que na véspera conhecera um homem inteligente e interessante, e resolveu ir vê-lo novamente, na primeira oportunidade.

Enfermaria nº 6

X

Ivan Dmítritch estava deitado na mesma posição da véspera, os braços envolvendo a cabeça e as pernas encolhidas. Não se via o seu rosto.

— Boa tarde, meu amigo — disse Andréi Iefímitch. — Não está dormindo?

— Em primeiro lugar, não sou seu amigo — disse Ivan Dmítritch para dentro do travesseiro —, e, em segundo, o senhor se afana em vão: não vai conseguir de mim nenhuma palavra.

— É esquisito... — balbuciou Andréi Iefímitch, confuso. — Ontem, palestramos em tão boa paz, mas de repente o senhor ficou por alguma razão sentido e deu cabo à conversa... Provavelmente, eu não me expressei bem, ou talvez tenha expresso algum pensamento incompatível com as suas convicções...

— Pois é, pensa que eu vou acreditar sem mais nem menos no senhor! — disse Ivan Dmítritch, soerguendo-se e olhando, zombeteiro e alarmado, para o médico; tinha os olhos vermelhos. — Pode ir espionar e interrogar em outra parte, pois não tem o que fazer aqui. Ainda ontem, eu compreendi para que veio.

— Que estranha fantasia! — sorriu o médico. — Quer dizer que o senhor me supõe um espião?

— Sim, suponho... Espião ou médico, que recebeu o encargo de me experimentar, dá na mesma.

— Ah, como o senhor é, realmente, desculpe-me... original!

O doutor sentou-se no tamborete ao lado da cama e balançou com censura a cabeça.

— Mas admitamos que o senhor tenha razão — disse ele. — Admitamos que eu, traiçoeiramente, procure pilhá-lo em conversa, a fim de entregá-lo à polícia. O senhor será preso e julgado. Mas, pensa que no tribunal e na prisão passará pior que aqui? E se o enviarem para um povoamento ou mesmo para trabalhos forçados, será acaso pior que ficar sentado neste pavilhão? Creio que não será pior... O que teme então?

Ao que parece, essas palavras atuaram sobre Ivan Dmítritch. Ele sentou-se, sossegado.

Passava das quatro da tarde, hora em que geralmente Andréi Iefímitch andava pelo seu apartamento e Dáriuchka perguntava-lhe se não chegara a hora de servir-lhe cerveja. Fora, o tempo estava claro, suave.

— Eu saí para dar uma volta depois do jantar, e dei uma passada aqui, conforme está vendo — disse o doutor. — Estamos bem na primavera.

— Que mês é agora? Março? — perguntou Ivan Dmítritch.

— Sim, fim de março.

— Há lama lá fora?

— Não muita. No jardim, já aparecem os caminhos.

— Agora, seria bom dar um passeio de carro a alguma parte fora da cidade — disse Ivan Dmítritch, esfregando os olhos vermelhos, como que meio adormecido —, depois voltar para casa, para um escritório quente, aconchegado e... tratar-se da dor de cabeça com um médico decente... Faz muito tempo que não vivo como gente. E isto aqui é abominável! Intoleravelmente abominável!

Fraco e desanimado depois da excitação da véspera, falava sem vontade. Tinha os dedos trêmulos e via-se pelo seu rosto que estava com muita dor de cabeça.

— Não há nenhuma diferença entre um escritório quente, aconchegado, e esta enfermaria — disse Andréi Iefímitch. — A tranquilidade e a satisfação do homem não estão fora, mas dentro dele.

— Como assim?

— Um homem comum espera de fora o bom e o mau, isto é, da carruagem e do escritório, e quem pensa, de si mesmo.

Enfermaria nº 6   217

— Ande, vá pregar essa filosofia na Grécia, onde faz calor e cheira a laranja, mas aqui ela não combina com o clima. Com quem foi que eu conversei sobre Diógenes? Não foi com o senhor?

— Sim, ontem, comigo.

— Diógenes não precisava de um escritório e de um apartamento aquecido; lá, de qualquer modo, faz calor. Fique-se, pois, deitado no barril, chupando laranjas e comendo azeitonas. Mas, se ele tivesse que viver na Rússia, pediria para entrar dentro de casa já não digo em dezembro, mas até em maio. Garanto que ia torcer-se de frio.

— Não. Pode-se não sentir o frio, assim como qualquer dor. Marco Aurélio afirmou: "A dor constitui uma representação viva da dor: faze um esforço de vontade para modificar essa representação, repele-a, cessa de te queixar, e a dor desaparecerá". Isso é justo. Um sábio ou simplesmente um homem que pensa, que reflete, distingue-se dos demais justamente por desdenhar o sofrimento; está sempre contente e não se espanta com nada.

— Quer dizer que eu sou um idiota, pois sofro, estou descontente e espanto-me com a infâmia humana.

— Faz mal. Se o senhor refletir com maior frequência, há de compreender como é insignificante tudo o que é externo e que nos perturba. É preciso procurar compreender racionalmente a vida, nessa compreensão está o bem autêntico.

— Compreensão racional... — Ivan Dmítritch torceu a cara. — Exterior, interior... Desculpe, mas não compreendo isso. Sei apenas — disse, erguendo-se e olhando zangado para o médico —, sei que Deus me criou com um sangue quente e nervos, sim! E o tecido orgânico, se é capaz de vida, deve reagir a toda excitação. E eu reajo! Respondo à dor com gritos e lágrimas, à infâmia, com a indignação, à ignomínia, com o asco. A meu ver, isso é que se chama realmente vida. Quanto mais baixo é um organismo, tanto menos sensível, e tanto mais fracamente responde à excitação, e quanto mais elevado, tanto mais receptiva e energicamente reage à realidade. Como não sabe isto? É médico, e não sabe essas bobagens! Para desdenhar o sofrimento, estar sempre satisfeito e não se espantar com nada, é preciso chegar a essa condição — Ivan Dmítritch indicou o mujique gordo, afogado em banha — ou temperar a si mesmo com o sofrimento a ponto de perder toda sensibilidade em relação a ele, isto é, em outras palavras, deixar de viver. Desculpe-me, não sou sábio nem filósofo — prosseguiu Ivan Dmítritch com irritação — e não compreendo nada disso. Não estou em condições de argumentar.

— Pelo contrário, o senhor argumenta admiravelmente.

— Os estoicos, que o senhor parodia, foram gente admirável, mas a sua doutrina estratificou-se há dois mil anos, e não se moveu nem um pingo para a frente, e não se moverá, porquanto não é prática, vital. Ela teve êxito somente com a minoria que passava a vida estudando e saboreando toda espécie de doutrinas, mas a maioria não a compreendia. A doutrina que prega indiferença à riqueza, às comodidades da vida, o desprezo pelos sofrimentos e pela morte, é de todo incompreensível para a imensa maioria, pois esta jamais conheceu a riqueza nem aquelas comodidades; e desprezar os sofrimentos significaria para ela desprezar a própria vida, pois toda a essência da vida humana consiste em sensações de fome, frio, ofensas, privações e um medo hamletiano da morte. Nessas sensações está a vida inteira: pode-se senti-la como um peso, odiá-la, mas não desprezar. Sim, repito, a doutrina dos estoicos não pode ter um futuro, e progridem, como o senhor vê desde o início dos tempos até hoje, a luta, a sensibilidade para a dor, a capacidade de responder a uma excitação...

Ivan Dmítritch perdeu de repente o fio dos pensamentos, interrompeu-se e esfregou a testa, aborrecido.

— Eu queria dizer uma coisa importante, mas fiquei confuso — disse ele. — Do que estava falando? Sim! Digo, pois: algum dos estoicos se vendeu como escravo, a fim de resgatar um próximo. O senhor vê, isso quer dizer que também o estoico reagiu a uma excitação, pois, para um ato tão generoso como a destruição de si mesmo em prol de um próximo, é preciso ter um espírito indignado, aberto à comiseração. Eu esqueci aqui na prisão tudo o que aprendi, senão lembraria mais alguma coisa. E Cristo? Cristo respondia à realidade chorando, sorrindo, entristecendo-se, ficando furioso e até angustiando-se; não foi com um sorriso que Ele caminhou ao encontro dos sofrimentos e não desprezou a morte, mas rezou no jardim de Getsêmani, pedindo para evitar o cálice.[12]

Ivan Dmítritch riu e sentou-se.

— Admitamos que a tranquilidade e satisfação do homem não estejam fora dele, mas no seu interior — disse. — Admitamos que seja necessário desprezar os sofrimentos e não se espantar com nada. Mas com que base o senhor prega isso? É um sábio? Um filósofo?

— Não, eu não sou filósofo, mas cada um deve pregar isso, porque é razoável.

— Não, eu quero saber por que o senhor se considera competente em matéria de apreensão racional, desprezo pelos sofrimentos e o mais. O senhor acaso sofreu um dia? Tem alguma noção do que seja sofrimento? Permita-me perguntar: surraram-no em criança?

— Não, os meus pais tinham repugnância pelos castigos corporais.

— E eu fui espancado cruelmente por meu pai. Era um funcionário de gênio abrupto, sofria de hemorroides, tinha nariz comprido e pescoço amarelo. Mas falemos do senhor. Em toda a sua existência, ninguém o tocou com o dedo, ninguém o assustou nem espancou; tem saúde como um touro. Cresceu sob a asa paterna, estudou por conta do pai, e de-

---

[12] Palavras de Jesus Cristo, segundo *Mateus*, 26: 39: "Meu Pai, se é possível, afasta de mim este cálice; todavia, não seja como eu quero, mas como Tu queres".

pois logo abocanhou uma sinecura. Viveu mais de vinte anos sem pagar aluguel, com aquecimento, iluminação e criada, tendo ao mesmo tempo o direito de trabalhar na medida em que quisesse, ou mesmo não fazer nada. O senhor é, por natureza, um homem mole, indolente, e por isso procurou arranjar a sua vida de tal maneira que nada o inquietasse ou tirasse do lugar. Confiou o serviço ao enfermeiro e aos demais canalhas, e ficou sentado em lugar aquecido e quieto, juntando dinheiro, lendo livros e adoçando a vida com reflexões sobre toda espécie de baboseiras elevadas e (Ivan Dmítritch olhou o nariz vermelho do médico) com a bebedeira. Numa palavra, o senhor não viu a vida, não a conhece absolutamente, e está a par da realidade apenas em teoria. O senhor despreza os sofrimentos e não se espanta com nada, devido a uma razão muito simples: a vaidade das vaidades, o exterior e o interior, o desprezo pela vida, pelos sofrimentos e pela morte, a apreensão racional, o bem autêntico — tudo isso constitui a filosofia mais apropriada para um indolente russo. O senhor vê, por exemplo, um mujique batendo na mulher. Para que interceder? Deixemos bater, de qualquer maneira ambos morrerão cedo ou tarde; e, além disso, o que bate não ofende com isso o espancado, mas a si mesmo. Cair na bebedeira é estúpido, indecente, mas quer se beba, quer não se beba, o que nos espera é a morte. Vem consultar-se uma mulher com dor de dente... Bem, e então? A dor constitui uma representação da dor, e, além disso, não se pode viver sem doenças, todos nós havemos de morrer, e, por isso, vai embora, mulher, não me impeças de pensar e tomar vodca. Um jovem pede conselho, quer saber o que fazer, como levar a vida; um outro pensaria um pouco antes de responder, mas aqui já se tem pronta uma resposta: procure alcançar a apreensão racional ou o bem autêntico. Mas o que é esse fantástico "bem autêntico"? Naturalmente, não há resposta. Somos mantidos aqui, apodrecendo atrás das grades, somos torturados, mas isso é belo e racional, pois não há nenhuma diferença entre esta enfermaria e um escritório aquecido, aconchegado. Uma filosofia cômoda: não há o que fazer, tem-se a consciência tranquila e a pessoa ainda se sente um sábio... Não, meu senhor, isso não é filosofia, não é pensamento, não é largueza de visão, mas preguiça, faquirismo, parvoíce sonolenta... Sim! — zangou-se mais uma vez Ivan Dmítritch. — Despreze o sofrimento, mas, se alguém lhe comprimir o dedo numa porta, vai gritar com todos os bofes!

— E talvez não grite — disse Andréi Iefímitch, com um sorriso brando.

— Mas como! Se o senhor fosse atacado de paralisia, ou, admitamos, se algum cínico e imbecil, aproveitando-se da sua condição e posto elevado, o ofendesse publicamente, e o senhor soubesse que tudo isso não acarretaria para ele um castigo, bem, então o senhor compreenderia o que significa ordenar aos outros que procurem a apreensão racional e o bem autêntico.

— Isso é original — disse Andréi Iefímitch, rindo de prazer e esfregando as mãos. — Surpreende-me agradavelmente a sua tendência para as generalizações, e a minha caracterização, que o senhor acaba de fazer, é simplesmente brilhante. Devo confessar, a conversa com o senhor me traz um prazer imenso. Bem, eu o escutei, agora queira ter a bondade de me escutar também...

XI

Essa conversa prosseguiu perto de uma hora ainda, e parece ter causado profunda impressão a Andréi Iefímitch. Passou a visitar o pavilhão diariamente. Ia lá de manhã e depois do jantar, e, muitas vezes, a treva noturna encontrava-o ainda conversando com Ivan Dmítritch. Nos primeiros tempos, este o evitava, suspeitava nele uma intenção malévola e expressava francamente o seu espírito inamistoso, mas depois acostumou-se a ele e mudou o seu trato rude por um entre condescendente e irônico.

Logo se espalhou pelo hospital o boato de que o Dr. Andréi Iefímitch passara a frequentar a Enfermaria nº 6. O enfermeiro Nikita e as enfermeiras não podiam compreender para que ia lá e por que ficava sentado horas a fio, de que conversava e por que não receitava remédios. O seu comportamento parecia estranho. Mikhail Avieriânitch frequentemente não o encontrava em casa, o que antes jamais acontecera, e Dáriuchka estava muito confusa, pois o doutor já tomava cerveja fora da hora regular e às vezes até se atrasava para o jantar.

De uma feita, era já em fins de junho, o Dr. Khóbotov foi tratar de um assunto em casa de Andréi Iefímitch; não o encontrando, procurou-o no pátio, onde lhe disseram que o velho doutor fora visitar os doentes mentais. Entrando no pavilhão e detendo-se na sala de entrada, Khóbotov ouviu a seguinte conversa:

— Nós nunca vamos nos entender, e o senhor não vai conseguir converter-me à sua fé — dizia Ivan Dmítritch, irritado. — O senhor não conhece absolutamente a realidade, nunca sofreu, e somente, a exemplo de uma sanguessuga, alimentou-se junto aos sofrimentos alheios, e, quanto a mim, sofri sem parar, desde o meu nascimento até o dia de hoje. Por isso, eu lhe digo com franqueza: considero-me superior ao senhor e mais competente em todos os sentidos. Não é ao senhor que cabe ensinar-me.

— Eu não tenho nenhuma pretensão de convertê-lo à minha fé — disse Andréi Iefímitch, baixo e com lástima pelo fato de que o outro não queria compreendê-lo. — E não é disso que se trata, meu amigo. O caso não está em que o senhor sofreu e eu não. Os sofrimentos e as alegrias são passageiros; deixemo-los de lado, que fiquem com Deus. O caso está em que o senhor e eu pensamos; vemos um no outro uma pessoa capaz de pensar, de argumentar, e isso nos torna solidários, por mais diversas que sejam as nossas convicções. Se soubesse, meu amigo, como estou aborrecido com a demência geral, a falta de talento, o espírito embotado, e com que alegria sempre converso com o senhor! É um homem inteligente, e eu me delicio com o senhor.

Khóbotov abriu a porta, de um *vierchók*,[13] e espiou para a enfermaria; Ivan Dmítritch, de barrete, e o Dr. Andréi Iefímitch estavam sentados sobre a cama, lado a lado. O louco fazia careta, estremecia e fechava convulsivamente o roupão, enquanto o doutor permanecia imóvel, de cabeça baixa, e tinha o rosto vermelho, triste, indefeso. Khóbotov deu de ombros, sorriu e trocou um olhar com Nikita. Este também deu de ombros.

No dia seguinte, Khóbotov foi ao pavilhão, em companhia do enfermeiro. Ambos ficaram na sala de entrada, prestando atenção à conversa.

— Parece que o nosso vovô perdeu a telha de uma vez! — disse Khóbotov, saindo do pavilhão.

— Meu Deus, perdoa-nos, pecadores que somos! — sorriu o imponente Sierguéi Sierguéitch, caminhando cauteloso, para não pisar nas poças de água e não sujar as suas botas muito lustrosas. — Devo confessar, meu prezado Ievguêni Fiódoritch, eu já esperava isso há muito!

XII

Depois disso, Andréi Iefímitch passou a observar algo misterioso ao redor de si. Os criados, as enfermeiras e os doentes, ao encontrá-lo, dirigiam-lhe um olhar interrogador e depois murmuravam entre si. A menina Macha,[14] filha do vigia, que ele gostava de encontrar no jardim do hospital, ago-

[13] Medida russa correspondente a 4,4 centímetros.

[14] Diminutivo de Mária.

ra, nas ocasiões em que se acercava dela sorrindo, a fim de afagar-lhe a cabecinha, fugia por algum motivo. O chefe dos Correios, Mikhail Avieriânitch, ao ouvi-lo, não dizia mais: "Absolutamente certo", mas, incompreensivelmente confuso, balbuciava: "Sim, sim, sim..." e olhava-o pensativo e triste; por alguma razão, começou a aconselhar ao seu amigo que abandonasse a vodca e a cerveja, mas, ao mesmo tempo, delicado como era, não falava diretamente e sim com circunlóquios, contando casos ora sobre um comandante de batalhão, aliás uma pessoa excelente, ora sobre um capelão de regimento, também um bom sujeito, que se entregaram à bebida e adoeceram, curando-se, porém, completamente, depois que deixaram de beber. Andréi Iefímitch foi visitado umas duas ou três vezes pelo seu colega Khóbotov; este também aconselhava-lhe que deixasse as bebidas alcoólicas e, sem nenhum pretexto aparente, recomendava-lhe brometo de potássio.

Em agosto, Andréi Iefímitch recebeu do prefeito municipal uma carta: pedia que o visitasse, a fim de tratar de um caso muito importante. Chegando à prefeitura na hora marcada, Andréi Iefímitch encontrou ali o comandante do destacamento militar, o inspetor da escola do distrito, um membro do conselho municipal, Khóbotov e mais um cavalheiro corpulento, louro, que lhe foi apresentado como médico. Este, que tinha sobrenome polonês, difícil de pronunciar, vivia a trinta verstas, junto à estação de remonta, e estava na cidade de passagem.

— Aqui chegou um pequeno ofício, sobre um assunto que se refere ao senhor — dirigiu-se o membro do conselho a Andréi Iefímitch, depois que todos se cumprimentaram e sentaram-se à mesa. — Ievguêni Fiódoritch diz que a farmácia do hospital está com um pouco de falta de espaço no edifício principal e que ela deve ser transferida para um dos pavilhões. Claro que isso não tem importância, pode-se transferi-la, mas o caso é que o pavilhão precisará de uma reforma.

— Sim, não se poderá passar sem uma reforma — disse Andréi Iefímitch, depois de refletir um pouco. — Se, por exemplo, se adaptar o pavilhão da esquina para farmácia, serão precisos, suponho, no mínimo, uns quinhentos rublos. Uma despesa improdutiva.

Todos se calaram um pouco.

— Eu já tive a honra de comunicar dez anos atrás — prosseguiu Andréi Iefímitch, com voz suave — que este hospital, na sua forma atual, constitui para a cidade um luxo acima das suas possibilidades. Foi construído na década de 1840, mas naquele tempo havia outros recursos. A cidade gasta demasiado com construções desnecessárias e cargos supérfluos. Penso que, com esse dinheiro, seria possível, em outras condições, manter dois hospitais exemplares.

— Pois então vamos estabelecer uma ordem diferente nas coisas! — disse com vivacidade o conselheiro municipal.

— Eu já tive a honra de comunicar a minha opinião: entreguem os assuntos de assistência médica ao *ziemstvo*.

— Sim, passem o dinheiro ao *ziemstvo*, e ele vai roubá--lo — riu o médico louro.

— Está na ordem das coisas — concordou o conselheiro e riu também.

Andréi Iefímitch lançou um olhar desanimado e baço para o médico louro e disse:

— É preciso ser justo.

Calaram-se novamente. Serviu-se chá. O comandante do destacamento, muito encabulado por algum motivo, tocou, através da mesa, o braço de Andréi Iefímitch e disse:

— O senhor se esqueceu completamente de nós, doutor. Aliás é um monge: não joga baralho, não gosta de mulheres. O senhor se aborrece com a nossa gente.

Todos passaram a falar de como é aborrecida a vida nessa cidade, para um homem às direitas. Não há teatro nem música, e, na última noite dançante no clube, havia perto de vinte damas e só dois cavalheiros. Os jovens não dançam e passam todo o tempo acotovelando-se junto ao bufê ou jogando cartas. Andréi Iefímitch pôs-se a falar baixo e devagar, sem olhar para ninguém, de como era lamentável, profundamente lamentável, que os habitantes da cidade gastassem a sua energia vital, seu coração e inteligência, no carteado e nos mexericos, e não soubessem nem quisessem passar o tempo numa conversa interessante e na leitura, que não quisessem desfrutar os prazeres que nos dá a razão. Somente a razão humana é interessante e admirável, tudo o mais é mesquinho e vil. Khóbotov ouviu o seu colega com atenção e de repente perguntou:

— Andréi Iefímitch, que dia é hoje?

Recebida a resposta, ele e o médico louro começaram a perguntar a Andréi Iefímitch, com o tom de examinadores que sentem a sua incapacidade, que dia era, quantos dias tem o ano e se era verdade que na Enfermaria n° 6 vivia um profeta admirável.

Em resposta à última pergunta, Andréi Iefímitch corou e disse:

— Sim, é um doente, mas um jovem interessante.

Não lhe fizeram nenhuma outra pergunta.

Quando ele vestia o sobretudo, na antessala, o comandante do destacamento pôs-lhe a mão no ombro e disse com um suspiro.

— Nós outros, velhos, já estamos em tempo de descansar!

Saindo da prefeitura, Andréi Iefímitch compreendeu que fora examinado por uma comissão, encarregada de verificar o seu estado mental. Lembrou-se das perguntas que lhe foram feitas, corou e por alguma razão, pela primeira vez na vida, teve uma pena profunda da medicina.

"Meu Deus", pensou, lembrando como os médicos o examinaram instantes atrás, "ainda há tão pouco tempo, eles assistiram a aulas de psiquiatria, prestaram exames; de onde vem, então, essa ignorância crassa? Eles não têm nenhuma noção de psiquiatria!"

Enfermaria n° 6

E, pela primeira vez na vida, sentiu-se ofendido e zangado.

À noitinha, foi visitado por Mikhail Avieriânitch. Sem cumprimentá-lo, o chefe dos Correios acercou-se dele, tomou-lhe ambas as mãos e disse, com perturbação na voz:

— Meu caro, meu amigo, prove-me que acredita na minha sinceridade e que me considera seu amigo... Meu amigo! — e, impedindo Andréi Iefímitch de falar, prosseguiu, perturbado: — Eu gosto de você pela sua cultura e nobreza de alma. Ouça-me, meu caro. As normas da ciência obrigam os médicos a esconder de você a verdade, mas eu vou aos fatos à maneira militar: você está doente! Perdoe-me, meu caro, mas é verdade, isso já foi notado há muito por todos os que o rodeiam. Ainda há pouco, o Dr. Ievguêni Fiódoritch me disse que, para o bem da sua saúde, é indispensável que descanse e se divirta um pouco. É absolutamente certo! Magnífico! Por estes dias, vou tirar férias e irei cheirar outros ares. Prove-me que é meu amigo, vamos juntos! Vamos, para lembrar os velhos tempos!

— Eu me sinto completamente são — disse Andréi Iefímitch, depois de pensar um pouco. — Não posso ir. Permita-me demonstrar de alguma outra maneira a minha amizade por você.

Ir a alguma parte, sem saber para quê, sem livros, sem a Dáriuchka, sem a cerveja, romper bruscamente a ordem da sua vida, estabelecida em vinte anos, semelhante ideia, no primeiro instante, pareceu-lhe absurda e fantástica. Mas ele se lembrou da conversa na prefeitura e da sensação penosa que tivera ao voltar então para casa, e a ideia de deixar por pouco tempo a cidade, onde as pessoas estúpidas consideravam-no um louco, passou a sorrir-lhe.

— E para onde você pretende viajar? — perguntou ele.

— Para Moscou, Petersburgo, Varsóvia... Em Varsóvia, eu passei os cinco anos mais felizes da minha vida. Que cidade admirável! Vamos, meu caro!

XIII

Uma semana depois, propôs-se a Andréi Iefímitch que fosse descansar, isto é, que pedisse aposentadoria; reagiu com indiferença, e, passada mais uma semana, ele e Mikhail Avieriânitch já estavam sentados num carro de posta e dirigiam-se para a estação da estrada de ferro mais próxima. Os dias eram claros e frescos, de céu azul e longes transparentes. Levaram dois dias para percorrer as duzentas verstas até a estação e pernoitaram nesse caminho duas vezes. Quando, nas estações de posta, serviam chá em copos mal lavados ou quando levavam muito tempo para atrelar os cavalos, Mikhail Avieriânitch ficava vermelho, tremia com o corpo todo e gritava: "Quieto! Não argumentar!" e, sentado no carro, contava sem parar episódios das suas viagens pelo Cáucaso e pelo reino da Polônia. Quantas aventuras, que encontros! Falava alto e imprimia uma expressão de tamanha surpresa aos olhos que dava a impressão de estar mentindo. Ademais, enquanto falava, respirava no rosto de Andréi Iefímitch e dava gargalhadas bem no seu ouvido. Isso constrangia o médico, impedindo-o de pensar, de se concentrar.

Na estrada de ferro, por economia, viajaram de terceira, num vagão para os não fumantes. A metade dos companheiros de viagem era gente às direitas. Mikhail Avieriânitch em pouco tempo travou relações com todos e, passando de um banco a outro, dizia alto que não valia a pena viajar por essas ignóbeis estradas. Estavam infestadas de vigaristas! Outra coisa era viajar a cavalo: percorriam-se num dia cem verstas e, depois, a pessoa sentia-se fresca, com saúde. E as más colheitas em nosso país deviam-se ao fato de terem drenado os pântanos de Pinsk. Em geral, havia muita desordem. Exaltava-se, falava alto e impedia os outros de falar também. Essa tagarelice infindável, entremeada de sonoras gargalhadas e de gestos expressivos, deixou Andréi Iefímitch cansado.

"Quem de nós dois é louco?", pensava com mágoa. "Eu,

que procuro não incomodar com nada os passageiros, ou este egoísta, que pensa ser o mais inteligente e interessante de todos aqui, e que por isso não dá sossego a ninguém?"

Em Moscou, Mikhail Avieriânitch vestiu uma túnica militar, sem dragonas, e calças com debruns vermelhos. Na rua, usava quepe militar e capote, e os soldados faziam-lhe continência. Andréi Iefímitch tinha agora a seguinte impressão: aquele homem gastara, de tudo o que existia nele outrora de senhoril, a parte boa, deixando para si apenas o que não prestava. Gostava de ser servido, mesmo quando isso era de todo desnecessário. Tendo fósforos diante de si, sobre a mesa, e vendo-os, chamava o garçom aos gritos, para que este lhe desse fósforos; não se acanhava de andar em roupa de baixo, na presença da arrumadeira; tratava por você todos os criados, mesmo os velhos, e, quando irritado, chamava-os de bobalhões e imbecis. Essas maneiras pareciam a Andréi Iefímitch senhoris, mas asquerosas.

Em primeiro lugar Mikhail Avieriânitch levou o seu amigo à capela de Íver. Rezou com ardor, abaixando-se até o chão, chorando, e, ao terminar, suspirou profundamente e disse:

— Mesmo que não se acredite, fica-se, não sei por quê, mais tranquilo, depois de rezar. Beije o ícone, velhinho.

Andréi Iefímitch ficou encabulado e beijou o ícone. Mikhail Avieriânitch distendeu os lábios, meneou a cabeça, rezou num murmúrio, e novamente lágrimas apareceram-lhe nos olhos. A seguir, foram ao Krêmlin, onde olharam o tsar dos canhões[15] e o tsar dos sinos,[16] e até os tocaram com os

---

[15] Enorme canhão conservado no Krêmlin de Moscou, fundido em 1586.

[16] Sino com cerca de duzentas toneladas de peso e perto de seis metros de altura, existente no Krêmlin de Moscou. Fundido em 1733-35, foi danificado no grande incêndio de 1737, faltando-lhe por isso um pedaço considerável.

dedos, encantaram-se com a vista de Zamoskvoriétchie,[17] estiveram no Templo do Redentor e no Museu de Rumiântzev.

Jantaram no Restaurante Tiestov. Mikhail Avieriânitch passou muito tempo olhando o cardápio, cofiando as suíças, e disse num tom de *gourmand* acostumado a sentir-se nos restaurantes como em casa:

— Vejamos o que vai nos servir hoje, meu anjo!

XIV

O médico andava, olhava, comia, bebia, mas só tinha um pensamento: mágoa contra Mikhail Avieriânitch. Queria descansar do amigo, ir para longe dele, esconder-se, mas o outro considerava seu dever não o deixar afastar-se um passo e proporcionar-lhe o maior número possível de divertimentos. Quando não havia o que olhar, divertia-o com conversas. Andréi Iefímitch suportou-o dois dias, mas no terceiro declarou ao amigo que estava doente e queria passar o dia todo em casa. O amigo disse-lhe que, neste caso, também não ia sair. Realmente, era preciso descansar, caso contrário não havia perna que chegasse. Andréi Iefímitch deitou-se no divã, o rosto contra o respaldo, e, apertando os dentes, ficou ouvindo o amigo, que procurava com ardor convencê-lo de que, mais dia menos dia, a França ia sem falta esmagar a Alemanha, que em Moscou havia muitos chantagistas e que não se podia apreciar apenas pelo exterior as qualidades de um cavalo. O médico sentiu uma zoeira nos ouvidos e taquicardia, mas, por delicadeza, não ousou pedir ao amigo que fosse embora ou se calasse. Felizmente, Mikhail Avieriânitch aborreceu-se de ficar no quarto, e, depois do jantar, foi dar uma volta.

---

[17] Parte de Moscou situada na margem do rio do mesmo nome, oposta ao Krêmlin.

Enfermaria nº 6

A sós, Andréi Iefímitch entregou-se à sensação de descanso. Como é agradável ficar imóvel no divã e ter consciência de estar sozinho no quarto! A verdadeira felicidade é impossível sem a solidão. O anjo caído traiu a Deus provavelmente por ter desejado a solidão, que os anjos desconhecem. Andréi Iefímitch queria pensar no que vira e ouvira nos últimos dias, mas Mikhail Avieriânitch não lhe saía da cabeça.

"E, no entanto, ele tirou férias e viajou por amizade, por generosidade", pensava com mágoa o médico. "Não há nada pior que essa tutela amistosa. Parece que ele é bondoso, abnegado, alegre, mas, apesar de tudo, cacete. Intoleravelmente cacete. Existe também gente que só diz palavras inteligentes, boas, mas sente-se que é uma gente obtusa."

Nos dias seguintes, Andréi Iefímitch se declarou doente e não saiu do quarto. Ficava deitado com o rosto contra o respaldo do divã e aborrecia-se, quando o amigo divertia-o com a conversa, ou descansava, na sua ausência. Sentia despeito contra si mesmo, por ter começado a viagem, contra o amigo, que todos os dias se tornava mais tagarela e desembaraçado; não conseguia de jeito nenhum dispor os seus pensamentos de modo sério, elevado.

"É que estou sendo fustigado pela realidade, de que falou Ivan Dmítritch", pensava, irritado com a sua própria mesquinhez. "Aliás, é bobagem... Vou chegar em casa e tudo será como antes..."

Em Petersburgo, foi o mesmo: passava dias a fio sem sair do quarto do hotel, deitado no divã, e levantava-se unicamente para tomar cerveja.

Mikhail Avieriânitch apressava-o continuamente para ir a Varsóvia.

— Meu caro, o que vou fazer lá? — dizia Andréi Iefímitch, com súplicas na voz. — Vá sozinho e me deixe voltar para casa! Eu lhe peço!

— De jeito nenhum! — protestava Mikhail Avieriânitch.

— É uma cidade admirável. Passei nela os cinco anos mais felizes da minha vida!

Andréi Iefímitch não teve ânimo de insistir no seu propósito, e, fazendo das tripas coração, viajou para Varsóvia. Lá, ficou sem sair do quarto, deitado no divã e zangando-se consigo mesmo, com o amigo e com os criados, que se recusavam teimosamente a compreender o russo, e Mikhail Avieriânitch, sadio, animado e alegre como de costume, ficou passeando pela cidade da manhã à noite, procurando os seus velhos conhecidos. Pernoitou algumas vezes fora de casa. Depois de uma noite não se sabia onde, voltou de manhã cedo, muito excitado, vermelho e despenteado. Passou muito tempo andando de um canto a outro, murmurando algo consigo mesmo, depois se deteve e disse:

— A honra em primeiro lugar!

Caminhou mais um pouco, agarrou-se pela cabeça e proferiu, com uma voz trágica:

— Sim, a honra em primeiro lugar! Maldito seja o instante em que, pela primeira vez, deu-me na veneta vir a esta Babel! Meu caro — dirigiu-se ele ao médico —, despreze-me: eu perdi no jogo! Passe-me quinhentos rublos!

Andréi Iefímitch contou quinhentos rublos e, calado, entregou-os ao amigo. Este, ainda vermelho de vergonha e ira, disse sem nexo um juramento desnecessário, pôs o quepe e saiu. Voltando umas duas horas depois, deixou-se cair sobre uma poltrona, suspirou alto e disse:

— Está salva a honra! Vamos, meu amigo! Não quero ficar nem um instante mais nesta maldita cidade. Vigaristas! Espiões austríacos!

Quando os amigos voltaram à sua cidade, já era novembro e havia nas ruas uma neve profunda. O Dr. Khóbotov ocupara o cargo de Andréi Iefímitch; ainda estava residindo em seu apartamento, à espera de que ele chegasse e desocupasse o apartamento hospitalar. A mulher feia, que ele chamava de sua cozinheira, já estava residindo num dos pavilhões.

Enfermaria n° 6   233

Circulavam pela cidade novos boatos sobre o hospital. Dizia-se que a mulher feia brigara com o vigia e que este se arrastara diante dela de joelhos, pedindo perdão.

Já no primeiro dia do seu regresso, Andréi Iefímitch teve que procurar novo apartamento.

— Meu amigo — disse-lhe timidamente o chefe dos Correios —, desculpe-me uma pergunta indiscreta: quais são os seus recursos?

Andréi Iefímitch contou em silêncio o seu dinheiro e disse:

— Oitenta e seis rublos.

— Não é isso que eu pergunto — disse encabulado Míkhail Avieriânitch, que não compreendera o médico. — Eu pergunto: de que meios dispõe em geral?

— Pois eu lhe digo: oitenta e seis rublos... Não disponho de mais nada.

Mikhail Avieriânitch considerava o médico um homem honesto e nobre, mas assim mesmo suspeitava de que ele tivesse um capital de pelo menos vinte mil rublos. Mas agora, ao saber que Andréi Iefímitch estava na miséria, que não tinha do que viver, ele por alguma razão prorrompeu em pranto e abraçou o amigo.

XV

Andréi Iefímitch estava morando na casa de três janelas da pequeno-burguesa Bielova. Nessa casinhola, havia apenas três quartos, sem contar a cozinha. Ocupava dois deles, com janelas para a rua. No terceiro e na cozinha moravam Dáriuchka e a burguesa com três filhos. Às vezes, vinha passar a noite com a senhoria o amante desta, um mujique bêbado que erguia de noite uma algazarra, assustando as crianças e Dáriuchka. Quando ele chegava e, sentando-se na cozinha, começava a exigir vodca, todos passavam a ter muito pouco espaço, e o médico, por comiseração, levava para o seu quarto as crianças que choravam, deitando-as para dormir no chão, o que lhe proporcionava grande prazer.

Erguia-se como de costume às oito e, depois do chá, sentava-se para ler os seus velhos livros e revistas. Não tinha mais dinheiro para comprar novos. Quer porque os livros fossem velhos, quer devido à mudança de ambiente, a leitura não o empolgava muito e cansava-o.

Para não permanecer inativo, ficou compondo um catálogo minucioso dos seus livros e colando às suas lombadas pequenas etiquetas, e esse trabalho mecânico, meticuloso, parecia-lhe mais interessante que a leitura. Esse trabalho monótono e minucioso embalava-lhe incompreensivelmente os pensamentos, ele não cogitava de nada, e o tempo passava depressa. Parecia-lhe interessante até ficar sentado na cozinha e descascar batatas com Dáriuchka ou peneirar trigo-sarraceno. Aos sábados e domingos, ia à igreja. Parado junto à parede, os olhos entrecerrados, ouvia o canto e pensava em seus pais, na universidade, nas religiões; sentia tranquilidade, tristeza, e depois, saindo do templo, lamentava que a missa tivesse acabado tão depressa.

Foi duas vezes ao hospital, a fim de conversar com Ivan Dmítritch. Mas, ambas essas vezes, Ivan Dmítritch estava muito bravo e excitado; pediu que o deixasse em paz, pois havia muito enjoara da tagarelice vã, e disse que, por todos os seus sofrimentos, só pedia uma recompensa aos homens malditos, ignóbeis: a prisão celular. Seria possível que lhe recusassem até isso? Quando Andréi Iefímitch se despediu dele, ambas as vezes, e desejou-lhe boa noite, ele rangeu os dentes e disse:

— Ao diabo!

E Andréi Iefímitch não sabia agora se devia ir vê-lo uma terceira vez. Mas tinha vontade de ir.

Antigamente, nas horas após o jantar, Andréi Iefímitch caminhava pelos quartos e refletia, mas agora, entre o jantar e o chá da noite, ficava deitado no divã, o rosto contra o respaldo; e entregava-se a pensamentos mesquinhos, que não conseguia vencer. Estava magoado porque, pelos seus vinte e tantos anos de serviço, não lhe pagaram aposentadoria, nem uma ajuda de custo. É verdade que não trabalhara honestamente, mas a aposentadoria é paga a todos os funcionários sem exceção, honestos ou não. A justiça moderna consiste justamente em que são premiados com postos, condecorações e aposentadorias não as capacidades e as qualidades morais, mas o serviço em geral, seja qual for a sua qualidade. Por que então ele devia ser a única exceção? Estava completamente sem dinheiro. Envergonhava-se de passar pela vendinha e olhar a dona desta. Devia já trinta e dois rublos pela cerveja. Estava também em dívida com a burguesa Bielova. Dáriuchka vendia às escondidas roupa e livros velhos e mentia à senhoria, dizendo que o médico receberia em breve muito dinheiro.

Estava zangado consigo mesmo porque gastara na viagem os mil rublos que tinha economizado. Como eles seriam úteis! Aborrecia-se também porque as pessoas não o deixavam em paz. Khóbotov considerava como sua obrigação visitar de raro em raro o colega doente. Tudo nele causava asco a Andréi Iefímitch: o rosto nutrido, o tom mau, condescendente, a palavra "colega", as botas altas; mas o que mais enojava era o fato de se julgar obrigado a tratar de Andréi Iefímitch, e pensava estar fazendo de fato um tratamento. Cada vez, trazia um frasco de brometo de potássio e comprimidos de ruibarbo.

Mikhail Avieriânitch também considerava seu dever visitar o amigo e diverti-lo. Entrava sempre em casa de Andréi Iefímitch com um desembaraço artificial, ria forçado e começava a convencê-lo de que, esse dia, tinha um aspecto magnífico e que as coisas, graças a Deus, tendiam a entrar nos eixos, e disso se podia concluir que julgava perdido o caso do seu amigo. Ainda não pagara aquela dívida de Varsóvia, e oprimido por grande vergonha, num estado de tensão, procurava por isso dar gargalhadas o mais alto possível e contar coisas engraçadas. Os casos e anedotas que contava pa-

A. P. Tchekhov

reciam agora infindáveis e constituíam uma tortura tanto para Andréi Iefímitch como para ele mesmo.

Na sua presença, Andréi Iefímitch deitava-se geralmente no divã, o rosto contra o respaldo, e ouvia-o, os dentes apertados; uma escuma depositava-se em camadas em sua alma, e, depois de cada visita do amigo, ele sentia que a escuma se tornava mais alta, parecendo chegar à garganta.

Para abafar os sentimentos mesquinhos, apressava-se a pensar que ele, Khóbotov e Mikhail Avieriânitch deviam desaparecer cedo ou tarde, sem deixar na natureza um traço sequer. Se, imagine-se, algum espírito voar, dentro de um milhão de anos, pelo espaço e passar junto ao globo terrestre, só verá barro e rochedos nus. Tudo, inclusive a cultura e a lei moral, se perderá e não se cobrirá sequer de bardanas. O que significam, pois, a vergonha perante o vendeiro, o insignificante Khóbotov, a amizade penosa com Mikhail Avieriânitch? Tudo isso são bobagens, insignificâncias.

Mas tais raciocínios não prestavam mais ajuda. Mal ele imaginava o globo terrestre dentro de um milhão de anos, atrás do penhasco nu surgia Khóbotov, de botas altas, ou Mikhail Avieriânitch, que dava gargalhadas com esforço, e até se ouvia um murmúrio envergonhado: "Vou saldar por estes dias, meu velho, aquela dívida de Varsóvia... Sem falta".

XVI

Certa vez, Mikhail Avieriânitch chegou depois do jantar, quando Andréi Iefímitch estava deitado no divã. Aconteceu que na mesma ocasião apareceu Khóbotov com brometo de potássio. Andréi Iefímitch levantou-se pesadamente, sentou-se e apoiou-se com ambos os braços no divã.

— E hoje, meu caro — começou Mikhail Avieriânitch —, está com uma cor do rosto muito melhor que ontem. É um bichão! Juro por Deus, um bichão!

— Já é tempo, já é tempo de se restabelecer, colega — disse Khóbotov, bocejando. — Vai ver que também está enjoado dessa lenga-lenga.

— Vamos restabelecer-nos! — disse alegremente Mikhail Avieriânitch. — Vamos ainda viver uns cem anos! Assim é que é!

— Cem não digo, mas uns vinte ainda aguenta — consolou Khóbotov. — Não é nada, não é nada, colega, não se entristeça... Chega de caraminholas.

— Nós ainda vamos nos mostrar! — Mikhail Avieriânitch soltou uma gargalhada e deu uma palmadinha no joelho do amigo. — Ainda vamos mostrar! No verão que vem, se Deus quiser, daremos um pulo até o Cáucaso e vamos percorrê-lo todo a cavalo — hop! hop! hop! E, voltando do Cáucaso, quando menos se espera, havemos de festejar um casamento. — Mikhail Avieriânitch piscou o olho com malícia. — Vamos casá-lo, caro amigo... vamos casá-lo...

Andréi Iefímitch sentiu de repente que a escuma chegava-lhe à garganta; o coração desandou-lhe a bater com muita força.

— Isto é vulgar! — disse ele, erguendo-se depressa e indo para junto da janela. — Será possível que não compreendam que estão dizendo vulgaridades?

Quis prosseguir delicada e brandamente, mas, contra a vontade, apertou de súbito os punhos e ergueu-os acima da cabeça.

— Deixem-me! — gritou com uma voz que não era a sua, ficando vermelho e tremendo com todo o corpo. — Vão embora! Embora, os dois!

Mikhail Avieriânitch e Khóbotov levantaram-se e fixaram nele os olhos, a princípio perplexos, depois assustados.

— Embora os dois! — continuou gritando Andréi Iefímitch. — Gente estúpida, embotada! Eu não preciso da sua amizade, nem dos seus remédios, homem embotado! Uma vulgaridade! Uma porcaria!

A. P. Tchekhov

Khóbotov e Mikhail Avieriânitch, desnorteados, trocaram entre si um olhar, recuaram para a porta e passaram à antessala. Andréi Iefímitch apanhou o frasco de brometo de potássio e atirou-o na direção deles; o frasco se quebrou contra a soleira da porta, com um som sonoro.

— Vão para o diabo! — gritou com voz chorosa, correndo para a antessala. — Para o diabo!

Depois que as visitas partiram, Andréi Iefímitch deitou-se no divã, trêmulo, como que febril, e ainda passou muito tempo repetindo:

— Gente estúpida! Gente embotada!

Quando se acalmou, veio-lhe em primeiro lugar o pensamento de que o pobre Mikhail Avieriânitch devia ter agora uma vergonha tremenda e um peso na alma, e que tudo aquilo era terrível. Nunca lhe acontecera nada no gênero. Onde estão a inteligência, o tato? Onde ficaram a apreensão racional e a indiferença filosófica?

A noite toda, o médico não conseguiu dormir, de vergonha e despeito contra si mesmo, e, a umas dez da manhã, foi à administração dos Correios e desculpou-se com o chefe.

— Não vamos recordar o que aconteceu — disse com um suspiro Mikhail Avieriânitch, muito sensibilizado, apertando-lhe com força a mão. — Que fique sem os olhos aquele que lembrar o sucedido. Liubávkin! — gritou de repente, tão alto que todos os carteiros e os que esperavam estremeceram. — Dê cá a cadeira. E quanto a você, espere um pouco! — gritou para uma mulher que lhe estendia, através da grade, uma carta registrada. — Não vê que estou ocupado? Não lembremos o que aconteceu — prosseguiu carinhoso, dirigindo-se a Andréi Iefímitch. — Sente-se, eu lhe peço encarecidamente, meu caro.

Passou um minuto alisando em silêncio os próprios joelhos, depois disse:

— Nem me passou pela cabeça ficar ofendido com você. Doença não é boa coisa, eu compreendo. A sua crise de ontem assustou o doutor e a mim, e passamos muito tempo falando a seu respeito. Meu caro, por que não quer ocupar-se a sério da sua doença? Pode-se acaso ficar assim? Desculpe a minha franqueza de amigo — murmurou Mikhail Avieriânitch —, você vive no ambiente mais desfavorável: acanhado, pouco limpo, ninguém cuida de você, não há com o quê se tratar... Mas, caro amigo, o doutor e eu imploramos-lhe de todo o coração, siga o nosso conselho: interne-se no hospital! Ali, há uma alimentação sadia, há quem cuide de você, recursos de tratamento. Embora Ievguêni Fiódorovitch seja, cá entre nós, um tipo simplório, é competente, pode-se confiar nele plenamente. Ele me deu a palavra de que se ocupará de você.

Andréi Iefímitch ficou comovido com a simpatia sincera e com as lágrimas que brilharam de repente sobre as faces do chefe dos Correios.

— Não acredite, meu prezado amigo! — murmurou ele, levando a mão ao coração. — Não acredite neles! É uma mentira! A minha doença consiste unicamente no fato de que, em vinte anos, eu só achei um homem inteligente em toda a cidade, e este é um louco. Não há nenhuma doença, simplesmente eu caí num círculo encantado, do qual não há saída. Tanto faz para mim, estou disposto a tudo.

— Interne-se no hospital, meu caro.

— Para mim tanto faz, nem que vá para uma fossa.

— Dê-me a palavra, velhinho, de que há de obedecer em tudo a Ievguêni Fiódoritch.

— Pois não, dou a minha palavra. Mas repito, meu prezado amigo, que eu caí num círculo encantado. Agora, tudo, mesmo o interesse sincero dos meus amigos, tende unicamente para a minha perdição. Estou me perdendo e com a hombridade de ter consciência disso.

— Vai restabelecer-se, velhinho.

— Para que dizer isso? — irritou-se Andréi Iefímitch. — É raro o homem que, no fim da vida, não experimente o mesmo que eu agora. Quando lhe disserem que tem alguma coi-

A. P. Tchekhov

sa no gênero de uma doença de rins ou dilatação da aorta, e você começar a tratar-se, ou lhe disserem que é um louco ou um criminoso, isto é, numa palavra, quando as pessoas de repente prestarem atenção em você, saiba então que caiu num círculo encantado, do qual não escapará. Vai esforçar-se para escapar e se extraviará ainda mais. Renda-se então, pois nenhum esforço humano há de salvá-lo. É o que me parece.

Entretanto, as pessoas se aglomeravam junto à grade. Para não atrapalhar, Andréi Iefímitch levantou-se e começou a despedir-se. Mikhail Avieriânitch fez com que ele desse mais uma vez a palavra de honra e acompanhou-o até a saída.

No mesmo dia, à tardinha, Khóbotov apareceu de chofre em casa de Andréi Iefímitch, de peliça curta e botas altas, e disse como se nada tivesse acontecido na véspera:

— Venho aqui para tratar de um caso, colega. É um convite: não quer participar comigo de uma conferência médica, hem?

Pensando que o outro queria diverti-lo com um passeio ou, realmente, proporcionar-lhe um ganho, Andréi Iefímitch vestiu-se e acompanhou-o. Estava contente pelo enseio de apagar a sua culpa do dia anterior e, no íntimo, agradecia a Khóbotov, que não fizera a menor alusão ao sucedido na véspera e, aparentemente, o estava poupando. Era difícil esperar semelhante delicadeza desse homem inculto.

— E onde está o seu doente? — perguntou Andréi Iefímitch.

— No hospital. Já faz muito tempo que eu quero mostrar-lhe... Um caso interessantíssimo.

Eles entraram no pátio do hospital e, rodeando o edifício principal, dirigiram-se para o pavilhão dos débeis mentais. E tudo isso, sem se saber por quê, em silêncio. Quando entraram no pavilhão, Nikita, como de costume, levantou-se de um salto e perfilou-se.

— Um doente daqui teve uma complicação na região dos pulmões — disse Khóbotov a meia-voz, entrando com Andréi

Iefímitch na enfermaria. — Espere-me aqui, eu não demoro. Vou apenas apanhar o estetoscópio.

E saiu.

XVII

Já estava escurecendo. Ivan Dmítritch permanecia deitado no seu leito, o rosto mergulhado no travesseiro; o paralítico estava sentado, imóvel, chorava baixo e movia os lábios. O mujique gordo e o ex-classificador dormiam. Havia silêncio.

Andréi Iefímitch esperou, sentado na cama de Ivan Dmítritch. Mas, passada meia hora, quem entrou na enfermaria, no lugar de Khóbotov, foi Nikita, o braço envolvendo um roupão, a roupa de alguém e um par de chinelos.

— Faça o favor de se vestir, Vossa Alta Nobreza — disse ele com brandura. — Aqui está a sua caminha, faça o favor de vir até aqui — acrescentou, indicando uma cama vazia, provavelmente trazida havia pouco. — Não é nada, se Deus quiser, vai ficar bom.

Andréi Iefímitch compreendeu tudo. Sem dizer palavra, passou para a cama indicada por Nikita e sentou-se ali; vendo que o outro estava à espera, despiu-se completamente e sentiu vergonha. Em seguida, vestiu o traje hospitalar; as calças eram muito curtas, a camisa comprida e o roupão cheirava a peixe defumado.

— Vai ficar bom, se Deus quiser — repetiu Nikita.

Apanhou debaixo do braço a roupa de Andréi Iefímitch, saiu e fechou a porta atrás de si.

"Tanto faz...", pensou Andréi Iefímitch, fechando envergonhado o roupão e sentindo que, em seu novo traje, parecia um presidiário. "Tanto faz... Tanto faz, um fraque, um uniforme militar ou este roupão..."

Mas o que há com o relógio? E o caderno de notas que

estava no bolso lateral? E os cigarros? Para onde Nikita levou a sua roupa? Agora, provavelmente, até o dia da morte, não terá mais oportunidade de usar calças de terno, colete, botas. Tudo isto é de certa maneira estranho e, a princípio, até incompreensível. Mesmo agora, Andréi Iefímitch estava certo de que não havia nenhuma diferença entre a casa da burguesa Bielova e a Enfermaria n° 6, que tudo neste mundo é insignificante e vaidade das vaidades, e, entretanto, tremiam-lhe as mãos, as pernas se gelavam e o assustava o pensamento de que pouco depois Ivan Dmítritch ia levantar-se e veria que ele estava de roupão. Levantou-se, caminhou um pouco e tornou a sentar-se.

Passou assim meia hora, uma hora, e enfadou-se até a angústia; será possível que aqui se pode viver um dia, uma semana, anos até, como esta gente? Bem, ele estivera sentado, caminhara um pouco e sentara-se de novo; pode-se ir olhar pela janela, e mais uma vez caminhar de um canto a outro. E depois? Ficar assim sentado o tempo todo, como um estafermo, e pensar? Não, isto é provavelmente impossível.

Andréi Iefímitch deitou-se, mas imediatamente se levantou, enxugou com a manga o suor frio da testa e sentiu que todo o seu rosto adquirira um cheiro de peixe defumado. Deu mais uma volta.

— Trata-se de algum mal-entendido... — disse, movendo perplexo os braços, num gesto vago. — É preciso ter uma explicação, trata-se de um mal-entendido...

Nesse ínterim, Ivan Dmítritch acordou. Sentou-se e apoiou as faces com os punhos. Cuspiu. Em seguida, olhou preguiçosamente para o médico e, ao que parece, no primeiro instante não compreendeu nada; mas logo o seu rosto sonolento adquiriu uma expressão má, zombeteira.

— Aí, também foi encerrado conosco, velhinho! — disse com voz rouquenha de sono, entrecerrando um olho. — Estou muito contente. Antes bebia sangue de gente, agora vão beber o seu. Magnífico!

Enfermaria n° 6
243

— Trata-se de algum mal-entendido... — disse Andréi Iefímitch, assustando-se com as palavras de Ivan Dmítritch; deu de ombros e repetiu: — Algum mal-entendido...

Ivan Dmítritch tornou a cuspir e deitou-se.

— Maldita vida! — rosnou ele. — Há uma sensação de amargor e de despeito, bem que esta vida não vai terminar com uma recompensa pelos sofrimentos, nem com uma apoteose, como numa ópera, mas com a morte; vão chegar os criados e arrastar o defunto pelas pernas e pelos braços para o porão. Brr! Bem, não tem importância... Em compensação, no outro mundo, vai haver uma festa para nós... Eu vou chegar do outro mundo até aqui, feito uma sombra, para assustar essas víboras. Vou branquear-lhes os cabelos.

Moissieika voltou e, vendo o médico, estendeu a mão.

— Me dá um copequezinho!

XVIII

Andréi Iefímitch foi até a janela e olhou o campo, já estava escurecendo e, no horizonte, à direita, erguia-se uma lua rubra e fria. Não longe do muro do hospital, a uns cem *sajens*,[18] havia um edifício alto, branco, rodeado de um paredão de pedra. Era a penitenciária.

"Eis a realidade!", pensou Andréi Iefímitch e assustou-se.

Eram temíveis a lua, a penitenciária, os pregos sobre o muro, a chama longínqua na fábrica de farinha de ossos. Atrás, ouviu-se um suspiro. Andréi Iefímitch voltou-se e viu um homem com estrelas brilhantes e condecorações sobre o peito, que sorria e piscava maliciosamente o olho. E também isso pareceu assustador.

Andréi Iefímitch procurou convencer-se de que não ha-

---

[18] Antiga medida russa correspondente a 2,13 metros.

via nada de peculiar quer naquela lua, quer na penitenciária, que também gente psiquicamente sã usava condecorações e que, com o tempo, tudo ia apodrecer e transformar-se em argila, mas o desespero apossou-se dele de repente, agarrou-se à grade com ambas as mãos e sacudiu-a com toda a força. A grade resistente não cedeu.

Depois, para não sentir tanto medo, dirigiu-se para a cama de Ivan Dmítritch e sentou-se.

— Perdi o ânimo, meu caro — balbuciou, tremendo e enxugando o suor frio. — Perdi o ânimo.

— Deveria era filosofar um pouco — disse zombeteiro Ivan Dmítritch.

— Meu Deus, meu Deus... Sim, sim... O senhor disse um dia que na Rússia não existe filosofia, mas que filosofam todos, até os fedelhos. Mas o filosofar dos fedelhos não faz mal a ninguém — disse Andréi Iefímitch, num tom de quem queria romper em pranto e causar dó. — Para que, pois, meu caro, esse riso maldoso? E como não vão filosofar esses fedelhos, se eles não estão satisfeitos? Um homem inteligente, culto, orgulhoso, amante da liberdade, feito à semelhança de Deus, não tem outra solução senão ir ser médico numa cidadezinha suja, estúpida, e passar a vida entre ventosas, sanguessugas, sinapismos! Charlatanice, estreiteza, vulgaridade! Oh, meu Deus!

— Está dizendo tolices. Se tem asco de ser médico, deveria ter-se feito ministro.

— Não se pode, não se pode chegar a nada. Somos fracos, meu caro... Eu era indiferente, tinha uma argumentação animada, sadia, mas bastou a vida tocar-me com rudeza, e perdi o ânimo... uma prostração... Somos fracos, não prestamos... E o senhor também, meu caro. É inteligente, nobre, absorveu com o leite materno os bons impulsos, mas bastou-lhe entrar na vida, e já se cansou e adoeceu... Uns fracos, uns fracos!

Algo mais, além do medo e do sentimento de ofensa, algo obsedante, angustiava Andréi Iefímitch o tempo todo, desde que se fizera noite. Finalmente, compreendeu que tinha vontade de tomar cerveja e fumar.

— Vou sair daqui, meu caro — disse ele. — Vou pedir que tragam luz... Não posso ficar assim... sou incapaz...

Andréi Iefímitch dirigiu-se para a porta e abriu-a, mas, no mesmo instante, Nikita pulou e fechou-lhe o caminho.

— Aonde vai? Não pode, não pode! — disse ele. — Está na hora de dormir!

— Mas eu só vou sair por um instante, vou dar uma volta pelo pátio! — Andréi Iefímitch ficou perplexo.

— Não pode, não pode, não há ordem. O senhor sabe muito bem.

Nikita bateu a porta e apoiou-se nela com os ombros.

— Mas, se eu sair daqui, isso vai prejudicar alguém? — perguntou Andréi Iefímitch, dando de ombros. — Não compreendo! Nikita, eu preciso sair! — disse ele, a voz trêmula. — Eu preciso!

— Não comece com desordens, isso é ruim! — disse Nikita, num tom sentencioso.

— Isso é diabo sabe o quê! — exclamou de repente Ivan Dmítritch e levantou-se de um salto. — Que direito ele tem de não deixar sair? Como eles se atrevem a manter-nos aqui? A lei, se não me engano, estabelece claramente que ninguém pode ser privado de liberdade sem julgamento! Isto é uma coação! Uma arbitrariedade!

— Naturalmente, uma arbitrariedade! — disse Andréi Iefímitch, animando-se com os gritos de Ivan Dmítritch. — Eu preciso, eu devo sair! Ele não tem direito! Deixe-me sair, estamos dizendo a você!

— Está ouvindo, besta de animal? — gritou Ivan Dmítritch, e bateu na porta com o punho. — Abra, senão vou arrombar a porta! Carrasco!

— Abra! — gritou Andréi Iefímitch, tremendo com todo o corpo. — Eu exijo!

— Fale mais um pouco! — respondeu atrás da porta Nikita. — Fale!

— Pelo menos, vá chamar Ievguêni Fiódoritch! Diga-lhe que eu lhe peço que venha... por um instante!

— Amanhã, ele vai chegar de qualquer maneira.

— Não vão soltar-nos nunca! — prosseguiu entretanto Ivan Dmítritch. — Vão nos deixar apodrecer aqui! Oh, meu Deus, será possível que realmente no outro mundo não exista inferno e que estes canalhas serão perdoados? Nesse caso, onde está a justiça? Abra, canalha, estou sufocando! — gritou com a voz rouquenha e jogou o corpo contra a porta. — Vou esmagar a minha cabeça! Assassinos!

Nikita abriu depressa a porta, empurrou rudemente Andréi Iefímitch, com ambos os braços e depois com o joelho, em seguida ergueu o punho e bateu-lhe no rosto. Andréi Iefímitch teve a impressão de que uma enorme vaga salgada cobrira-lhe a cabeça e arrastara-o para a cama; tinha de fato um gosto salgado na boca: provavelmente, sua gengiva sangrava. Como que procurando sobrenadar, ele agitou os braços e agarrou-se à cama de alguém, e então sentiu que Nikita o golpeava duas vezes nas costas.

Ivan Dmítritch gritou alto. Provavelmente, estava sendo espancado também.

Em seguida, tudo se aquietou. Um luar tênue chegava por entre as grades, e no chão havia uma sombra parecida com uma rede. Dava medo. Andréi Iefímitch deitou-se e conteve a respiração; horrorizado, ficou esperando que batessem nele mais uma vez. Era como se alguém tivesse apanhado uma foice, cravado nele e dado algumas voltas em seu peito e nas tripas. Com a dor, mordeu o travesseiro e apertou os dentes, e de súbito em sua cabeça apareceu nitidamente, em meio ao caos, um pensamento terrível, intolerável: aqueles homens, que pareciam, com o luar, sombras negras, tiveram que suportar dia após dia, no decorrer de anos, uma dor perfeitamente idêntica. Como podia ter acontecido que, durante mais de vinte anos, ele não soubera e não quisera saber disso? Ele não sabia, não tinha noção da dor, quer dizer que não era culpado, mas a consciência, tão rude e implacável como Nikita, obrigou-o a ficar frio, do occipício aos calcanhares. Levantou-se de um salto, quis gritar com todas as forças e correr o mais depressa possível, a fim de matar Nikita, depois Khóbotov, o vigia e o enfermeiro, em seguida a si mesmo, mas nenhum som lhe saiu do peito e os pés não lhe obedeceram; perdendo o fôlego, deu um puxão no seu roupão sobre o peito e na camisa, rasgou-o e deixou-se cair sem sentidos sobre a cama.

XIX

Na manhã seguinte, tinha dor de cabeça, uma zoeira nos ouvidos e sentia fraqueza em todo o corpo. Não se envergonhava de lembrar a sua debilidade da véspera. Fora pusilânime, tivera medo até da lua, expressara sinceramente ideias e sentimentos que antes nem suspeitara em si. Por exemplo, sobre a insatisfação dos fedelhos que filosofam. Mas, agora, tudo lhe era indiferente.

Não comia nem bebia, deitado imóvel e em silêncio.

"Para mim tanto faz", pensava, quando lhe faziam alguma pergunta. "Não vou responder... Para mim tanto faz."

Depois do jantar, chegou Mikhail Avieriânitch, trazendo-lhe um quarto de libra de chá e uma libra de marmelada. Dáriuchka veio também e passou uma hora inteira junto à cama, uma expressão de angústia embotada no rosto. Foi visitado igualmente pelo Dr. Khóbotov. Este trouxe um frasco de brometo de potássio e ordenou a Nikita fazer uma defumação na enfermaria.

À tardinha, Andréi Iefímitch morreu de apoplexia. A princípio, sentiu um frio terrível e náusea; algo asqueroso pareceu penetrar-lhe todo o corpo, mesmo os dedos, e estender-se depois dos intestinos para a cabeça, inundar-lhe os olhos, os ouvidos. Uma cor verde toldou-lhe a visão. Andréi Iefímitch compreendeu que o seu fim chegara e lembrou-se de que Ivan Dmítritch, Mikhail Avieriânitch e milhões de pessoas acreditavam na imortalidade. E se ela existisse mesmo? Mas ele não queria a imortalidade, e foi por um instante apenas que pensou nela. Passou por ele um bando de veados, extraordinariamente belos e graciosos, a respeito dos quais lera um dia antes; depois, uma mulher estendeu para ele a mão com uma carta registrada... Mikhail Avieriânitch disse algo. Depois, tudo sumiu, e Andréi Iefímitch desfaleceu para sempre.

Vieram os criados, apanharam-no pelas pernas e pelos braços e levaram-no para a capela. Ali, ficou deitado sobre a mesa, os olhos abertos, iluminado de noite pelo luar. De manhã, chegou Sierguéi Sierguéitch, rezou convicto junto ao crucifixo e fechou os olhos do seu antigo chefe.

No dia seguinte, Andréi Iefímitch foi enterrado. Somente Mikhail Avieriânitch e Dáriuchka foram ao enterro.

(1892)

APÊNDICE[1]

Boris Schnaiderman

O BEIJO

Já se escreveu muito sobre a delicadeza, o toque peculiar que Tchekhov sabia infundir às suas histórias em que aparece um tema de amor. E, neste sentido, "O beijo" é sem dúvida um conto característico.

Constitui também um exemplo flagrante da sua capacidade de apresentar os ambientes mais diversos. Nunca servira no Exército, a sua relação pessoal com o tema deve ter sido muito escassa. No entanto, a sua descrição de manobras de artilharia parece de alguém que nunca tenha feito outra coisa na vida. Diversos pesquisadores já mostraram que, antes de escrever um conto sobre um tema que não conhecia, procurava informar-se devidamente, dando sempre grande atenção aos pormenores necessários. Mas, justamente essa aptidão contribuía para ressaltar o "segundo plano", a vivência por trás do imediato e contingente.

KASCHTANKA

Este conto foi publicado no jornal *Nóvoie Vriêmia* (*Tempos Novos*), em 1887, e refundido completamente pelo au-

---

[1] Parte das informações contidas nesta seção baseia-se em notas de edições russas das obras de Tchekhov.

tor, para uma edição ilustrada, promovida em 1892 pelo diretor do jornal e amigo de Tchekhov, A. S. Suvórin.

As ilustrações de A. S. Stiepanov suscitaram a seguinte reação do escritor, numa carta a seu editor e amigo, em 22 de janeiro de 1892: "Alá, que desenhos! Meu velho, estou pronto a pagar do meu bolso cinquenta rublos ao pintor, com a condição de que se faça desaparecer esses desenhos... O que significam? Tamboretes, uma gansa que põe ovos, um buldogue em lugar de *basset*". Seis dias depois, escrevia, porém: "Imagine que os desenhos agradam ao público, embora me desagradem de vez. O formato é bom".

Existem informações contraditórias sobre a origem do conto. V. Bilíbin (secretário de redação de *Oskólki* [*Estilhaços*], periódico humorístico dirigido por N. Léikin) escreveu a Tchekhov, em 30 de dezembro de 1887: "Léikin diz que foi ele quem lhe deu o tema para o conto sobre a cadela Kaschtanka". Por outro lado, o grande amestrador de animais soviético V. Durov, no livro *Os meus bichos*, 1927, lembra a cadela por ele amestrada, de nome Kaschtanka, e cuja história teria contado a Tchekhov. Este escrevera em 1885, na sua seção "Estilhaços da vida moscovita", do periódico *Oskólki*, sobre um ganso sábio, exibido então num circo de Moscou.

I. P. Polônski escreveu a Tchekhov, em 8 de janeiro de 1888: "O senhor presenteou-nos, por ocasião do Ano Novo, com dois contos: 'Kaschtanka' e 'Uma história oriental',[2] e eu tenho o prazer de comunicar-lhe que ambos agradaram a todos aqui. Eles têm um final não só inesperado, mas também *divertido*, o que é essencial. O colorido da linguagem corresponde plenamente ao lugar, ao tempo e às personagens que o senhor apresenta. Somente o final de 'Kaschtanka', segundo me pareceu, apresenta sinais de cansaço ou pressa. Alguma coisa falta à última cena".

[2] Denominado posteriormente: "Sem título".

D. S. Mirsky, que foi, de modo geral, demasiado rigoroso e frequentemente injusto, na sua análise da obra tchekhoviana, escreveu sobre esse conto (*A History of Russian Literature from its Beginnings to 1900*, Nova York, Vintage Books, 1958): "A história constitui uma admirável combinação de humor e poesia, e, embora ela sem dúvida sentimentalize e humanize os seus animais, não se pode deixar de reconhecer nela uma obra-prima".

Convém observar que esta atenção dedicada aos bichos é característica de toda a obra de Tchekhov. Ela aparece com particular intensidade em várias passagens de seu único romance, *Drama numa caçada*, escrito aos vinte e quatro anos e publicado em folhetim, um dos escritos com a finalidade específica de um ganha-pão.

Assim, ao descrever um rapaz, o narrador diz que ele tinha "bons olhos azuis-celestes em que luziam essa bondade e, ainda, algo para o qual é difícil encontrar um nome adequado. Este 'algo' pode ser notado nos olhos de animais pequenos, quando eles se angustiam ou sentem calor. Algo implorante, infantil, que suporta tudo sem uma queixa... Gente esperta e muito inteligente não costuma ter olhos assim".

Enfim, trechos como este mostram que, ao escrever "Kaschtanka", Tchekhov dava expressão a algo que lhe era muito caro.

Neste e em outros contos de Tchekhov, o uso de corruptelas de patronímico dá um tom de naturalidade à narrativa; assim, o autor emprega a forma Luká Aleksândritch em vez de Aleksândrovitch, Ivan Ivânitch, em lugar de Ivânovitch etc.

VIÉROTCHKA

O escritor D. Grigoróvitch expressou-se assim, numa carta a Tchekhov, em 30 de dezembro de 1888: "Os contos

'Uma desgraça', 'Viérotchka', 'Em casa' e 'Na estrada' demonstram o que eu já sei há muito, isto é, que o seu horizonte abrange muito bem o tema do amor, nas suas manifestações mais sutis e ocultas".

UMA CRISE

O conto foi publicado pela primeira vez na coletânea *À memória de V. M. Gárchin*.

O suicídio desse escritor, aos trinta e dois anos, causara forte impressão na época. Diversos intelectuais planejaram então a organização de duas coletâneas à sua memória. Tchekhov desistiu de participar da primeira, ao saber que se pedia um trabalho novo e não a reimpressão de um escrito já publicado. Mas, solicitado mais uma vez, respondeu a A. Pleschéiev, em 15 de setembro de 1888: "Não me agrada deixar de enviar o conto. Em primeiro lugar, eu amo de toda a alma pessoas como o falecido Gárchin, e considero meu dever reconhecer publicamente a minha simpatia por elas; em segundo, nos últimos dias da sua vida, Gárchin ocupou-se muito da minha pessoa, o que não posso esquecer; em terceiro, recusar uma participação nessa coletânea significa não agir como amigo e sim como um porco. Sinto tudo isso até a medula dos ossos, mas imagine a minha absurda situação! Decididamente, não tenho nenhum tema que seja mais ou menos aceitável para a coletânea... Aliás, tenho agora um tema: um jovem de têmpera garchiniana, uma criatura excepcional, honesta e profundamente sensível, vai, pela primeira vez na vida, a uma casa de tolerância. Visto que se deve falar seriamente dos assuntos sérios, todas as coisas no conto serão chamadas pelos nomes verdadeiros. Talvez eu consiga escrevê-lo de tal modo que ele saia bom e sirva para a coletânea, mas você me garante, meu caro, que a censura, ou a própria redação, não arrancarão dele aquilo que eu considero importante? A coletânea é ilustrada e, por conseguinte, requer decoro. Se você me assegurar que nenhuma palavra será riscada, eu escreverei o conto em duas noites; mas, se não há garantia, espere uma semana e vou dar a minha resposta definitiva; talvez eu acabe de pensar num tema!".

Enviando "Uma crise" aos organizadores do volume, em 13 de novembro, Tchekhov fez a seguinte apreciação sobre esse escrito, numa carta ao mesmo Pleschéiev: "O conto não serve de modo algum para leitura familiar, de almanaque, é desgracioso e recende à umidade dos canos d'água. Mas, pelo menos, tenho a consciência tranquila: em primeiro lugar, cumpri a promessa e, em segundo, paguei ao falecido Gárchin o tributo que eu quis e que sabia prestar-lhe. Como médico, tenho a impressão de que descrevi a dor íntima exatamente, segundo todas as regras da ciência psiquiátrica".

O conto foi lido pelo artista Davidov, na Sociedade Literária de Moscou, suscitando acaloradas discussões.

Grigoróvitch escreveu, em 27 de dezembro, que a indignação de alguns leitores com o "cinismo" do tema constituía "um absurdo completo", que não era justo acusar o autor de não ter motivado as ações da personagem, e que tais juízos testemunhavam a ausência de "uma sensibilidade literária correta". Analisando o conto, Grigoróvitch impressionou-se particularmente com a descrição da natureza. "O anoitecer, com aquele céu sombrio e com a neve molhada, recém-caída e caindo, constitui uma escolha particularmente feliz; ele serve como que de acorde à disposição melancólica, difundida pela narrativa, e que a sustenta do começo ao fim... Eu me enfureci porque ninguém deu o devido apreço à linha 6 da página 308.[3] E disseram-me que havia até poetas na leitura na Sociedade Literária!"

[3] Segundo nota às *Obras completas* de Tchekhov, edição de 1947: "E como a neve não se envergonha de cair neste beco?!". (Esta passagem não corresponde ao texto do conto, pelo menos em sua versão definitiva.)

Apêndice

Tchekhov escreveu a Suvórin, em 23 de dezembro: "A Sociedade Literária, os estudantes, Ievréinova, Pleschéiev, as moças etc., elogiaram plenamente o meu 'Uma crise', mas a descrição da primeira neve foi notada unicamente por Grigoróvitch".

Górki escreveu no texto autobiográfico "Noite em casa de Châmov": "Sinto quase dor física quando se fala de Tchekhov demasiado alto, desrespeitosamente. Depois de 'Uma crise', considero-o um escritor que possui, à perfeição, 'um talento humano, sutil, uma sensibilidade magnífica para a dor' e à mágoa pelos homens, embora eu estranhe ver que ele não tem sensibilidade para as alegrias da vida" (minha tradução, incluída em Maksim Górki, *Meu companheiro de estrada e outros contos*, Editora 34, 2014, p. 336).

Em certas passagens desse conto, Tchekhov apresenta quase uma réplica a outras da novela de Dostoiévski, *Memórias do subsolo*.[4] Tal como em "Uma crise", a "neve molhada", o inverno sublinham, no escrito dostoievskiano, a penosa situação moral. O "sorriso culpado" que o estudante esperava encontrar na mulher do beco talvez tenha relação com o jeito envergonhado de Lisa, nas *Memórias*, e com outras prostitutas de Dostoiévski.

"Uma crise" foi também objeto de muitos estudos no período soviético.

Em "O conto sobre um homem de têmpera garchiniana", incluído na coletânea *Tchekhov e seu tempo* (editora *Naúka* [Ciência], da Academia de Ciências da U.R.S.S., 1977), M. L. Siemânova aponta para o diálogo constante entre as obras de Tchekhov e Gárchin, embora eles se tenham encontrado bem ligeiramente e apenas uma vez. Ela trata igualmente da semelhança física entre Gárchin e o estudante de Tchekhov,

---

[4] Ver Fiódor Dostoiévski, *Memórias do subsolo*, São Paulo, Editora 34, 6ª edição, em minha tradução.

bem como da ocorrência, no texto, de antecedentes ao episódio narrado, que lembram a biografia de Gárchin.

Uma história enfadonha

Tchekhov trabalhou nesta novela até fins de setembro de 1889. Em 3 de setembro, escreveu a Pleschéiev que tinha ainda vontade de "burilar e envernizar alguma coisa, mas, sobretudo, pensar sobre esse trabalho. Desde que existo, não escrevi nada no gênero, os temas são completamente novos para mim e eu tenho medo de ser induzido em erro pela minha inexperiência. Ou mais exatamente, estou com medo de escrever tolice".

Em 14 de setembro, informou Pleschéiev sobre uma refusão da novela. Expressando seu descontentamento com ela, observava ao mesmo tempo que conseguira criar "duas ou três personagens novas, interessantes para todo leitor intelectual... Uma ou duas situações novas". Ao enviar o manuscrito a Pleschéiev, explicou, em carta de 24 de setembro, que as longas reflexões "não podem ser, infelizmente, jogadas fora, pois sem elas não pode passar o meu herói, autor das memórias. Essas reflexões são fatais e indispensáveis, como a carreta pesada é necessária para um canhão. Elas caracterizam o herói, o seu estado de espírito e as suas tergiversações consigo mesmo".

A. Pleschéiev enviou a Tchekhov uma longa apreciação sobre a novela. Afirmava: "[...] o senhor não criou até hoje nada tão *forte* e *profundo* como este trabalho. O tom do velho cientista foi mantido de modo admirável, e até as reflexões em que se percebem notas subjetivas, as do senhor mesmo, não prejudicam isso. E a personagem aparece diante do leitor como uma pessoa viva. Kátia também está admiravelmente realizada... Todas as personagens secundárias são igualmente muito vivas". Além de aconselhar a Tchekhov que mudasse o título, a fim de evitar ironias fáceis por parte da crítica, indicou-lhe alguns defeitos estilísticos. Expressou também a opinião de que a novela suscitaria uma crítica feroz, principalmente pelos juízos sobre a literatura russa, e em particular sobre os artigos científicos. Tchekhov recusou-se, porém, a mudar o título e opôs objeções também a algumas das observações de Pleschéiev. Por exemplo, em relação ao episódio em que há referência, nas páginas finais, à pessoa de Mikhail Fiódorovitch, e que o seu correspondente aconselhara suprimir, ele escreveu: "[...] a intuição me diz que o final de um conto ou de uma novela deve concentrar artificialmente no leitor a impressão de toda a obra e, por isso, ainda que ligeiramente, um quase nada, referir-se àqueles de quem se tratou antes. É possível, no entanto, que eu me engane". Em relação à personagem principal, afirmou: "[...] o meu herói, e isto constitui um dos seus traços principais, trata com demasiada negligência a vida interior dos que o rodeiam, e enquanto, ao seu lado, choram, cometem erros, mentem, ele discorre com a maior tranquilidade sobre teatro e literatura; se ele fosse de outro estofo, Lisa e Kátia talvez não se perdessem".

Tchekhov ficou descontente com a identificação, por alguns críticos, das opiniões da personagem com ideias do autor. No entanto, a falta no velho professor de uma "ideia geral" constituía sem dúvida um problema do próprio Tchekhov, conforme se pode constatar por outras partes da sua obra e pela correspondência. Diversos conceitos emitidos por Nikolai Stiepânitch seriam, porém, dificilmente endossados pelo novelista.

De modo geral, a crítica da época recebeu a obra favoravelmente, mas houve também apreciações muito desfavoráveis. Era frequente afirmar-se a influência de *A morte de Ivan Ilitch*, de Tolstói, na composição da novela tchekhoviana. É, por exemplo, o que afirmam intelectuais apresentados por Górki no conto autobiográfico "Noite em casa de Châmov".

Numa carta de 5 de novembro de 1889, Pleschéiev transmitiu a Tchekhov opiniões entusiasmadas de muitos leitores.

A crítica mais recente atribuiu igualmente grande importância a essa novela. D. S. Mirsky afirma (*A History of Russian Literature*) que ela inicia a lista das obras-primas maduras do autor e que data da sua publicação o aparecimento entre os russos de um "estado de espírito tchekhoviano". O mesmo crítico aponta o final em tom menor, "repetido em todas as histórias subsequentes de Tchekhov".

Enfermaria n° 6

A primeira notícia sobre a redação desta novela, que se destinava à revista *Rúskoie Obozriênie* (*O Panorama Russo*), ocorre, segundo informação de K. D. Murátova (nota à edição soviética de 1947), numa carta de Tchekhov a Suvórin, datada de 31 de março de 1892: "Estou escrevendo uma novela. Antes de publicá-la, gostaria de enviá-la a você, para fins de censura, pois a sua opinião é para mim o mesmo que ouro; no entanto, tenho que me apressar, pois estou sem dinheiro. A novela contém muita argumentação e falta o elemento do amor. Há um enredo, com enlace e desenlace. A orientação é liberal. Dimensões: duas folhas de impressão. Mas eu precisaria aconselhar-me com você, pois tenho medo de soltar umas tolices cacetes". Em 29 de abril, escreveu a L. Avílova: "Estou terminando uma novela muito fastidiosa, pois nela faltam de todo a mulher e o elemento do amor. Detesto as novelas nesse gênero, e eu a escrevi não sei como, sem querer, por leviandade".

Tchekhov retirou a novela da revista à qual se destinava e encaminhou-a, já em fase de provas tipográficas, à redação da revista *Rúskaia Misl* (*O Pensamento Russo*), dando assim por encerrado o seu caso pessoal com esta última. O incidente fora suscitado por uma crítica sem assinatura,

Apêndice

259

aparecida no periódico, em março de 1890, e na qual Tchekhov era incluído entre os "pontífices da literatura sem princípios". Em carta de 10 de abril, o escritor, então em vésperas da partida para a sua viagem a Sacalina, manifestou o seu protesto ao redator da revista, V. M. Lavróv: "Costuma-se não responder às críticas, porém no caso presente não se trata de crítica, mas simplesmente de uma calúnia. É provável que eu nem respondesse a essa calúnia, mas, por estes dias, vou partir por muito tempo para fora da Rússia, talvez não volte nunca, e não tenho forças para abster-me de responder. Nunca fui um escritor sem princípios, ou um velhaco, o que vem a dar no mesmo... Há muitos contos e artigos de fundo meus que eu com muito gosto jogaria fora como imprestáveis, mas não tenho nenhuma linha da qual possa envergonhar-me agora". Afirmando a seguir não ter merecido a ofensa que lhe fora infligida pela revista, declarava romper tanto as relações literárias como as pessoais, de amizade, com V. Lavróv. No entanto, em 23 de junho de 1892, Tchekhov recebeu dele uma carta com um pedido para que esquecesse os mal-entendidos e voltasse a colaborar na revista.

Encaminhou a esta o "Relato de um desconhecido" e a "Enfermaria nº 6", propondo que a segunda fosse publicada somente no ano seguinte. Todavia, temendo dificuldades com a censura, por causa da primeira dessas novelas, Lavróv pediu autorização para publicar antes a "Enfermaria nº 6". Tchekhov respondeu-lhe: "Seja feita a sua vontade! Publique primeiro a 'Enfermaria nº 6', embora isto me envergonhe um pouco, pois eu disse a Boboríkin[5] que retirava dele a novela apenas para segurá-la comigo um ano e refazê-la. Não era mentira, e agora vai parecer que menti... De fato, seria preciso repintar a 'Enfermaria', pois ela fede a morgue e hospital. Não sou apreciador de novelas no gênero!".

[5] O escritor P. D. Boboríkin, então redator da *Rúskoie Obozriênie*.

Após a publicação na revista, em novembro de 1892, Tchekhov recebeu uma carta entusiasmada do editor B. Tchertkóv: "Agradeço-lhe do coração tudo o que recebemos de bom por meio dessa obra, e que os leitores certamente hão de receber também. Alegro-me pelo senhor, pela altura em que se encontra, bem como pela amplitude do seu horizonte e profundeza do olhar, quando escrevia esta obra realmente artística...". Na carta seguinte (20 de janeiro de 1893), Tchertkóv escrevia: "Esse trabalho nos é apontado de todos os lados. Ainda há pouco, recebemos a respeito dele uma opinião favorável de L. N. Tolstói".

Outros amigos e conhecidos manifestaram igualmente a Tchekhov, por escrito, o seu contentamento. O pintor I. Riépin escreveu: "Como eu lhe fico agradecido pela sua 'Enfermaria nº 6'. Que impressão terrível desprende-se dessa obra! É simplesmente incompreensível como de um conto tão simples, despretensioso, pobre até pelo argumento, cresce finalmente uma ideia tão incoercível, profunda, colossal, de humanidade. Mas não, como posso eu julgar esta obra maravilhosa?... Ando estupefato, encantado, contente por não estar ainda na condição de Andréi Iefímovitch... Afaste de mim este cálice!!! Obrigado, obrigado, obrigado! Que forçudo é você! Isto é que é uma obra!". O escritor A. Ertel fez a seguinte observação sobre a novela, numa carta a V. Lavróv: "Que obra magistral e profunda é 'Enfermaria nº 6', embora não sem prejuízo da nitidez e sobriedade puchkinianas. Não é a própria vida, mas *uma reflexão literária* sobre a vida; todavia, o talento que aí se manifesta lembra o talento da plêiade".[6] V. I. Niemiróvitch-Dântchenko escreveu a Tchekhov: "'Enfermaria nº 6' tem um êxito *enorme*, que o senhor ainda não obtivera. Vê acaso os jornais? É somente dela que tratam".

---

[6] Termo consagrado na Rússia para designar Púchkin e seus amigos poetas.

Apêndice

261

Na imprensa, a par dos elogios, apareceram algumas restrições. A. Skabitchévski escreveu, em *Nóvosti* (*Notícias*), que "Enfermaria nº 6" causava "uma impressão acabrunhante e, em última instância, abaladora", e que essa impressão era provocada "não só pela magistral e profunda análise psiquiátrica do autor, mas também pelo quadro geral da sociedade na cidadezinha longínqua, cuja vida chegara a um tal grau de absurdo generalizado que se perde decididamente a noção de quem, nesse meio, pode ser considerado são, e quem deve ser julgado débil mental, e onde termina a Enfermaria nº 6 e começa a região do bom senso...". V. Gólossov escreveu na revista *Nóvoie Slovo* (*A Palavra Nova*): "Em nenhuma das suas obras anteriores o autor se erguera a semelhante altura de beleza artística e de pensamento sério, profundo e nítido, como no conto 'Enfermaria nº 6'. A simplicidade, elegância e força da linguagem, a vivacidade e intensidade das cores, o respeito à severa causalidade do sucedido, o profundo realismo da psicologia das personagens, e o equilíbrio, a harmonia na construção das partes, a firmeza da perspectiva interior ou, como diria Bielínski, a unidade interior da obra, destacam-se da massa de tudo o que o autor escreveu, bem como de todas as obras melhores da literatura russa atual...". Alguns críticos acharam pouco nítida a intenção do autor. O jornal *Grajdanin* (*O Cidadão*) chegou a negar a existência na Rússia de cidades como a representada em "Enfermaria nº 6".

A crítica estrangeira atribuiu igualmente grande importância a essa novela. Em *L'histoire d'Anton Tchekhov* (Paris, Les Éditeurs Français Réunis, 1954), Elsa Triolet considerou-a "quase intolerável à leitura" e, depois de lembrar a profunda impressão causada por ela ao jovem Lênin, escreveu: "A censura é uma dama distraída, pois não se pode explicar de outro modo que ela tenha deixado passar a novela, pois, na época, todos já viram nesta uma representação da Rússia, onde os homens enclausurados sofriam os golpes de Nikita".

W. H. Bruford, em *Chekov and his Russia* (Londres, Routledge, 1948), assinalou o caráter simbólico das personagens, chamando também a atenção para o fato de que o medo de Ivan Dmítritch ante a possibilidade de um erro judiciário, dada a indiferença humana dos que tinham uma "relação oficial e profissional com o sofrimento alheio", refletia opiniões do próprio Tchekhov, e que o levaram a empreender a viagem a Sacalina. Segundo frisa Bruford, a sua preocupação com os problemas de justiça na sociedade russa reflete-se na correspondência. Ademais, tendo acompanhado de perto os estudos jurídicos de seu irmão Mikhail, ficara bastante familiarizado com o sistema penal russo.

Num verbete do *Dizionario letterario Bompiani delle opere e dei personaggi* (1951), Dott. Giorgio Kraiskij escreveu: "Ao acompanhar o progressivo debilitamento moral do doutor, Tchekhov aparece como um mestre, aflorando em certos pontos a profundidade psicológica de Dostoiévski; mas a argumentação entre Andréi Iefímitch e o alienado é destituída de sentido imediato, faltando-lhe força de convicção".

Esta novela foi objeto de um trabalho universitário brasileiro: a tese de doutoramente de Paulo Dal-Ri Peres junto à Universidade de São Paulo, "O discurso psiquiátrico e antipsiquiátrico de Tchekhov em sua manifestação literária", baseado no texto original e em outras fontes russas e ocidentais. Depois de apontar que, nessa novela, Tchekhov conseguiu expressar do modo mais vigoroso a sua obsessão pela Medicina e a Justiça, o autor esmiúça como o escritor estava em desacordo com as práticas psiquiátricas de seu tempo. Ademais, em termos de Medicina, ele era confessadamente um adepto das concepções de G. A. Zakhárin, que punha ênfase no doente individualizado e não na doença na qual este deveria ser enquadrado, como era de praxe na época.

Ainda do ponto de vista da relação desta novela com temas brasileiros, parece interessante constatar a proximidade entre seu tema e o conto "O alienista" de Machado de Assis. Evidentemente, Tchekhov não podia conhecer o texto machadiano, que saíra dez anos antes no Brasil. Mas a preocupação de ambos com o limiar razão/desrazão e como ele é tratado pela sociedade fez com que ambos narrassem as desventuras de um psiquiatra que acaba internado no estabelecimento que dirigia.

NOTA BIOGRÁFICA

Anton Pávlovitch Tchekhov viveu de 1860 a 1904. Por conseguinte, sua infância e juventude decorreram no período das reformas de Alexandre II, sua mocidade foi marcada pelo período sombrio que se seguiu ao assassínio do tsar e à ascensão de Alexandre III ao trono, e sua idade madura se desenvolveu quando já se iniciavam os acontecimentos revolucionários que haveriam de subverter toda a estrutura da existência descrita por Tchekhov.

Neto de um servo da gleba e filho de um pequeno comerciante, sua infância decorreu em Taganrog, onde nascera e onde seu pai possuía uma venda. Este o fazia trabalhar da manhã à noite e, admirador dos cantos de igreja, obrigava-o a levantar-se com os irmãos de madrugada, para cantar no coro.

Quando Tchekhov tinha dezesseis anos, o pai faliu, e a família transferiu-se para Moscou, em condições de grande penúria. O jovem permaneceu, porém, na cidade natal e frequentemente deu aulas particulares para garantir a subsistência. Concluído o curso secundário, reuniu-se à família em Moscou, onde se matriculou na Faculdade de Medicina.

Embora mostrasse desde cedo grande pendor para a literatura e o teatro, foi conscientemente que escolheu a profissão de médico. Exerceu-a de 1884 a 1897 e sempre conservou profunda admiração pelo trabalho científico. Chegava a afirmar que a medicina era a sua esposa legítima, enquanto a literatura seria a amante.

Enquanto fazia o curso de Medicina, persistiu a necessidade de ganhar dinheiro. Aproveitou então a sua facilidade de narrador e enviou a revistas humorísticas crônicas ligeiras e pequenos contos, ao gosto da época.

Teve grande êxito, embora desde cedo fosse também vítima dos ataques da crítica. Seu talento humorístico, sua capacidade de apresentar tipos e situações, tornaram-no extremamente popular.

Nos escritos de mocidade, constata-se que, ao lado das anedotas sem um sentido mais profundo, já aparecia o escritor de sensibilidade, preocupado com os problemas humanos. E esta tendência acentuou-se com o passar dos anos. As revistas devolviam-lhe muitos contos, sob a alegação de que eram secos e desinteressantes, mas o escritor insistiu em seu propósito, encontrando então apoio em algumas figuras representativas da vida intelectual russa.

Aos vinte e quatro e vinte e cinco anos, era já um escritor consumado, autor de contos que subvertiam a estrutura tradicional do gênero e traziam para a literatura todo um mundo de província e de capital, de pequenos funcionários e crianças infelizes, de mujiques e estudantes, de professores e médicos, um mundo observado com profunda simpatia e com uma nota de melancolia difusa.

Desde o início, esse mundo estava marcado pela insatisfação do autor, pelo seu protesto social, mas, ao mesmo tempo, ele era avesso aos sistemas organizados de pensamento e de ação. Nunca pertenceu a nenhum partido político, a nenhum agrupamento. Materialista convicto, aliava às vezes esse materialismo a certa nostalgia da religião, chegando a se definir, em seu caderno de apontamentos, como "um racionalista que, pobre pecador, ama ainda o repicar dos sinos".

Em fins da década de 1880, esteve sob a influência do tolstoísmo. Não acreditando então nas perspectivas de uma revolução social na Rússia, viu na doutrina de Tolstói uma concepção do mundo que se adaptava bem a seu próprio anseio de encontrar um caminho mais justo para a sociedade. Mas, conforme se constata por alguns contos e pela correspondência, mesmo no período da maior influência do tolstoísmo sobre ele, a afirmação messiânica e categórica de Tolstói era acrescida, nele, de uma forte dose de ceticismo.

A morte de um irmão em 1889 contribuiu provavelmente para que passasse por uma fase de grande abatimento moral. Ao mesmo tempo, parecem ter se aguçado os seus conflitos interiores. E inesperadamente aquele homem, que estava tuberculoso desde os vinte e quatro anos e, como médico, tinha plena consciência de seu estado, decide-se a uma longa e penosa jornada: depois de intensos estudos preparatórios, empreende uma viagem à ilha de Sacalina, onde pretende investigar as condições de vida dos degredados. Depois de milhares de quilômetros de carro, por estradas péssimas, procedeu pessoalmente a um verdadeiro recenseamento de todos os habitantes, interrogando cada um, embora fossem cerca de dez mil. Como se vê, o espírito científico e objetivo parecia aliar-se nele à busca da verdade e da justiça, ao anseio moral. Pelo menos, é a suposição que se pode tirar de sua biografia e de algumas de suas cartas: na obra, continua avesso a qualquer atitude doutrinadora. Mas também no plano biográfico, a complexidade surge a todo momento. Assim, pouco antes de partir para a ilha, anotava: "Realmente, vou à ilha de Sacalina, e não apenas por causa dos reclusos, mas à toa. Quero riscar de minha vida um ano e meio".

Depois de regressar de Sacalina, por mar, repudiou claramente o tolstoísmo. Por outro lado, embora continuasse cada vez mais cético em relação aos sistemas de pensamento e de ação política, a efervescência da sociedade russa de seu tempo, os prenúncios de revolução, aparecem de modo flagrante em sua obra.

Tendo adquirido em 1892 uma propriedade rural na região de Moscou, que depois venderia, desenvolveu ali uma atividade intensa na ajuda à população local, inclusive assistência médica por ocasião de uma epidemia de cólera, viajando também por regiões vizinhas assoladas pela fome.

Nos últimos anos de vida, dedicou-se cada vez mais ao conto longo e à novela, bem como ao teatro. Aliás, ao contrário da realização como contista, sua evolução como teatrólogo evidencia longo processo, doloroso e contraditório, pois, não obstante as qualidades dramáticas de uma peça como *Ivanóv* (1887) e de suas pecinhas curtas, só nos últimos anos encontraria sua própria forma de espetáculo teatral, uma forma pessoal e inconfundível, onde o dramático tradicional, baseado na ação, é substituído pela concentração no discurso das personagens.

Em 1901, casou-se com Olga Knipper, atriz do Teatro de Arte de Moscou, teatro esse intimamente relacionado com o surgimento das peças tchekhovianas da fase madura.

Nessa época, passava parte do ano em Ialta, na Crimeia, onde construíra uma casa. Olga Knipper era frequentemente retida em Moscou e Petersburgo pelas exigências da vida teatral.

Tchekhov morreu em Badenweiler, na Alemanha, durante uma viagem empreendida com a mulher.

Deixou muitas dezenas de contos e novelas. Entre seus textos de ficção mais longos, vários dos quais incluídos na presente antologia, figuram: *A estepe*, "Uma história enfadonha", "Enfermaria nº 6", "Uma crise", *Minha vida*, *O duelo*, "Kaschtanka", "Os mujiques" etc. A viagem a Sacalina resultou num livro sobre a ilha.

Suas obras teatrais são: uma peça sem título; *Na estrada real* (em um ato); *Sobre os malefícios do fumo* (monólogo em um ato); *O canto do cisne* (em um ato); *Ivanóv* (drama); *O urso* (brincadeira em um ato); *Um pedido de casamento* (brincadeira em um ato); *Um trágico sem querer* (brincadeira em um ato); *Casamento* (em um ato); *O silvano* (comédia); *O jubileu* (brincadeira em um ato); *A gaivota* (comédia); *Tio Vânia* (cenas da vida rural); *Três irmãs* (drama); *O jardim das cerejeiras* (comédia).[1]

Boris Schnaiderman

[1] Respeitou-se aqui a definição que o próprio autor deu a suas peças e que se afasta da noção consagrada de "comédia". Aliás, quando se estreou *A gaivota*, um dos motivos do fracasso inicial, a par da incapacidade dos atores e da maioria do público de se identificar com o tom tchekhoviano da peça, realmente novo no teatro russo, foi talvez o fato de o público estar acostumado com a leveza e graça das peças curtas do autor, as famosas "brincadeiras" de Tchekhov, e esperar algo no gênero.

SOBRE O TRADUTOR

Boris Schnaiderman nasceu em Úman, na Ucrânia, em 1917. Em 1925, aos oito anos de idade, veio com os pais para o Brasil, formando-se posteriormente na Escola Nacional de Agronomia do Rio de Janeiro. Naturalizou-se brasileiro nos anos 1940, tendo sido convocado a lutar na Segunda Guerra Mundial como sargento de artilharia da Força Expedicionária Brasileira — experiência que seria registrada em seu livro de ficção *Guerra em surdina* (escrito no calor da hora, mas finalizado somente em 1964) e no relato autobiográfico *Caderno italiano* (Perspectiva, 2015). Começou a publicar traduções de autores russos em 1944 e a colaborar na imprensa brasileira a partir de 1957. Mesmo sem ter feito formalmente um curso de Letras, foi escolhido para iniciar o curso de Língua e Literatura Russa da Universidade de São Paulo em 1960, instituição onde permaneceu até sua aposentadoria, em 1979, e na qual recebeu o título de Professor Emérito, em 2001.

É considerado um dos maiores tradutores do russo em nossa língua, tanto por suas versões de Dostoiévski — publicadas originalmente nas *Obras completas* do autor lançadas pela José Olympio nos anos 1940, 50 e 60 —, Tolstói, Tchekhov, Púchkin, Górki e outros, quanto pelas traduções de poesia realizadas em parceria com Augusto e Haroldo de Campos (*Maiakóvski: poemas*, 1967, *Poesia russa moderna*, 1968) e Nelson Ascher (*A dama de espadas: prosa e poesia*, de Púchkin, 1999, Prêmio Jabuti de tradução). Publicou também diversos livros de ensaios: *A poética de Maiakóvski através de sua prosa* (Perspectiva, 1971, originalmente sua tese de doutoramento), *Projeções: Rússia/Brasil/Itália* (Perspectiva, 1978), *Dostoiévski prosa poesia* (Perspectiva, 1982, Prêmio Jabuti de ensaio), *Turbilhão e semente: ensaios sobre Dostoiévski e Bakhtin* (Duas Cidades, 1983), *Tolstói: antiarte e rebeldia* (Brasiliense, 1983), *Os escombros e o mito: a cultura e o fim da União Soviética* (Companhia das Letras, 1997) e *Tradução, ato desmedido* (Perspectiva, 2011). Recebeu em 2003 o Prêmio de Tradução da Academia Brasileira de Letras, concedido então pela primeira vez, e em 2007 foi agraciado pelo governo da Rússia com a Medalha Púchkin, em reconhecimento por sua contribuição na divulgação da cultura russa no exterior.

Faleceu em São Paulo, em 2016, aos 99 anos de idade.

ESTE LIVRO FOI COMPOSTO EM SABON,
PELA BRACHER & MALTA, COM CTP DA
NEW PRINT E IMPRESSÃO DA GRAPHIUM
EM PAPEL PÓLEN NATURAL 80 G/M² DA
CIA. SUZANO DE PAPEL E CELULOSE PARA
A EDITORA 34, EM OUTUBRO DE 2023.